우린 모두 시인으로 태어났다

우린 모두 시인으로 태어났다

임동확 시인의 시 읽기 희망 읽기

연암서가

들어가는 글

시의 언어는 신화처럼 유동적이고 다의적이다. 특히 시인들의 눈과 귀는 궁극적으로 신화적 우주가 펼쳐내는 풍경과 노래를 향해 열려 있다는 점에서 시의 세계는 신화를 닮아 있다. 결코 정식화하고 개념화할 수 없는 생명의 충동 또는 존재의 목소리 자체를 표현하고 전달하고자 한다는 점에서 시인들은 고대 샤먼에 대응된다. 합리적이고 과학적인 접근을 불허하는 '날것' 그 자체인 생명의 흐름. 그 어떤 개념의 틀로 규정지을 수 없는 역동적인 자연성 또는 신성神性을 포착하고 표현하려는 간절함과 절실함을 갖고 있다는 점에서 시인과 친교영신親交靈神의 샤먼은 뗄 수 없는 관계이다.

그래서 모든 시들은 자신의 주변과 세계를 신화화하는 신화적 세계를 지향한다. 신화의 이야기들처럼 인간의 삶의 세계를 바로잡고 바꾸는 것이 시의 궁극적인 지향점이라고 할 수 있다. 하지만 오늘의 세계는 학문보다 깊이 현실을 드러내고 과학보다 총체적으로 우리들 삶에 영향을 미치는 신화적 세계로서 시의 영역은 야만적이고 천박하기 이를 데 없는 약육강식의 경제 원리에 의해 점점 그 설 자리를 잃어가고 있는 형국이다. 한 인간이 가진 한없는 존재의 깊이와 위대성은 그저 표면적이고 형식적인 시장의 가치로 환원되고 호명되고 있을 뿐이며, 신화처럼 세상에 대한 또 다른 이해와 접근 방식을 의미하는 시와 시인은 한낱 무가치하고 무의미한 존재로 전락하고 있는 형편이다.

그러나 일반적으로 모든 시작詩作은 마주치는 낯선 풍경이나 사물들을 장악하고 소유하려는 개념적 동일화를 포기하면서 시작된다. 낯선 세계로 여행하거나 거주하면서 부딪치는, 언어의 동일화에 순응하지 않는 정념의 사건 내지 경험과 맞대면하면서 촉발되는 것이 시적 경험이다. 역사적 시간을 함께 당대인들의 삶의 욕망과 전망을 기민하게 해석함으로써 주어진 세계를 새롭게 정립하고 기획하는 것이 시인의 역할이며, 바로 이때 시적 언어는 언외言外의 영원의 경험까지 포괄한다는 점에서 가장 깊은 소통을 꿈꾸는 양식이라 할 수 있다.

이른바 '죽은 시인의 사회' 또는 '존재 망각 시대'에 성스러운 시 짓기 또는 시 읽기는, 그래서 우리에게 더욱 중요하다. 새로운 말들의 향연으로서 시작詩作은 타락한 세상의 희망과 구원의 시작을 알리고 있다. '모든 일 가운데 가장 결백한 행위'로서 시는 가장 순수하고 치명적인 존재의 모험을 의미하고 있으며, 우린 그 속에서 돌발적으로 다가오는 저 존재의 광휘로서 시적 에피파니를 맞이할 수 있다. 세상에 존재하는 모든 것들은 시의 품에 깃들 때 비로소 하나의 사태 또는 사물들로 존재한다는 점에서 언어는 '존재의 집'이며, 그렇듯 언어가 없다면 흰 구름은커녕 한 송이 꽃조차 피어나지 않는다.

기존의 시에 대한 단선적인 해답 찾기나 논리적 분석들이 곧잘 빗나갈 수밖에 없는 것은 이 때문이다. 애초부터 한 편의 시는 하나의 주제나 의미로 고정되거나 해석되기를 거부한다. 그 어떤 체계적 사유나 의미로 환원되지 않는 존재의 사태를 보여주기에 모든 시들은 그때마다 새로운 의미 생성의 장場을 형성한다. 뻔히 들여다보이는 상식 차원의 교훈이나 삶의 지혜를 부끄럼도 없이 내보이고 있는, '과다의미노출증'에 걸려 있는 일부 시들처럼 결코 내용이나 의미의 수준에서 이해되고 해석될 수 없는 게 모든 시의 고유하고 독자적인 영역이다. 시의 의미체계는 고정되어 있는 것이 아니라 항상 생명체처럼 유동하면서 다른 세계의 출현을 가능케 한다는 점에서 늘 새롭게 해석되어야 할 그 어떤 것일 뿐이다.

한 명의 시인이자 시 연구자로서 꼭 한번은 다뤄보고 싶었던 생의 문제들을 주제별로 접근했던 나의 '시 읽기, 희망 읽기'의 고뇌와 즐거움은 역시 여기에서 비롯된다. 다소 이해하기 어렵고 까다로운 해석 과정을 거치더라도 거듭 되새겨볼 만한 의미 있는 시들이나 이미 널리 알려진 유명 시인들의 작품이지만 새롭게 해석해보고 싶은 시들을 대상으로 한 나의 시 읽기 또는 해석론적인 접근도 이런 점에서 헛된 시도로 끝날 수 있다. 특히 굳이 가르치거나 설명을 필요로 하지 않는 게 시의 언어라면, 나만의 사유 체계나 독서 방식 역시 어떤 식으로든 시에 대한 기존의 접근 방식을 답습하는 잘못으로 이어질 수 있다. 따라서 나는 가능한 한 미리 주어진 이해 방식, 그러니까 특정한 이론이나 문학주의에 입각한 교과서적인 시 이해 및 해석을 배제하도록 최대한 노력했다. 대신 나는 각기의 시 텍스트를 고정불변의 명사적인 것이 아니라 살아 움직이는 동사적 텍스트로 보면서, 각기 시들이 선물하는 새로운 존재론적 사태와 그때마다 벌어지는 말들의 향연에 참여하는 또 한 명의 초대객으로 남고자 했다.

예컨대 널리 알려진 이육사의 시 「광야」에서 조국 광복 의지나 저항 정신을 찾아내고, 윤동주의 「별 헤는 밤」에서 식민지 청년의 순수한 자아와 고뇌를 읽어내는 것이 전적으로 그른 해석이라고 할 수 없다. 하지만 그러한 전기傳記 비평적이며 역사주의적 비평의 치명적인 약점은 다름 아닌 인간과 세계에 대한 해석이 이미 주어져 있다는 점이다. 즉, 이미 주어진 이해나 선입관에 사로잡혀 있을 때, 각기의 시들 속에 살아 꿈틀대는 인간의 고유의 숨결이나 박동, 고독과 환희, 사랑과 그리움, 희망과 절망의 실재에 다가서는 것을 방해한다. 또한 시적 언어의 배후에 일어나는 풍요로운 사태를 느끼고 파악하는 것이 불가능할 뿐만 아니라, 무엇보다도 독자들을 제한된 해석의 감옥에 가둠으로써 결과적으로 무수한 고뇌와 아픔의 정신적 노동으로서 시들을 혐오와 기피 대상으로 만들 뿐이다.

몇 년 전 나는 어느새 대학 졸업반이 된 큰딸의 방에 들어갔다가 당시 고등학교 2학년이었던 그 애의 책상 위에 놓인 미완성의 작문 속에서 시에 대한 미움과 저주를 확인하고 충격에 휩싸인 바 있다. 국어 시간에 시의 기법이나 형식에 대해 공부하는 것은 어느 정도 납득할 수 있으나, 시에 대한 심성이나 느낌조차 정답을 강요하는 것은 도저히 이해할 수 없다는 내용 때문이었다. 문득 그때 나는 중고등학교 입시교육이 오늘날 시의 죽음 또는 독자들의 외면을 부른 주요한 원인이 아닐까 하는 생각에 잠긴 적이 있다. 그야말로 풍부한 감수성과 자유로운 상상력이 꿈틀거리는 청소년들에게 수능을 위한 정답 또는 단 하나의 의미 찾기로 전락한 시 읽기는 참을 수 없고 견딜 수 없는 훈육의 현장이었을 것이라고 생각한 바 있다.

고백하건대, 그때의 말할 수 없는 충격과 자극이 결정적인 계기가 된 나의 이 시 읽기가 우선적으로 여전히 시를 멀리하는 큰딸 하진이와 경영학도로서 시의 세계와 다른 길을 가는 작은딸 연진이에게 시의 다양성과 풍부한 깊이를 느끼게 하고 감동시킬 수 있는 책이 되었으면 좋겠다. 또한 갈수록 피폐해지고 천박해지는 궁핍한 삶의 환경과 시대 속에서 우리들이 필연적으로 마주치게 마련인 생의 다양한 주제들을 통해 잠시라도 독자들과 더불어 생명의 거룩함과 준엄함을 노래하는 보석 같은 시들과 대화하는 시간을 가졌으면 하는 소박한 소망과 바람을 갖고 있다.

오늘의 시들이 절망을 노래하는 것은 자유이되, 기계적으로 반생명 현상에 마냥 끌려다니는 것은 유감이 아니라 할 수 없다. 그래서 나는 다소 난해하고 복잡한 내용의 시라도 우리에게 절실하고 간절한 인생 문제들을 깊이 있게 다룬 시들을 나의 시 읽기의 텍스트로 삼았다. 그리고 그 과정에서 모든 인간과 사물 존재의 유일무이성과 서로 뗄 수 없는 관계성을 노래하는 시인들의 위대함을 새삼 자각하는 계기가 되었다. 특히 이른바 '신이 떠나 버린 시대'의 가난과 굴욕을 넉넉히 감당하며 작고 덧없어 보이는 사물 곁에서 기꺼이 멈춰 설 줄 아는 시인들과 함께하는 큰 기쁨과 즐거움을 누린 바 있다.

나는 모든 인간들이 본래 시인으로 태어났으며, 이 지상에 시적으로 거주한다는 말을 굳게 믿는다. 그래서 앞으로도 나는 변함없이 여전히 그 길 위에 서 있을 것이리라. 「임동확의 시 읽기, 희망 읽기」를 응원해준 '에세이스트'사와 꿰매지 않은 구슬을 보석으로 엮어준 디자이너 정하연 씨, 성심껏 교정·교열해준 제자 박윤일 시인에게도 깊은 감사의 말을 전한다.

2013년 2월 삼성산 자락에서

임동확 모심

차
례

생生,

그 끝없이 흔들리면서 흔들리지 않는

오규원

「살아 있는 것은 흔들리면서」

우리가 느끼거나 알아채지 못한 지금 여기
의 이 순간에도 나와 타자, 나와 우주는 끊
임없이 생성과 소멸의 운동을 반복하면서,
서로 충돌하고 어울리면서 거대하고 웅장
한 군무(群舞)를 춘다. 인간과 인간, 인간과
우주 사이에서 끊임없이 자극과 영향을 주
고받거나 서로 다른 동작과 소리를 내며, 우
리들 각자는 아름답고 황홀한 저마다의 독
무(獨舞)를 춘다.

살아 있는 것은 흔들리면서

―순례 11

오규원

살아 있는 것은 흔들리면서
튼튼한 줄기를 얻고
잎은 흔들려서 스스로
살아 있는 몸인 것을 증명한다.

바람은 오늘도 분다.
수만의 잎은 제각기
몸을 엮는 하루를 가누고
들판의 슬픔 하나 들판의 고독 하나
들판의 고통 하나도
다른 곳에서 바람에 쏠리며
자기를 헤집고 있다.

피하지 마라
빈 들에 가서 깨닫는 그것
우리가 늘 흔들리고 있음을.

살아 있는 모든 것들은 한 순간도 쉼 없이 움직인다. 움직이는 것은 살아 있다. 부단히 움직임으로써 천지만물은 그들이 살아 있다는 것을 세상 속으로 알린다. 자신의 의지와 상관없이 크고 작은 변화와 요동의 소용돌이에 휩싸여 있으며, 세상에 존재하는 것들은 그러기에 그 어떤 것도 예외 없이 모두 살아 있다. 대개 그 움직임이 매우 희미하고 감춰져 있게 마련이어서 거의 감지되지 않는다고 해도 마찬가지이다. 거의 인식되거나 보이지 않기에 흔히 아예 존재하지 않거나 죽음의 상태로 치부되곤 하지만, 바로 그 속엔 결코 가시화할 수 없는 거대한 움직임이 도사리고 있다. 가시적으로 한정 지워진 현상세계의 배후엔 자신들의 존재를 현시하고 증명하는 불가사의한 움직임만이 움직일 수 없는 불변의 진실로 자리하고 있다.

예컨대 우린 그 앞면만이 보인다고 해서, 달의 뒷면이 존재하지 않는다고 말할 수 없다. 어느 날 밤 유난히 찬란하게 우릴 비추는 달은, 분명 그 빛나는 얼굴 뒤에 우리가 볼 수 없는 부분을 감추고 있다. 그래서 우린 한여름 밤 감나무 가지에서 줄기차게 울어대던 청개구리들이 어느 날 보이지 않는다고 해서 죽었거나 없다고 생각하지 않는다. 그 청개구리들이 기왕의 생명력을 연장하기 위해 깊은 겨울잠에 들고 있을 뿐이라고 생각한다. 그러니까 당장 지금 여기에 보이지 않고 감지할 수 없다고 해서, 우린 세상의 그 어떤 것도 영원히 멈춰 있거나 존재하지 않는다고 단정할 수 없다. 그저 무가치하거나 아무것도 아닌 것들로 곧잘 취급되곤 하는 그 보이지 않거나 인식할 수 없는 것들은, 오히려 우리들 눈앞에 나타나는 그 어떤 존재들의 필수불가결한 보완이라고 할 수 있다.

불가사의한 움직임만이 움직일 수 없는 불변의 진실

알게 모르게 크고 작은 변화와 요동의 흐름 속에서 자유로울 수 없는 우리들 삶 역시 그렇다. 미처 우리가 느끼거나 알아채지 못한 지금 여기의 이 순간에도 나와 타자, 나와 우주는 끊임없이 생성과 소멸의 운동을 반복하면서, 서로 충돌하고 어울리면서 거대하고 웅장한 군무群舞를 춘다. 인간과 인간, 인간과 우주 사이에서 끊임없이 자극과 영향을 주고받거나 서로 다른 동작과 소리를 내며, 우리들 각자는 아름답고 황홀한 저마다의 독무獨舞를 춘다. 어떤 식으로든 정지시키거나 통제할 수 없는 거대하고 영원한 그 어떤 움직임에서 벗어날 수 없는 것이 모든 인간의 공통된 운명이며, 누구도 감히 제어할 수 없는 움직임이 또 다른 움직임을 낳는다. 그리고 우린 이 불가항력의 움직임 속에서 스스로를 유지하거나 새롭게 형성해나간다.

그러므로 "살아 있"다는 것은 "흔들리"는 것에 다름 아니다. "살아 있는" 모든 것들은 불가피하게 "흔들리면서" 자신의 존재를 "증명"하고 살찌운다. 보이거나 보이지 않거나 간에 그 어떤 식으로든 모든 존재하는 것들은 부단히 흔들거나 움직임으로써 자신들의 "살아 있"음을 보여준다. 하지만 그저 모든 존재들이 외부적 힘에 의해 수동적으로 "흔들리면서" "살아 있는 것"은 아니다. 그러한 비자발적인 흔들림 속에서도 "튼튼한 줄기를 얻는" 능동성과 창조성을 발휘한다. "스스로"가 "살아 있는 몸인 것을 증명"하기 위해, 한 나무에 매달린 무수한 이파리들 가운데 하나인 "잎"조차 그저 타율적으로 "흔들리"기보다 자발적으로 "흔들려서" 자신의 살아 있음을 입증한다. 원하든 원치 않든 세상의 모든 것들은 세상의 부단한 간섭과 개입, 만남과 헤어짐을 반복하는 거대한 변화나 흔들림 속에서 자신의 존재함을 과시하고 있다.

어김없이 어제도, "오늘"도, 그리고 내일도 불었거나 불거나 불어올 "바람" 앞에서 "제각기 몸을 엮는", 곧 자신의 존재를 키우거나 구성하는 "수만의 잎"들 역시 예외일 수 없다. 세상에 존재하는 모든 것들의 "하루"는 이 "바람"과 같은 무수한 자극과 영향을 수용하거나 거부하면서 날마다 새로운 주체로 거듭나는 시간이다. 결코 적대자일 수만은 없는 그 "바람" 속에서 모든 생명체들은 알 수 없는 그 어떤 거대한 흐름에 합류하며, 그 누구도 흉내 낼 수 없는 자신들만의 춤을 춘다. 그러니까 모든 인간은 우주적 질서 또는 사건에 참여하고 있는 한, "바람" 앞에 흔들리는 한 그루 나무처럼 늘 흔들릴 수밖에 없는 운명이다. 살아 있는 한 끊임없는 생성과 변화의 과정에 속해 있기에, 모든 인간은 그 피해갈 수 없는 흔들림을 자신의 본질로 받아들일 수밖에 없다.

생의 슬픔은 세계와 우주와의 단절감에서 비롯

그러나 이 과정에서 발생하는 생의 "들판"에서 마주치는 "슬픔"과 "고독", 그리고 "고통"은 그 흔들림으로 대변되는 우주적 생성운동과 일시적 또는 영구적으로 단절되었거나 고립되었다고 생각할 때 일어난다. 나와 세계 또는 나와 우주와의 연대성이 방해받고 있거나 파괴되었다고 느낄 때 인간의 마음은 위축되거나 알 수 없는 불안에 사로잡힌다. 하지만 그 누구든 반가워하지 않을 그러한 비극적인 감정들마저도 일종의 변화 과정이라는 점에서 근본적으로 살아 있음을 나타낸다. 미처 예상하지 못한 "다른 곳에서" 부는 "바람"에 휩"쓸리며" "자기를 헤집"거나 학대하는 시련에 노출되어 있지만, 마냥 피하고 싶은 그것들마저도 현실세계 또는 우주 전체가 하나의 커다란 사건이자 과정이라는 점에서 딱히 부정적인 것이 아니다. 오히려 그러한 과정들을 통해 기존의 삶을 해체하면서 새로운 삶의 리듬과 호흡을 창조하고 재정립하는 계기가 될 수 있기에, "바람"에 "휩쓸리"는 그 자체가 어떤 존재의 살아 약동하는 표지標識이다.

때로 강제적이고 폭력적일 수도 있는 "바람"에 가장 민감하게 반응할 수밖에 없는 "빈 들"은, 따라서 그러한 "우리가 늘 흔들리고 있음"을 새삼 환기시키는 장소를 상징하는 것에 그치지 않는다. 우주 만물 자체가 끊임없이 변화하고 움직이며, 우리 인간들 역시 이러한 부단한 생성운동에서 벗어날 수 없다는 것을 가리킨다. 현상은 늘 움직이며 운동하기에 못 믿을 가상의 존재에 불과하며, 그러기에 현실을 초월한 존재가 본질적이고 참된 실재라는 초월 신학과의 대척점에 있는 것이 "빈 들"이다. 세계를 움직이지 않는 진실과 움직이는 비진실로 나누어, 전자를 시간과 공간을 초월하는 완전하고 절대적인 실체로 상정하는 세계 해석 방법 또는 사유의 방식과 일정한 거리를 두고 있는 게 "바람" 부는 "들판"이라고 할 수 있다.

급기야 "피하지 마라"고 소리치는 명령법이 그저 억압으로 다가오지 않는 까닭은 여기에 있다. 모든 사물은 부단히 움직이면서 변화하는 과정이기에 그러한 명령법이 하나의 권유나 충고라고 할 수 없다. 달리 말해, 우리가 "빈 들에 가서 깨닫는 그것"은 단지 존재하는 모든 것들이 "늘 흔들리고 있"다는 사실의 확인에 그치는 것이 아니다. 바로 그 거부할 수 없는 흔들림을 통해 서로가 서로의 존재 형성과 붕괴에 참여하고, 각기 사물은 그런 방식을 통해 내적으로 연속되어 있음을 의미한다. 타자와의 고립 속에서 자신을 조직하고 구성하는 것이 아닌, 이 무한한 흔들림의 연속성에 참여함으로써 우린 비로소 자신만의 고유성과 정체성을 갖는다는 것을 뜻한다.

서로가 서로의 존재 형성과 붕괴에 참여

하지만 우린 '자기'라는 개념에 집착해 그것을 특권화하고 정식화하여 끊임없는 생성과 소멸의 운동 과정에 있는 세상의 움직임을 망각한 채 하루하루를 살아가고 있다. 그러면서 우리들 바깥의 "바람"과 같은 외부적 자극과 영향에 내던지거나 몸 맡기면서 살아가는 것을 두려워하거나 불안해한다. 하지만 우리 자신들이 그와 같은 크고 작은 움직임이나 외부와의 연관 관계와 무관하게 존재하는 것은 아니다. 그렇다고 믿는 것은 세상의 모든 사물들이 무수한 생성운동을 통해 구성되고 해체된다는 점에서 자기기만이자 하나의 추상적 관념일 뿐이다. 그러한 생성운동을 통해 자기를 구성하는 주체적 과정으로서 존립하고, 따라서 이 과정을 벗어나서는 진정한 의미의 존재일 수 없는 게 우리들의 피할 수 없는 운명이다.

살아 있는 날들이 딱히 즐거움과 기쁨만이 아닌, 크든 작든 무수한 충격과 사건의 연속이라면 인간의 슬픔이나 고통, 허무와 고독은 없다. 우리들 마음대로 할 수 없는 삶과 죽음조차 우주와의 공통성 차원에서 이뤄진다는 점에서 지속적으로 변해가는 과정을 나타내고 있을 뿐이다. 특히 우리들 존재가 쉴 새 없는 생성운동의 과정 속에서 자기갱신self-renewing하는 과정에서 온다면 "살아 있는" 모든 "것"들의 자유는, "흔들리"는 가운데서도 "튼튼한 줄기를 얻"거나 제 스스로 "흔들려서" "살아 있"는 것을 "증명"할 때 온다. 자신의 마음을 그 어떤 거대한 움직임과 일치시킬 수 있을 때, 우린 세상의 모든 변화를 자신의 창조물로 체험할 수 있다. 바로 그때마다 "흔들리"는 세계는 풍요로운 유희遊戲의 놀이터이자 진정 "흔들리지" 않는 '나'의 자유 실현의 한 마당이 될 수 있다.

길,

멀리 떠나온 나그네의 집

기형도

「정거장에서의 충고」

누군가 자신의 인생을 '여행' 또는 '길'에 비유해보고 있다면, 필시 그 사람은 이미 어느 길을 가고 있는 자이다. 동시에 그는 목적지로 가는 걸음을 잠시 멈춘 채 중간 기착지에서 휴식하거나 가고자 하는 길이 맞는지 묻는 자이다. 아니면 행여 자신이 걸어온 길을 되돌아보면서 앞으로 남은 가야 할 길을 점검하는 자이다.

정거장에서의 충고

기형도

미안하지만 나는 이제 희망을 노래하련다
마른 나무에서 연거푸 물방울이 떨어지고
나는 천천히 노트를 덮는다
저녁의 정거장에 검은 구름은 멎는다
그러나 추억은 황량하다, 군데군데 쓰러져 있던
개들은 황혼이면 처량한 눈을 껌벅일 것이다
물방울은 손등 위를 굴러다닌다, 나는 기우뚱
망각을 본다, 어쩌다가 집을 떠나왔던가
그곳으로 흘러가는 길은 이미 지상에 없으니
추억이 덜 깬 개들은 내 딱딱한 손을 깨물 것이다
구름이 나부낀다, 얼마나 느린 속도로 사람들이 죽어갔는지
얼마나 많은 나뭇잎들이 그 좁고 어두운 입구로 들이닥쳤는지
내 노트는 알지 못한다, 그 동안 의심 많은 길들은
끝없이 갈라졌으니 혀는 흉기처럼 단단하다
물방울이여, 나그네의 말을 귀담아들어서는 안 된다
주저앉으면 그뿐, 어떤 구름이 비가 되는지 알게 되리
그렇다면 나는 저녁의 정거장을 마음속에 옮겨놓는다

내 희망을 감시해온 불안의 짐짝들에게 나는 쓴다
이 누추한 육체 속에 얼마든지 머물다 가시라고
모든 길들이 흘러온다, 나는 이미 늙은 것이다

한 인간의 일생을 여행에 비유할 수 있다면, 다분히 그것은 탄생에서부터 죽음에 이르기까지의 과정이 여행의 과정과 대응된다는 사실에서 비롯된다. 얼마간 길고 짧은 것에 관계없이 한 인간이 태어나는 순간, 예외 없이 유한한 생의 출발점과 종착점에서 벗어날 수 없다. 그런 점에서 일생을 살아가는 한 인간을 '하나의 길' 위에 선 여행자로 은유화할 수 있다. 그렇듯 한 인간의 출발점과 종착점이 중요한 것이라고 해도, 그보다 더 중요한 비중으로 다가오는 게 인생의 과정이다. 아니 어쩌면 처음 가족의 일정한 보호 아래 자라다가 세상 밖으로 나가 일하면서 사랑하고, 상처받고, 미워하고, 싸우고, 화해하는 일들의 반복과 연속인 모든 삶의 과정 하나하나가 더 중요한 인생의 사건들일 수밖에 없다.

　우리가 인생을 하나의 '길'로 은유하는 것을 낯설어하지 않는 것도 이 탓이다. 예컨대 '인생은 나그네길'이라는 대중가요의 한 구절은, 그 어디에도 정착하지 못하고 이리저리 떠돌며 살아갈 수밖에 없는 인생의 한 단면을 말해준다. 그렇다고 하나의 은유가 거대하고 복잡한 인생 전체를 명쾌하게 설명할 수 있는 것은 아니다. 하지만 주로 이 세계에서 저 세계로의 이동과 교환, 만남과 헤어짐이 '길'을 통해 이뤄지며, 바로 이러한 '길'의 속성이 복잡다단한 인생의 어느 광맥과 접속하게 만든다. 누군가 인생을 '길'로 은유화할 때 쉽게 공감할 수 있는 것은 우리들의 의식이 수용하는 대부분의 것들이 은유로 이뤄져 있으며, 무엇보다도 우리들 인생 자체와 '길'이 일련의 대응관계를 형성하고 있다는 사실에서 비롯된다고 할 수 있다.

그러나 누군가 자신의 인생을 '여행' 또는 '길'에 비유해보고 있다면, 필시 그 사람은 이미 어느 길을 가고 있는 자이다. 동시에 그는 목적지로 가는 걸음을 잠시 멈춘 채 중간 기착지에서 휴식하거나 가고자 하는 길이 맞는지 묻는 자이다. 아니면 행여 자신이 걸어온 길을 되돌아보면서 앞으로 남은 가야 할 길을 점검하는 자이다. 그리고 그러한 과정에서 그는 자신이 걸어오면서 겪어내야 했던 일련의 사태와 경험들이 바로 인생의 전부라는 생각을 가질 수 있다. 결국 길에서 태어나 길 위에서 방황하다 길에서 죽는 것이 인생이며, '길'을 통해 우리는 자신들이 살아온 날들의 의미를 묻고 눈앞에 주어진 세계에 물음을 던질 수 있다.

모든 인간의 삶 과정 자체가 거대한 은유

기형도의 시 「정거장에서의 충고」도 예외는 아니다. 인생을 여행에 대응시켜 은유하고 있는 이 시 속에서 "정거장"은 먼저 인생의 어느 도상途上에 있는 자의 '길 찾기' 또는 '길 묻기'와 긴밀하게 연결되어 있다. 어떤 식으로든 '나' 자신이 살아온 인생과 세계에 물음을 던지며, 그 물음의 해답을 찾기 위한 탐색을 상징하는 것이 "정거장"이다. 불가피하게 자신의 거주지를 떠날 수밖에 없었던 자가 자신이 걸어온 길과 걸어갈 길을 반성하고 성찰하면서 스스로에게 던지는 질문이자 '충고'와 분리될 수 없는 게 그의 '정거장'인 셈이다.

구체적으로 "나그네" 신세인 "나"에게 "정거장"은 한낱 어떤 "길"의 출발점과 종착점 사이에 있는 한 지점만을 지칭하지 않는다. 과거와 연결되어 있는 "추억" 또는 "망각"의 세계와 '모든 길들이 흘러'오는 미래를 연결하는 인생의 교차점을 나타낸다. 동시에 "정거장"은 자신의 "육체"를 대체substitution하는, "흘러가는 길"과 "흘러올" "모든 길"을 연결하는 중간 기착지를 의미한다. 긴 인생의 여정 속에서 일시적으로 지나쳐 가거나 머무르는 공간의 하나가 "정거장"이며, 그 속에서 "나"는 "지상"의 "정거장"에 서 있는 "나그네"이면서 "누추한 육체"의 주인이다. 또한 "나"는 그 속에서 거리를 떠도는 버려진 "개"의 신세와 별반 다르지 않으며 "이미 지상에 없"는, 그래서 "처량한 눈을 껌벅"이며 "황량"한 "추억"을 되새김하는 초라한 "나그네"일 뿐이다.

"미안하지만 나는 이제 희망을 노래하련다"는 역설적인 의지 표명은 여기에서 비롯된다. "나"의 "희망을 감시"하고 방해해온 그 어떤 생의 "불안"이나 공포를 향해 "얼마든지 머물다 가"도 좋다는 표현은, 도저한 절망과 "의심" 속에서도 포기할 수 없는 저만의 소중한 삶에 대한 자각이나 각성을 나타낸다. 특히 "비"와 "구름"과 긴밀하게 연결되어 있는 "물방울"을 통해 돌연 "나그네의 말을 귀담아 들어서는 안 된다"는 충고는, 마치 "마른 나무"와 같은 불모^{不毛}와 가사^{假死}의 세계에서 새로운 생명의 세계를 상징하는 '물방울'의 세계로의 존재 전환을 의미한다.

희망과 절망을 잇는 거점으로서 '정거장'

예컨대 "저녁의 정거장"에 "맺"어 있던 "검은 구름"이 어느 순간 하나의 생명체처럼 "나부"끼고, 마침내 "어떤 구름이 비가 되는지 알게 되리"라는 구절이 의미하는 바가 바로 그것이다. 이제 "나"에게 "정거장"은 그저 "군데군데 쓰러져 있던/ 개들이 황혼이면 처량한 눈을 껌벅"이거나 혹은 "추억이 덜 깬 개들이 내 딱딱한 손을 깨"무는, 더할 수 없는 쓸쓸함이나 황량함이 지배하는 공간이 아니다. 오히려 "정거장"은 "검은 구름"과 "불안의 짐짝들"로 표상되는 죽음과 절망의 세계와, "물방울"과 "비"와 "구름"의 세계로 표현되는 삶과 희망의 세계로 나눠진 이원적 세계를 하나로 연결하고 통합하는 그 어떤 생명의 거점을 상징한다.

이전까지 그저 어둡고 우울하게만 다가왔던 어두운 "저녁의 정거장을 마음속에 옮겨놓는" 생의 결단과 용기는 여기에서 시작된다. 이제 "정거장"은 한낱 "지상"에 존재하지 않는 "좁고 어두운 입구" 또는 "끝없이 갈라"진 "의심 많은 길"과 연결되어 있는 곳이 아니다. "물방울"이 "손등 위로 굴러"다니는 생명의 세계로 가는 통로 중 하나이다. 그저 '황량'하고 쓸쓸한 "추억"과 "망각"의 장소가 아니라 자기 혁신과 생성의 "희망"이 동시에 교차하는 공간이다. 그야말로 생의 절망과 희망이 서로 배척하거나 투쟁하는 것이 아닌, "가벼운 구름들같이" "서로" 돕거나 관계를 맺으며 "통과해가는"(「어느 푸른 저녁」) 곳이 "정거장"이다.

하지만 그러한 "정거장"은 "노트"로 상징되는 인식과 지식 차원의 접근으로 쉽게 파악되지 않는 세계이다. 오히려 그 "노트"를 "덮"거나 "알지 못한다"고 고백할 때 더 명확하게 다가오는 생명의 세계 또는 위대한 자연의 세계와 연결되어 있다. 달리 말해, "정거장"을 통해 자기 자신으로부터 가장 고유한 존재 가능성을 타진할 때 "모든 길들"은 멈추지 않은 채 "흘러온다". 그리고 바로 그때서야 '하나의 길'로서 우주의 실상 또는 자연의 실재는 "흉기처럼 단단"한 "혀"를 풀고 말문을 연다. 살아 생동하는 이성의 소유자나 열린 감성의 소유자들에겐 "물방울"로 대변되는 생명 또는 자연의 세계가 더욱 분명하고 확실한 실재로 다가올 수 있다.

'나'의 운명을 자각한 자의 존재론적 전향

"나는 이미 늙은 것이다"라는 끝구절의 돌출한 발언은 이와 연결되어 있다. "모든 인간은 태어나자마자 이미 죽기에는 충분히 늙어 있다"는 하이데거의 말을 연상시키는 수수께끼 같은 이 문장은, 일단 태어나자마자 늙음 또는 죽음을 피할 수 없는 게 인간의 운명임을 암시한다. 하지만 동시에 그것은 단지 한 인간의 육체적인 사라짐 또는 물리적인 늙음을 말하는 것이 아니다. "나"의 존재가 근본적으로 무無의 심연 또는 무상감에 고독하게 단절되어 있다는 것을 뜻한다. 그러니까 "이미 늙은" "나"는 '죽음에로 향하는 존재'Sein zum Tode'로서 존재의 깊은 근거에서 떠나지 않는 불안이나 두려움이 모든 인간의 조건이라는 것을 아는 자이다. 하지만 동시에 "나"는 그것들을 통해 자신의 본래적 가능성을 타진하는 자이다.

「정거장에서의 충고」는 그런 면에서 "어쩌다가 집을 떠나"게 된 "나그네"의 음울한 여수旅愁나 고독한 여행자의 고립성이나 비연대성과 거리가 멀다. 또한 그것은 일정한 목적이나 목적지 없이 그 어느 곳에서도 정착하지 못한 채 떠도는 일종의 "떠돌이"로서 단지 혈연과 지연地緣의 "집" 또는 고향에 대한 향수나 동경을 나타내는 것과도 무관하다. 살아 있는 한 "길" 위에서 벗어날 수 없는 한 인간으로서 '나'의 운명을 자각하고, 오히려 그 절망의 "길"을 "희망"의 거점으로 삼고자 하는 자의 존재론적 전향에 대한 예감이 더 강하게 자리

잡고 있다. "흘러"간 과거와 흐르고 있거나 "흘러"올 현재와 미래가 교차하는 "정거장"에서 "나"에게 던지는 '충고'는, 다름 아닌 가장 고유하고 역동적인 "나"로 되돌아가려는 자가 스스로에게 던지는 질문이자 대답이라 할 수 있다.

시간,

그 어느 순간 하나 빛나지 않는 것이 없는

최하림

「공중을 빙빙 돌며」

누구에게나 각각의 모든 순간들은 다시는 반복될 수 없는 절대적 순간이며, 각자의 삶이 중심이 된 시간이다. 비록 보잘것없고 내세울 것 없는 삶이라고 해도, 그 누구의 삶이든 그 나름으로 한 삶이어서 모두 소중하고 위대하다. 제아무리 훌륭하고 성공한 자라고 하더라도 단지 하나의 삶일 뿐이며, 각자가 하나씩의 거대한 우주를 가진 개체일 뿐이다.

공중을 빙빙 돌며

최하림

공중을 빙빙 돌며
새 한 마리 머뭇거리다가
버드나무 가지에 내려앉는다
순간 이파리들이 동요하고
미닫이문이 열렸다가 닫히면서
햇살이 물밀듯 들어온다
미닫이를 통해 보면
햇살을 받아들이는 건 새도
버드나무도 들녘도 아니고 그 아래
일파만파로 파동을 일으키며 흘러가는
가을 강과 가을의 기억들, 수초들
눈여겨보면 어린 날의 물거미들도
파동을 타고 어디로인지 이동해간다
모든 것들이 간다
나는 마음을 가라앉히고 다시금 강을 본다
여전히 물거미들은 이동하고
구름이 모여드는지 산기슭에서는

나무들이 흔들리고 새는
버드나무 위에 있다 가을에는
물물이 빛나지 않는 것이
없다

살아 있는 모든 것들은 시간에서 자유롭지 못하다. 거의 예외 없이 단호하고 무자비한 시간의 완력에 붙들려 있다. 느닷없이 찾아오는 고통이나 허무함, 덧없음이나 서글픔의 감정들은 단연 모든 변화와 변신의 밑바탕으로서 그러한 시간의 폭력에 대한 우리의 무기력과 맞물려 있다. 특히 그것들은 제아무리 강한 의지나 불굴의 정신으로도 극복하거나 거슬러 갈 수 없는 시간의 완고한 강제력에 대한 어쩔 수 없는 인정과 수용을 의미한다. 끊임없는 변화를 추동하는 시간의 바다 위에서 우린 한낱 좌초가 예고된 거룻배의 운명을 타고났음을 알려주는 것이 바로 시간이다.

영원히 지속되는 시간에 비하면 인간의 일생은 확실히 그렇다. 한동안 그저 시간의 물결 속으로 헤엄쳐가는 불안하고 불확실한 존재에 불과하다. 시간적 존재로서 인간은 그 속에서 생의 고뇌와 죽음의 공포를 등 뒤의 공기주머니처럼 달고 지나가는 한 나약한 수영자에 지나지 않는다. 인간들은 자칫 우연한 존재자로 간주되어 곧잘 소외되게 마련이지만, 누구든 시간에 두 팔을 붙들린 채 어디론가 마냥 끌려가는 것만은 아니다. 우리는 그 불가항력의 시간에 저항하거나 거부하며 자신만의 시간을 창출하고 도약하는 몸짓을 보여주며 살고 있다. 어쩌면 모든 것들을 무화시키며 무작정 흘러갈 뿐인 시간에 대한 저항과 타협, 순응과 거부의 연속이 우리들 삶의 여정이며 바로 인간의 역사라고 할 수 있다.

그래서 우린 모든 것들이 변화하고 흘러가는 시간 속에서 '같은 강물에 발을 두 번 담글 수 없다'고 해서 딱히 불행하다고 말할 수 없다. 한 번 흘러가면 그뿐인 바로 그 시간 속에서 우리들 존재의 의미와 의의가 발생하기 때문에 모든 것들이 그저 헛되고 헛된 것만은 아니다. 존재 자체가 고정불변이 아니라 바로 그 헛되다는 시간 속에서 역동적으로 변해가는 과정이기에, 우리가 시간을 부정하는 것은 자신의 존립 근거를 스스로 허무는 것과 같다. 달리 말해, 존재하는 모든 것들은 그 시간의 연속성에 참여함으로써 비로소 자신만의 고유성을 펼쳐 보일 수 있다는 점에서 모든 삶의 순간은 위대하고 성스러운 순간이 아닐 수 없다.

이미 좌초가 예고된 거룻배의 운명

아무것도 자신의 존재를 붙들어주지 않는 "공중을 빙빙 돌며" 한참을 "머뭇거리다가" "버드나무 가지"에 내려앉은 "새 한 마리"는 그런 점에서 우선 우리가 그러한 '시간 속에 있음'을 보여준다. 텅 빈 공간인 "공중"의 세계와 "버드나무"가 뿌리 내리고 있는 지상 세계의 일시적 접속. 일견 서로 대립되고 배척되어 있을 것 같은 두 개의 시간, 영원이라는 순수한 시간과 끝없는 결핍과 부재의 현실적 시간의 동시적 현존을 가리킨다. "머뭇거리다가" 잠시 "버드나무"에 "내려 앉는" "새"의 행위는, 제 의지대로 제어되지 않고 마냥 흘러가는 시간 속에서 끊임없이 위협받는 자신의 정체성을 일시적이나마 유지하려는 몸짓이라 할 수 있다.

극히 짧은 순간 잠시의 하강 또는 휴식은, 그러나 놀랍게도 더 큰 변화 또는 움직임을 향한 초석일 뿐이다. 버드나무 "이파리들"을 "동요"시키는 것으로 끝날 것 같던 사태는, 그것들과 거의 상관없어 보이는 "미닫이문이 열렸다가 닫히"는 사태로 확산된다. 이와 동시에 급기야 어두컴컴한 방 안으로 "햇살이 물밀듯 들어"오는 사태로 이어진다. 하지만 "햇살을 받아들이는 건 새"와 "버드나무"와 "들녘"과 같은 물리적인 연쇄작용의 결과만이 아니다. 전혀 그것들과 직접적인 인과관계가 없을 것 같은 "그 아래 가을 강과 가을의 기억들"과 "수초들"이 서로 영향을 주고받으며 "일으키"는 "일파만파"의 "파동". 그야말로 물리적인 인과율과 공존하면서 다양함 속의 통일로 나아가는 비인과적인 원리로서 존재의 율동으로 이어진다.

인과적으로 설명할 수 없는 생의 '파동'

　어디 그뿐인가. 처음 "새"와 나무들 간에 이뤄진 극미한 변화의 기미나 조짐은, 물리적이고 객관적인 세계뿐만 아니라 "어린 날"에 지켜보았을 법한 "물거미"에 대한 추억의 시간으로까지 이어진다. 하지만 일반적이고 보편적인 사고방식이나 어떤 논리로 접근할 수 없는 까마득한 과거의 시간으로 소급해가는 사태는 그 자체로 그치지 않는다. 필시 물리적인 인과성으로 설명할 수 없는 "파동"은 "어디로인지 이동"해가며 말로 표현할 수 없는 삶의 현실. 끊임없이 변화하고 생성하는 세계의 "모든 것들"을 향해 나아간다. 그야말로 세상에 존재하는 모든 사물들은 그렇게 보이거나 보이지 않는 "파동"에서 자유로울 수 없다. 무엇보다도 그걸 지켜보는 자인 "나"의 마음속까지 파고들어 자극하거나 흥분시킨다.

　새삼 "마음을 가라앉히는" "나"의 행위가 이를 입증한다. 우연하게도 "나"는 세상의 모든 것들이 크고 작은 생성의 물결과 어울리고 충돌하고 서로 작용하면서, 자신과 타자를 동시에 변신시켜 나간다는 것을 깨닫는다. 문득 일어난, 보이는 "동요"나 보이지 않는 "파동"이 단지 현재 눈앞에 벌어지는 변화의 사태뿐만 아니라 "나"의 마음의 심층까지 퍼져간다는 것을 자각한다. 곧 "나"의 "마음"을 진정시키려는 행위 속엔 세상에 존재하는 모든 것들의 생성과 소멸이 우주적 생명의 리듬을 뜻하는 "파동"과의 관계적 사건 속에서 일어난다는 것에 대한 놀라움과 경이가 들어 있다.

그러나 순간적이나마 이러한 상태에 이르렀다고 해도, 외견상 크게 달라진 것은 없어 보인다. "산기슭"에 "구름"이 몰려드는 까닭으로 "나무들이 흔들리"는 모습이 새로이 첨가되고 있을 뿐, 현상적으로 "여전히" 어린 시절의 "물거미"는 알 수 없는 곳으로 "이동하고", 최초의 원인 제공자인 "새" 역시 "버드나무 위에" 그대로 앉아 있는 상태이다. 그야말로 연쇄파동을 일으키며 자신과 타자를 변신시켜 가는 어떤 우주적 유출을 느끼거나 깨달았다고 해서 현상적으로 크게 달라진 것은 없다.

하지만 굳이 "마음을 가라앉히고 다시금" 내가 바라보는 "강"은 이전에 보았던 그 "강"이 아니다. "물거미" 역시 유년 시절에 보았던 그 "물거미"가 아니다. 그러니까 그 "강"과 "물거미"는 이제 개념적이고 설명적인 대상이 아니다. 바로 "나"의 눈앞에 현전하는 현실로서 "강"과 "물거미"이다. 새로이 "구름"이 몰려들고 그로 인해 "산기슭"의 "나무들이 흔들"린다고 해서 그 사정이 크게 달라지는 것은 아니다. 이제 "나"는 처음 "나"의 눈앞에 현전했던 사물들을 있는 그대로 다시 긍정하거나 눈앞의 풍경들만을 구체적인 현실로 받아들이고 있다. 특히 지금 여기에서 벌어지는 사태는 외적인 진리 기준과 관계없이 직접적으로 느껴지고 알려지는 것만이 진리라는 것을 의미한다.

하지만 이러한 진리에 대한 "나"의 깨달음의 순간은 순차적으로 이뤄지는 것이 아니다. 그야말로 '우주적 순간'이라고 할 만한 지극히 짧은 순간에 이뤄진다. 그리고 그 순간Augenblick은 순식간에 사라지는 '지금'을 의미한다. 하지만 그것은 "나"의 과거나 미래의 시간과 무관한 것이 아니다. 그 번개 같은 순간 속엔 떠밀려 나온 세계에 대한 향수와 더불어 다가올 세계에 대한 예감이 깃들어 있다. 분명 그 순간은 한 순간이나 결코 어느 순간도 아닌, 한 순간이며 영원한 순간이다. 그 속엔 "나"의 과거이면서 미래인 현재의 순간이 녹아들어 있다.

그러나 "나"는 매순간 그러한 순간의 역동적인 운동 속에 살아가면서도 일상적이고 과학적인 시간관념에 사로잡혀 있다. 그래서 흔히 시간이 과거, 현재, 미래로 이어지는 직선구조를 갖고 있다고 생각하기 쉽다. 하지만 과거는 이미 지나갔으며, 미래는 아직 도착하지 않았기에 오로지 존재하는 것이라곤 현재뿐이다. 있는 것이라고는 오직 '현재'일 뿐인 본래적 현재가 서로가 서로를 투영하고 또 서로에게 투영되면서 끝없이 이어지는 그물코. 서로 뒤얽힌 채 존재하는 모든 것들의 대연쇄 또는 생명의 네트워크에서 자유롭지 못하다. 존재하는 것이라곤 실상 영원한 지금, 곧 '지금 그리고 여기'의 삶일 뿐이다.

다시 반복할 수 없는 절대의 순간으로서 삶

그러나 그 순간의 시간에 우리가 빌붙어 사는 것이 아니다. 그 순간에는 아무것도 존재하지 않는다. 오히려 그 순간의 시간이 존재에 빌붙어 산다. 세상의 모든 우발성과 우연성은 존재가 있어 시간이 있다는 것을 가리킨다. 예컨대 공중을 나는 새가 버드나무에 내려앉는 순간 연쇄적으로 일어난 모든 사태들은, 모든 시간들이 존재의 변화나 운동을 통해서만 존재한다는 것을 보여준다. 새와 나무, 강과 버드나무가 세계 속에 함께 거주하며 함께 세계를 본다는 점에서 나와 세계 사이에 거리는 없으며, 특히 "나"는 세계 속에서 존재하며 바로 그 세계를 보는 이른바 세계—내—존재자일 뿐이다.

딱히 "가을"만이 아니라 매순간 모든 것들이 "빛나지 않는 것이/없"는 이유는 여기에 있다. 누구에게나 각각의 모든 순간들은 다시는 반복될 수 없는 절대적 순간이며, 각자의 삶이 중심이 된 시간이다. 비록 보잘것없고 내세울 것 없는 삶이라고 해도, 그 누구의 삶이든 그 나름으로 한 삶이어서 모두 소중하고 위대하다. 제아무리 훌륭하고 성공한 자라고 하더라도 단지 하나의 삶일 뿐이며, 각자가 하나씩의 거대한 우주를 가진 개체일 뿐이다. 화려하든 남루하든 간에 모두 "빛나"는 삶이며, 따라서 모든 존재는 젖 먹던 힘을 다해 생의 찬란한 시간을 살아가야 하는 것이다.

공간,

바람이 일지 않는 고요에도 심히 흔들리는

정지용

「장수산長壽山 1」

'장수산'은 일정한 공간을 확보하여 타인이나 다른 세력들이 침투하는 것을 막아내는 폐쇄적이고 고립적의 의미의 영역(territory)을 가리키지 않는다. 일정한 공간을 지키면서 다른 영역을 접근하거나 넘보지도 않는 소극적인 의미의 영역이 아니라, 일정한 공간을 점유하여 활동하기에 적합한 내적 공간(spacing). 모든 것들이 마치 자신에 의해 움직이는 자족적이고 독립적인 삶의 공간과 더 가깝다.

장수산長壽山 1

정지용

벌목정정伐木丁丁 이랬거니   아람도리 큰솔이 베혀짐즉도 하이   골이 울어 멩아리 소리   쩌르렁   돌아옴즉도 하이   다람쥐도 좃지 않고   뫼ㅅ새도 울지 않어   깊은산 고요가   차라리 뼈를 저리우는데   눈과 밤이 조히보담 희고녀!   달도 보름을 기다려 흰 뜻은 한밤 이골을 걸음이랸다?   웃절 중이 여섯판에 여섯번 지고 웃고 올라 간 뒤   조찰히 늙은 사나히의   남긴 내음새를 줏는다?   시름은 바람도 일지 않는 고요에 심히 흔들리우노니   오오 견듸랸다 차고 올연兀然히   슬픔도 꿈도 없이   장수산 속 겨울 한밤내———

• 조히: 종이, 사나히: 사나이

46

모든 인간의 불안은 '지금 여기의 나'에 대한 해명의 불안에서 온다. 문득 도대체 나는 어디서 와서 어디로 가고 있는가를 가늠하지 못할 때 발생한다. 인간존재의 근본적인 불안은 믿고 의지할 지표 하나 없는 깊은 산중 또는 들판에 버려져 있는 듯한 3차원 공간의 막막함과 막연함에서 온다. 원근법은 그러한 공간의 공허감과 불안을 극복하는 과정과 밀접하게 연결되어 있는 근대적인 고안품의 하나이다. 어떤 사물이나 대상을 눈에 보이는 것과 동일한 효과의 거리감을 화면에 옮기는 원근법을 통해, 근대인들은 그저 막막하고 두려운 공간에 방향성을 부여하면서 안정을 찾으려 시도해왔다.

근대인들이 구축한 문명 역시 이러한 원근법적 공간 구성에서 자유롭지 못하다. 그들은 원근법을 통해 구축된 객관성과 합리성을 바탕으로 공간의 편집 가능성을 극대화하며, 자신들이 거주하는 세계를 예측 가능한 공간으로 단일화하고 동질화하고자 했다. 하지만 이와 같은 인간 중심의 원근법적 방식은 사회적 지배와 예속을 낳게 했으며, 자연을 단지 에너지의 원천이나 도구로 격하시켜왔다. 결국 욕심 사나운 자리 잡기와 모든 것을 대상화하는 근대적인 시선視線의 폭력은 소실점을 중심으로 멀리 있는 것은 조그맣게, 가까이 있는 것은 크게 그리려 했던 원근법과 무관하지 않다.

정지용의 「장수산 1」은 일단 이러한 근대사회의 발명품인 원근법적 시선에서 멀어진 공간이다. 원근법적 시선으로 보았을 때, 오히려 '장수산'은 평행의 직선들이 집중되어 마치 한 점으로 모이는 것처럼 보이는 원근법적 소실점消失點의 바깥에 해당한다. 하나의 시점視點에서 모든 사물을 수렴하고 통제하는 근대적인 시선 너머, 여전히 "아람도리 큰솔"을 "벌목"하는 소리가 "정정ㅜㅜ" 울릴 듯한 세계가 '장수산'이다. 자칫 주체성을 상실할 만큼 잘 구획되고 행정화된 문명 세계 속에서 '장수산'은, 그 "골"을 "울"리는 "멩아리 소리"처럼 여전히 원근법적 시각으로 다가갈 수 없는 불투명하고 불분명한 맹점盲點을 나타낸다.

근대 세계의 개입을 허용치 않는 원근법의 맹점

그런 만큼 금방이라도 "멩아리 소리"가 "쩌르렁" "돌아옴직도" 하고, "바람"조차 "일지 않는 고요"한 산중인 '장수산'은 한낱 도피나 초월의 공간일 수 없다. 행여 "벌목"이라도 할라치면 도끼질 소리가 깊고 높은 산골짜기에 "멩아리"가 되어 "정정ㅜㅜ" 울리는 고립되고 적요한 공간인 '장수산'은, 강요된 근대 세계 너머에서 여전히 우릴 움직이는 그 무엇, 눈에 보이는 현상적 대상에서 벗어나 있으면서 바로 그 현상적 대상을 추구하게 하는 근원적 대상 또는 근원적 결여를 나타낸다. 그야말로 주체와 대상으로 나뉘기 이전 인간과 자연이 공속共屬하고 있는 존재 지평이 "다람쥐도 좇지 않고 뫼ㅅ새도 울지 않"을 만큼 높고 "깊은산"으로서 '장수산'이라 할 수 있다.

달리 말해, '장수산'은 일정한 공간을 확보하여 타인이나 다른 세력들이 침투하는 것을 막아내는 폐쇄적이고 고립적인 의미의 영역territory을 가리키지 않는다. 일정한 공간을 지키면서 다른 영역을 접근하거나 넘보지도 않는 소극적인 의미의 영역이 아니라, 일정한 공간을 점유하여 활동하기에 적합한 내적 공간spacing. 모든 것들이 마치 자신에 의해 움직이는 자족적이고 독립적인 삶의 공간과 더 가깝다. 예컨대 종이보다 흰 "눈"이 쌓인 "밤"의 "달"이 마치 활물活物처럼 "보름을 기다려" 하얗게 빛나듯이, "달"과 같은 사물들조차 "한밤"에 깊은 산골짜기를 인간처럼 걸어 다니는 신화적 공간을 나타낸다.

그렇듯 일방적이고 통제적인 시각 대신 "아름드리 큰솔이 베혀"지면서 내는 "멩아리 소리"가 살아 있는 '장수산'은, 강요된 근대세계 속에서 자기만의 공간을 만들려는 과정과 맞물려 있다. 모든 것이 원근법적 시선에 장악된 근대 세계의 온갖 소문이나 잡음雜音들과 의도적으로 분리되고 이탈하고자 하는 능동적인 의지가 관철되어 있는 장소가 "깊은" "고요"의 '장수산'이다. 서로 보이지 않지만 모든 종류의 생명체가 자연을 창조적으로 해석함으로써 바로 그 자연으로부터 생명력을 얻는 공간이, 아무것도 없는 진공의 상태와 같은 "한밤"의 '장수산'이라 할 수 있다.

자연의 창조적 해석을 통한 생명력 확보

그러기에 이러한 '장수산' 속에 거주하는 "웃절 중"은 단지 탈속적脫俗的이고 비현실적인 인물을 상징하지 않는다. 무슨 내기에서 "여섯 판에 여섯 번"을 "지고"도 흔쾌히 자신의 처소로 "올라"갈 수 있는 "웃절 중"의 행위는, 역설적으로 근대적인 의미의 무한경쟁과 적자생존適者生存체제와 호기롭게 맞서는 것과 연결되어 있다. 또한 일견 호방하고 무욕한 듯한 "웃절 중"이 "남긴" "조찰히 늙은 사나히"의 "내음새"는, 바로 그 "웃절 중"이 남이나 자신의 잘잘못을 신중히 살피고 성찰하는 존재임을 보여준다. 자연적 질서에 순응하는 삶을 살면서도 동시에 자신을 실현하고 의미를 구현하는 존재가 다름 아닌 "웃절 중"이라고 할 수 있다.

그러니까 "바람"조차 "일지 않는 고요"한 '장수산'은, 물리적인 자연의 공간으로서 단지 소극적이고 수동적인 "고요"의 공간에 한정되지 않는다. 단지 그것은 현상적인 모습일 뿐, 그곳은 복잡다기하고 한정 불가능한 환경으로부터 여러 정보를 흡수하고 통합하는 생명 활동이 끊임없이 진행되고 있는 초점적焦點的 세계를 나타낸다. 자신의 성장에 필요한 토대를 마련하고 환경 상태에 어울리는 생명을 꽃 피우는 능동적인 창조의 현장. 어떻게 관계 맺느냐에 따라 존재의 의미가 결정되고 드러나는 실존적 장소 운동을 포함한다. "바람이 일지 않는 고요"의 상태에서도 "심히 흔들리"는 "시름"을 일으키는, 일종의 실존적 움직임이 살아 있는 곳이 '장수산'인 것이다.

그러나 존재론적인 관계망이 생성적으로 작동하는 가운데서도 '장수산'은 어떤 식으로든 외부와 고립된 상태를 나타내는 것만은 분명하다. 달리 말해, "슬픔도 꿈도 없이" "차고 올연히" "견디"는 인내의 행위는 모든 선택 가능성이 차단되고 그와 연관된 운동 가능성이 더 이상 주어져 있지 않을 때 일어난다. 하지만 동시에 "차라리 뼈"가 "저리우는" "고요"만이 지배하는 한겨울의 "장수산 속"에서 견디려는 행위는, 잘못된 선택지 또는 섣부른 대안 찾기를 차단하고 저지하며 자신만의 존재의 고독에 잠겨드는 것을 의미한다. 누군가에 의해 주어진 난관을 최고의 강도를 통해 자기 내적으로 용해하면서 돌파하려는 초인적인 의지를 나타낸다.

아예 "풀도 떨지 않는 돌산"(「장수산 2」)으로 비유되는 '장수산'의 의의는 여기서 발생한다. "뼈가 저리우는" "깊은산"의 "고요"를 기꺼이 감당하는 일은 무한의 극기와 고도의 집중을 요구한다. 하지만 바로 그러한 절대의 고독 또는 개체화를 통해서만 세계의 표층을 뚫고 고유의 심연으로 나아가는 운동이 가능하다. "귀신도 쓸쓸하여 살지 않"(「백록담」)을 것 같은 지점으로 기꺼이 자신을 내몰거나 유폐하는 과정을 통해, 기존의 지평이 아닌 전혀 다른 새로운 지평에 도달할 수 있다. 더 이상 반복할 수 없는 막다른 지점에 이르러서야 우린 자신의 눈앞에 펼쳐진 전체 세계의 의미에 대해 질문하게 되며, 비로소 유한한 존재로서 자기 자신을 펼쳐 보이게 된다.

난관을 돌파하려는 초인적인 의지로서 고독

하지만 이러한 존재론적인 지평들은 결코 인간 내부로부터 열리는 것은 아니다. 바로 인간 밖에서 인간에게 작용해 오는 "벌목"과 그로 인한 "멩아리 소리"와 같은 자극이 필요하다. "큰솔이 베혀"지면서 "정정"하게 울리고 그것을 이어받아 "쩌르렁" "멩아리 소리"를 내는 자연의 소리에 귀 기울일 때 '장수산'은 한낱 무수한 산 가운데 하나가 아니라 주체적인 활동 공간으로 자리 잡는다. 자연을 한낱 대상이 아니라 그 어떤 본질을 소유한 존재로서 인정할 때, '장수산'은 폐쇄되고 고립된 우리들 '의식의 문'을 열치고 또 다른 자연의 아름다움과 비밀을 선사한다.

일반적으로 인간은 지금 여기의 자기 자신에게서 발견하지 못하거나 발견하지 못했다고 믿는 것을 다른 곳에서 찾는 경향이 있다. 하지만 한겨울 "장수산 속"의 매서운 추위와 적막과 같은 마음의 극단에 이르러서야 비로소 인간 본성의 고유한 장이 열리고, 기존의 세계가 붕괴하면서 전혀 새롭고 낯선 세계의 근원적인 도약을 체험할 수 있다. "멩아리"와 "고요", 정지와 흔들림과 같은 절대적으로 서로 다르면서도 동시에 서로 절대적으로 결속되어 있는 영속적인 패러독스. 더 이상 나아갈 수 없고 물러설 수도 없는 절대적 시공간으로 스스로를 고립시키고 집중시킬 때, '장수산'은 한낱 우리에게 죽은 기계의 소음이 아닌 인간과 자연의 상호 유대적인 결속이 창조하는 생명의 화음和音을 들려주는 장소로 거듭 태어날 수 있다.

사랑,

나를 무중력으로 떠올리는 폭풍

황지우

「나는 너다 17」

변화무쌍하며 끝없이 변덕스러운 차안(此岸)의 세계에서 영원한 사랑의 "대안(對岸)" 또는 피안(彼岸)으로 건너가려면 "나를 없애는" 치명적인 결단. 자기중심적인 기존의 나를 버리고 철저히 타자 속으로 뛰어드는 용기가 필요하다. 문득 다가와 나를 삼키는 객관적인 흐름으로서 사랑은, 나라는 의식 또는 허울을 버릴수록 그 참모습을 드러내는 까닭이다.

나는 너다 17

황지우

내가 먼저 대접^{待接}받기를 바라진 않았어! 그러나
하루도 싸우지 않고 지나가는 날이 없으니.
다시 이쪽을 바라보기 위해
나를 대안^{對岸}으로 데려가려 하는
환장하는 내 바바리 돛폭.
만약 내가 없다면
이 강을 나는 건널 수 있으리.
나를 없애는 방법,
죽기 아니면 사랑하기뿐!
사랑하니까
네 앞에서
나는 없다.
작두날 위에 나를 무중력으로 세우는
그 힘.

고독이 사랑을 부른다. 아무리 가까이 다가가거나 다가와도 결코 좁힐 수 없는 거리, 채워질 수 없는 부재가 고독을 낳고 사랑을 부른다. 제아무리 가깝거나 친밀하다고 해도 없앨 수 없는 거리 또는 부재가 낳은 것이 고독이자 사랑이다. 상대방에 대한 고갈되지 않는 그리움이나 낯선 느낌은 원초적으로 하나 될 수 없는 너와 나의 거리감 때문이며, 바로 그것 때문에 사랑의 또 다른 이름인 고독을 낳는다. 어떤 수단과 방법을 통해서라도 상대방을 제 것으로 할 수 없다는 사실이 어쩌면 화해 불가능한 고독과 사랑을 일란성 쌍생아로 만든다. 고독이 사랑을 낳고 또 사랑이 고독을 부르는 악순환(?)은, 서로가 완전한 합일이나 한 몸을 이루는 것이 거의 불가능하다는 사실에서 비롯된다고 할 수 있다.

매우 이례적으로 시의 도입부부터 "내가 먼저 대접待接받기를 바라지 않았어!"라고 단말마적인 비명을 지르는 것도 그 때문이다. 1행에서부터 느낌표를 찍고 나서는 것은, 제아무리 접근해도 "나"에게 완전히 포착되거나 사로잡히지 않는 타자가 존재한다는 것을 나타낸다. 흔히 "나"를 사랑의 주체로 생각하기 쉽지만, 결코 내가 아닌 타자가 사랑의 주체이며 "먼저 대접받"아야 할 주체라는 것을 의미한다. 사랑하면서도 내가 타자의 내면을 결코 완전히 알거나 소유할 수 없다는 사실 때문에 "하루도 싸우지 않고 지나가지 않는 날이 없"는 게 사랑이다. 상대방이 나의 모든 것을 사랑하는지, 그렇다면 왜 날 사랑하는지, 그러나 행여 나를 저버리진 않을 것인지 하는 초조감과 불안감이 늘 '사랑 싸움'을 부른다.

제아무리 접근해도 포착되지 않는 타자

열정적인 사랑일수록 더욱 그렇다. 그럴수록 나를 행복하고 황홀하게 해주던 사랑이 떠나갈까 하는 걱정과 염려가 증폭된다. 아무리 노력해도 타자의 사랑을 충분히 확인할 수 없다는 절망감이 때로 하루에도 몇 번씩 내 마음속에 갈등과 상대방에 대한 의심을 일으킨다. 단적으로 "하루"도 그치지 않는 '사랑 싸움'은, 이미 단순한 사랑을 넘어 그 사랑이 일종의 열병 또는 광기 수준의 사랑. 곧 타자가 나에게 큰 기쁨과 만족을 가져다줄 뿐만 아니라 내 존재의 전부로 다가왔을 때 발생한다.

그러니까 상대방에 대한 병적인 불신과 의구심은 나의 사랑이 너무나 소중하기에 결코 놓치고 싶지 않다는 집착에서 온다. 놀랍게도 타자에 사로잡힌 영혼들일수록 더욱 큰 의혹의 눈초리로 사랑의 상대를 지켜보며, 그럴수록 타자의 언행들은 나와 멀어지려는 것으로 다가오게 된다. 완벽하고 완전해 보였던 사랑이 자칫 비극적인 파멸로 이어지는 것은, 내가 타자의 전부가 됨으로써 타자가 나를 벗어날 수 없도록 하려는 시도가 실패할까 하는 지나친 우려와 두려움에서 시작된다고 할 수 있다.

한 개인의 의지로 어찌할 수 없는 사랑의 막강한 힘 속에서 "다시 이쪽을 바라보"도록 하려는 "내 바바리 돛폭"은, 그러한 사랑의 비극적 파멸에 대한 가녀린 저항에 불과하다. 일단 불붙기 시작하면 자기 마음대로 조절하거나 통제할 수 없는 것이 사랑의 감정이며, '나'라는 최소한의 주체성마저 상실하게 만드는 것이 사랑의 특수한 공정이다. 모든 사랑은 "나를 대안^{對岸}으로 데려가려 하는" 그 어떤 "힘"이며, 어떤 이데올로기나 도덕에서도 자유로운 마음의 자기운동일 뿐이다.

그러니까 나를 그 사랑의 소용돌이 바깥으로 끌어내려 "환장하는 내 바바리의 돛폭"은, 솔직히 일종의 허울 좋은 핑계에 불과하다. 표면적으로 "바바리의 돛폭"을 핑계대고 있지만, 사실 그것은 어떤 강고한 지성의 통제나 이성적인 절제에 상관없이 마냥 그 "돛폭"에 끌려 다니는 제 육신과 영혼의 무기력에 대한 자기고백에 지나지 않는다. 허우적거릴수록 더욱 깊숙이 빠져드는 사랑의 함정에 갇혀 있음에도 불구하고, 나 스스로의 의지나 능력을 통해 길들이지 않은 황소처럼 날뛰는 사랑을 통제하거나 제어할 수 없다는 무기력한 선언에 불과하다. 그렇게나마 나의 주체성을 선언하고 있지만, 사랑이 밀려올 때 우리는 바람에 힘없이 떠밀리는 배처럼 압도적인 사랑의 힘에 주체성을 자진 반납하거나 양도할 수밖에 없다.

나는 사랑의 주체가 아니라 희생자

"만약 내가 없다면/ 이 강을 나는 건널 수 있으리"라는 무기력한 탄식은, 그러기에 사랑이 의식의 통제를 떠난, 자율적인 그 어떤 힘이라는 것을 나타낸다. 일견 매우 단호한 어조의 가정법을 통해 나의 주체성을 강조하고 있지만, 실상 동물적이고 맹목적인 힘을 가진 사랑의 막강함과 마주친 데서 오는 당황감과 맞물려 있다. '내가 있음으로 이 강을 건널 수 없다'는 나의 선언은, 그야말로 사랑의 대상이나 사랑의 과정이 자신의 주체적 의지에 따라 선택되거나 조절될 수 없다는 점에서 매우 옳은 인식 태도이다. 나를 자신의 바깥인 "대안對岸"으로 끌고 가는 사랑의 경험은, 어디까지나 내가 사랑의 주체가 아니라 사랑의 희생자에 불과하기 때문이다.

달리 말해, 변화무쌍하며 끝없이 변덕스러운 차안此岸의 세계에서 영원한 사랑의 "대안對岸" 또는 피안彼岸으로 건너가려면 "나를 없애는" 치명적인 결단. 자기중심적인 기존의 나를 버리고 철저히 타자 속으로 뛰어드는 용기가 필요하다. 문득 다가와 나를 삼키는 객관적인 흐름으로서 사랑은, '나'라는 의식 또는 허울을 버릴수록 그 참모습을 드러내는 까닭이다. 그야말로 치명적인 도약으로서 사랑의 실재에 접근은 "죽기 아니면 사랑하기"와 같은 결단이나 결기 없이 불가능하다. 어디까지나 사랑은 매우 낯설면서도 한편으로 매우 친밀하기도 한 타인의 살과 피, 혀와 가슴을 가진 타인의 육체로의 모험이자 돌진이며, 사랑하는 이의 뜨거운 심장과 호흡 속에서만 가능하기 때문이다.

문득 "사랑하니까/ 네 앞에서/ 나는 없다"는 고백은, 따라서 전혀 잘못되거나 모순적인 경구가 아니다. 그토록 열망하던 사랑으로 인해 내가 없어지는 경험은, 자기 생의 가장 소중한 선물로서 사랑에 대한 갈증과 열망이 곧 죽음에 대한 허기와 갈망이라는 것을 나타낸다. 그러니까 사랑의 분출 또는 약동으로서 존재의 팽창은 곧 무한한 세계로의 후퇴 또는 존재론적 회귀와 연결되어 있다. 모든 사랑은 자신도 모르는 존재의 심연에 도달하려는 하나의 길이며, '나'라는 자아를 완전히 소멸시킬 때 더욱 완벽하게 자기의 본래성을 회복할 수 있다. 오히려 내가 나의 자아라는 "강"을 벗어나야 사랑의 상대인 타자가 머무는 저편의 강기슭에 도착할 수 있다.

'나'라는 자아를 소멸시킬 때 진정한 합일이

매우 위험스럽고 고통스런 "작두날 위에 나"를 "세우는/ 그 힘"으로서 사랑이 "무중력"이 되는 것은 바로 그런 이유 때문이다. 비록 매우 짧은 순간이나마 사랑의 경험은 삶과 죽음과 같은 대립되는 것들을 일치시킨다. 자신과 경험된 세계 사이에 어떤 경계나 틈도 없으며, 일시적이나마 진정한 실재인 합일의식의 상태에 들어서게 하는 것이 사랑의 묘약이다. 그러니까 기꺼이 자신을 "작두날 위"에 "세우는" 것과 같은, 죽음을 각오한 맹목성은 사랑이 갖는 힘이 절대적이라는 것을 말해준다. 죽음의 공포처럼 사랑의 힘 또한 한 인간으로서 어쩔 수 없는, 또 다른 생명 유지의 본능이라고 할 수 있다.

그러한 모든 사랑이 이뤄지는 것은 전적으로 순간이다. 그래서 모든 사랑은 첫사랑이며, 마지막 사랑이다. 그 어떤 전문가도 허락하지 않으며, 어떤 이들을 한순간에 사랑의 아마추어로 만드는 게 사랑이다. 설령 사랑의 본질을 알려고 머릴 싸매고 밤늦도록 책장을 넘겨도 헛된 수고에 그치기 쉽다. 사랑에 능숙한 자일수록 사랑의 참 모습을 잘 알거나 이해하지 못한다. 우리는 그럼에도 불구하고 모호하기 짝이 없으며 극단적이기까지 한 그 사랑을 찾아 헤맨다. 그러면서 마약보다 더 독한 고독과 비애를 기꺼이 떠맡는다. 마치 햄릿처럼 '죽기 아니면 사랑하기'라는 선택지의 절벽 끝으로 스스로를 내모는 게 거부할 수 없는 사랑의 위력이다.

필시 사랑에 빠진 자들은 자신들의 사랑을 지키고 유지하기 위해 공동체의 질서에서 이탈하기를 마다하지 않는다. 오히려 공동체의 박해나 사회적으로 인정받지 못할수록 더 간절하고 절실하게 "죽기 아니면 사랑하기뿐"이라는 선택지를 강요하는 게 피할 수 없는 "사랑"의 마력이다. 때로 우리가 생사를 건 새로운 사랑의 모험을 여전히 두려워하지 않는 것은, 공동체 논리나 어떤 제도적 장치로 대신할 수 없는 것이 사랑의 열망이기 때문이다. 무엇보다도 아주 잠시나마 우리는 사랑의 힘에 의해 우주적 크기와 깊이로 진행되는 죽음과 부활의 존재론적 드라마를 포기할 수 없기에 지금도 여전히 새로운 "사랑"을 찾아서 방황하고 있으리라.

고독,

누군가를 향한 존재의 모험

김현승

「절대 고독絕對孤獨」

낯선 곳에 홀로 떨어져 있다는 느낌과 동시에 우주와 함께 호흡하고 있다는 느낌을 선사하는 그런 고독. 홀로이면서 홀로가 아님을 느끼게 하는, 그 누군가나 그 무엇과 함께 하고 있다는 체험을 동반하는 그런 고독의 극단으로서 '절대고독'에 이르러야만 "눈물겨운" '무한'의 끝. 자기상실을 저지하면서 절대적으로 자유롭고 창조적인 새로운 자기와 만날 수 있다.

절대 고독 ^{絶對 孤獨}

김현승

나는 이제야 내가 생각하던
영원의 먼 끝을 만지게 되었다.
그 끝에서 나는 하품을 하고
비로소 나의 오랜 잠을 깬다.

내가 만지는 손끝에서
아름다운 별들은 흩어져 빛을 잃지만,
내가 만지는 손끝에서
나는 무엇인가 내게로 더 가까이 다가오는
따스한 체온을 느낀다.

그 체온으로 내게서 끝나는 영원의 먼 끝을
나는 혼자서 내 가슴에 품어준다.
나는 내 눈으로 이제는 그것들을 바라본다.

그 끝에서 나의 언어들을 바람에 날려 보내며,
꿈으로 고이 안을 받친 내 언어의 날개들을

이제는 티끌처럼 날려 보낸다.

나는 내게서 끝나는
무한의 눈물겨운 끝을
내 주름 잡힌 손으로 어루만지며 어루만지며,
더 나아갈 수 없는 그 끝에서
드디어 입을 다문다―나의 시는.

스스로 행복하다고 믿는 자들은 결코 타인을 찾지 않는다. 자신의 삶과 세계에 대해 확신하는 자들이 다른 이의 이름을 부르거나 구원을 갈망하기는 쉽지 않다. 자신이 속한 세계 속에서 존재 의의를 찾을 수 없거나 인간으로서 유한성을 절감하는 자들이 타인과의 사랑을 갈구하고, 타인의 숨결을 그리워한다. 자신만의 긍지를 갖지 못하거나 이 세계의 무의미를 홀로 견뎌낼 자신감을 잃은 자들이 비로소 누군가를 향해 눈길을 돌리거나 자신을 향해 돌아선다. 그러니까 제아무리 애를 써도 자기에게 동화시킬 수 없는 영원한 타자, 차라리 없음이라고 해야 할 그 누군가나 무언가를 향해 나아가는 데서 느끼는 감정의 하나가 바로 고독이다.

모든 이들의 그리움과 슬픔을 대신해 우는 '곡비哭婢' 또는 때로 도리를 어겨가면서까지 타인을 옹호하는 '곡비曲庇'를 자처하는 시인들은, 그 고독의 첨단에 서 있는 자들이다. 그들은 어떤 식으로든 고독하지 않으면 서로 다른 인간 사이에 진정한 교감이나 동화가 불가능하다는 것을 본능적으로 알고 있다. 그리고 언제부턴가 역사의 주변부 또는 밑바닥에 살도록 운명 지어진 그들의 시는, 그러한 고독을 견디는 필사적이고 비타협적인 노력 속에서 타인을 매우 절실하고 간절하게 부르는 손나팔이다. 또한 궁극적으로 자신의 가장 깊은 근거에서 스스로가 속한 세계 속의 타인들과 하나 되려는 필사적인 몸부림에 다름 아니다.

집요하게 '고독의 시인'으로서 길을 걸었던 김현승의 고독도 이와 크게 다르지 않다. "내 목이 길어 회의懷疑에 기울기 좋고,/ 혈액은 철분이 셋에 눈물이 일곱이기"에 "포효咆哮보담 술을 마시는 나이팅게일"(「자화상」)이라고 스스로를 평한 청교도적 시인 김현승은, 그의 시 「고독」「견고한 고독」「고독의 끝」「절대 고독」 등을 통해 진정한 고독이 진정한 만남과 분리될 수 없다는 것을 보여주고 있다. 자기 속에 자신을 가두는 극단의 허무나 절망으로서 고독이 아니라, 자신과 타인의 삶에 대한 단단한 열망과 불굴의 의지를 숨기고 있는 고독의 위엄. 그 어떤 종류의 방해나 저지도 제지할 수 없을 만큼 강렬하고 단호한 비타협과 비순응의 인간적 투지가 그의 '고독 시편'들을 뒷받침하고 있다.

극단의 절망이 아닌 삶에 대한 불굴의 열망으로서 고독

그런 만큼 "나"의 고독은 단순히 타인과의 소통 부재나 신의 존재 같은 무한성 앞에서 느끼는 절망감에서 오는 고립감이나 소외감을 뜻하지 않는다. 물론 "신은 무한히 넘치어/ 내 작은 눈에 들일 수 없"고 "나는 너무 잘아서/ 신의 눈에는 끝내 보이지 않았"을 거라고 말함으로써 신과 같은 절대적 존재와 비교되는 인간의 왜소함 내지 유한성을 고백하고 있다. 하지만 곧바로 그는 "바람"마저도 "따르지 않는/ 곳으로 떠나면서" "할 일"이 다름 아닌 "영혼의 옷마저 벗어버리"(「고독의 끝」)는 것이라고 말하고 있는 것이 보여 주듯이 "나"의 고독은 단지 인간과 세계로부터의 수동적이고 자폐적인 단절감을 나타내지 않는다. 오히려 그보다는 진정으로 고독해질 수 없는 상황 속에서 "나" 자신과 마치 처음처럼 대면하고자 스스로 세상에서 물러서는 수동적인 능동성의 고독을 나타낸다.

따라서 "나"의 고독은 혼자만의 길, 혼자만의 세계를 갖기 위한 쓸쓸하고 절망적인 고독이 아니다. 모든 사물들과 친교하며 말을 걸 수 있는 고독의 길과 연결되어 있다. 세상의 모든 진리와 정의를 독점하기 위한 간계와 책략을 위한 배타적이고 독불장군식의 고독의 길에 맞닿아 있는 것이 아니라, "결정結晶된 빛의 눈물" 또는 "이승이나 사랑에도 녹슬지 않는/ 견고한 칼날"의 고독. "뜨거운 햇빛 오랜 시간의 회유에도/ 더 휘지 않"는, "마를 대로 마른 목관악기의 가을"(「견고한 고독」)과 같은 전대미문의 순수함에 이를 때까지 절대적 언어 순수를 꿈꾸는 고행과 수양의 고독에 더 가깝다. 온갖 소음이나 잡음으로 혼란한 세계와의 자발적 격리 또는 후퇴와 맞물려 있는 게 "나"의 고독의 진정한 본질이라 할 수 있다.

그렇듯 "나"의 고독은 근본적으로 보잘것없고 나약하기 이를 데 없는 자아를 내세우거나 펼쳐가는 것과 거리가 멀다. 그보다는 오랜 방황과 고통이 "끝나면서 나의 처음"을 "알게"(「고독의 끝」)되는 인간의 궁극적인 고독에 가깝다. 개개의 인간들이 비로소 처음으로 모든 본질적인 것에 가까이 이르게 되는, 개별화 내지 세계의 가까이에 다가서는 그런 고독화Vereinsamung와 관계되어 있다. 그리고 그 결과가 "너를 잃은 것도/ 나를 얻은 것도 아"(「고독」)닌 그 어떤 상태. 어느 순간 '나'는 마치 자신이 유일무이한 자처럼 홀로 영원의 먼 끝으로 비유되는 그 어떤 거대한 전체 앞에 서 있다는 것을 느낀다. 자발적인 고독의 길을 통해 비로소 '나'는 자신이 오랫동안 생각해오고 추구해왔던 영원 또는 무한과 마주하면서 마치 그것들을 주변에서 흔히 만날 수 있는 사물처럼 만지거나 바라본다. 그리고 이것은 진정한 고독이 곧 내가 타자와 분리되기 이전의 세계로 돌아가려는 움직임의 일종이며, 본래적 존재를 회복하기 위해 내 안에서 벌어지고 있는 근본 사태와 연결되어 있다는 것을 보여주고 있다.

예기치 않은 방문 혹은 뜻밖의 선물로 다가와

그러나 고독의 길이 이끌어준 "영원의 먼 끝"은 오랫동안 간절히 바라고 기원한다고 해서 만질 수 있는 성질의 것이 아니다. 어디까지나 그것은 뜻밖의 선물이며, 예기치 않은 방문의 형태를 띤다. 무엇보다도 그것은 문득 나 자신이 낯선 타인이라는 것을 느끼도록 만든다. 나란 존재가 자명한 사실이 아니라, 지금 내게로 다가오는 무엇인가에 대한 경험으로 존재한다는 것을 일깨워준다. 그러니까 "나"는 "이제야" "영원의 먼 끝"이라는 타자성의 지각을 통해 오랜 타성과 일상의 잠에서 깨어나 자신이 누구인가를 감지한다. "무한의 눈물겨운 끝"을 만지는 영광 또는 신성의 체험은, 그러나 "나"의 바깥에 있는 대상 또는 절대자가 준 선물이 아니다. 따스한 체온을 지닌채 내게로 더 가까이 다가오는 그 무엇은, 놀랍게도 내 안에 이미 은폐되어 있던 그 어떤 것이다.

그러나 모든 종교성보다 더 원초적이고 본래적인 타자성의 계시로서 "영원의 먼 끝"에 대한 경험은 타인들과 공유할 수 있는 체험이아니라 "나" 혼자서만 체험 가능한 근본 경험의 일종이다. 내 눈과손으로 감지할 수 있는 분명한 실재로 체험되고 있지만, 궁극적으로그것은 비가시적이고 비가역적이기에 그 경험을 언어로 재현하기는거의 불가능하다. 그러니까 무기력하게 "나의 언어들을 바람에 날려보"낼 수밖에 없는 것은, 그것이 접근하려고 하면 할수록 빗나가는세계이기 때문이다. "꿈으로 고이 안을 받친 내 언어의 날개"로도 그세계를 정확히 번역해낼 수 없기에 "티끌처럼 날려 보"내야 하는 무능력은, 그러한 체험이 견주어보거나 비교할 대상이 끊긴 절대의 세계와 관계되어 있다는 것을 말한다. "내 주름 잡힌 손으로 어루만"질

만큼 "나"에겐 분명하고 생생한 체험이지만, 근본적으로 그 체험이 언어화 이전에 있음으로 하여 "입을 다"물 수밖에 없는 것이 내가 고독을 통해 도달한 무궁 또는 무의 세계이다.

자기 상실이 아닌 창조적인 자기 세계와 맞닿아

그러나 오히려 "입을 다"물 수밖에 없는 상황을 적시함으로써 "나의 시"는 그 생명력을 얻는 역설에 직면한다. 시적 언어의 무기력 내지 한계를 느끼는 데서 오는 절망은, 침묵할 수밖에 없는 "더 나아갈 수 없는 그 끝"과 마주할 수 있었다는 안도감으로 뒤바뀐다. 그러니까 내가 "손"에 "주름"이 잡힐 정도로 오랜 인내와 기다림을 통해 도달한 '절대 고독'의 세계는 언어 활동의 완전한 중단 또는 해체와 더불어 새로이 탄생하는 말과 연결되어 있다. 말의 침묵 또는 침묵의 말이 그야말로 '절대 고독'의 세계이며, 그러기에 그 세계에 다가가는 언어는 투명하고 군더더기가 없다. "껍질을 더 벗길 수도 없이/ 단단하게 마른/ 흰 얼굴" 또는 "그늘에 빚지지 않고/ 어느 햇빛에도 기대지 않는/ 단 하나의 손발"(「견고한 고독」)의 세계. 말 이전과 말 이후, 하나의 침묵과 다른 침묵 사이를 가로지르며 연결시키는 것이 "나의 시"이다.

습기 어린 내적 체험이나 감정 기복이 심한 서정적 열망보다는 잘

마르고 절제된 견고한 고독의 형이상학과 맞닿아 있는 "나"의 고독은, 따라서 단순한 고립감이나 외톨이로서 느끼는 외로움 따위가 아니다. "높은 언덕에 떨어진" "굵은 열매"의 "쌉쓸한 자양滋養/ 에 스며드는/ 생명의 마지막 남은 맛"(「견고한 고독」)과 같은 것이 바로 내가 생각하는 고독이다. 낯선 곳에 홀로 떨어져 있다는 느낌과 동시에 우주와 함께 호흡하고 있다는 느낌을 선사하는 그런 고독. 홀로이면서 홀로가 아님을 느끼게 하는, 그 누군가나 그 무엇과 함께 하고 있다는 체험을 동반하는 그런 고독의 극단으로서 '절대고독'에 이르러야만 "눈물겨운" '무한'의 끝. 자기상실을 저지하면서 절대적으로 자유롭고 창조적인 새로운 자기와 만날 수 있다.

죽음,

나를 살게 하는 유일한 출구

———

조은

「무덤을 맴도는 이유」

죽음이 없다면 인간의 삶은 지루하고 무의

미한 생명의 반복이나 단순한 연장에 불과

할 수밖에 없다. 언젠가 스스로 죽게 되어

있다는 삶의 유한성과 우연성에 대한 자각

이 없다면, 그 어떤 것으로도 환원할 수 없

는 '나'의 개체성 또는 단독성이 갖는 소중

한 의미를 깨우칠 수 없다.

무덤을 맴도는 이유

조 은

알 수가 없다
내가 자꾸 무덤 곁에 오게 되는 이유
무덤 가까이에 몸을 둬야
겹겹의 모래 구릉 같은 하늘을 이고
나를 살게 하는 것들이
무덤처럼 형체를 갖는 이유

그러나, 알고 있다, 오늘도 나는
내 봉분 하나 넘어가지 못한다
새들은 곳곳에서 찢긴 하늘처럼 펄럭이고
그들만이 유일한 출구인 듯 눈이 부시다

알 수가 없다
무덤만 있는 이곳에 멈춰 있는 이유
막막함을 구부려 몸 속으로 되밀어 넣으며
싱싱했던 것들이 썩는 열기를
느끼고 있는 이유

사람들이 몇 줄 글로 남겨놓은

비문을 찾아 읽거나

몸을 잿더미처럼 뒤지며

한 생명이 무덤 곁에 있다

모든 인간의 죽음은 태어남과 더불어 엄연한 생명 과정이며 피할 수 없는 생의 법칙 가운데 하나다. 영원히 풀 수 없는 숙제와도 같은 죽음은, 그래서 곧잘 제 의지로 어쩔 수 없는 숙명적인 것으로 다가온다. 또한 그 때문에 죽음은 인간에게 더 할 수 없는 슬픔과 고통, 체념의 대상으로 다가오게 마련이다. 모든 종교나 예술은 그런 면에서 이러한 죽음에 대한 공포를 극복하기 위한 인간들의 필사적인 노력의 산물이다. 그 속에 들어 있는 영혼의 불멸 또는 무한성에 대한 갈망과 동경은, 생의 유한성과 그로 인한 인간의 운명적 비극을 극복하려는 몸부림과 맞물려 있다.

그렇다고 하더라도, 죽음이 가져오는 불안감이나 무상감이 쉽게 해결되는 것은 아니다. 거의 예외 없이 모든 죽음은 그동안 소중하게 여겼던 것들을 일시에 무화시키고, 사랑하는 것들과 치러야 하는 불가피한 이별에 따라 극심한 상실감과 허무감을 던져준다. 한순간에 유일무이한 '나'의 삶과 존재 전체를 무의미하고 공허하게 만드는 게 죽음이다. 하지만 그 누구도 대신할 수 없는, 오로지 '나'의 문제로 남는 죽음은 지금껏 살아온 일상의 시간을 전복하고 전혀 다른 차원의 '나'로 인도한다는 점에서 단지 부정적인 것이 아니다. 말할 수 없는 실존적 고뇌와 공포를 동반하는 죽음은, 일상의 이해관계에 집착해왔던 자신의 생애를 반성적으로 되돌아보게 하면서 결단을 촉구하며, 경우에 따라 '나'의 본래적 가능성을 되돌려주는 사건이 될 수 있다.

자신도 모르게 "내가 자꾸 무덤 곁에 오게 되는 이유"는 여기에서 시작된다. 그것은 당장 내가 모든 것들을 한꺼번에 앗아가는 죽음에 직면하지 않았다고 하더라도, 유한한 존재로서 "나"의 존재 의의를 그 어디서고 찾을 수 없을 때와 깊게 관련되어 있다. 왜 그런지 명확히 "알 수" "없"고 해명할 수 없지만, 불현듯 내가 속한 세계가 전혀 낯설어지고 무의미하게 다가올 때 무의식적이나마 생명 현상에 대한 이해나 삶과 죽음에 대한 질문을 던지게 마련이다. 정체불명의 불안이나 두려움이 '나'의 존재를 엄습하면서, 아무런 근거나 이유도 없이 존재하고 있는 "나"의 정체성과 삶의 의미에 대한 물음이 "나"로 하여금 "무덤" 주변을 "맴"돌도록 한다.

한순간에 나의 존재를 무의미하게 만들며 물음 제기

평소 꺼림칙하게 생각하던 "무덤 가까이에 몸을 둬야" 비로소 "나를 살게 하는" 것들이 "형체"를 갖는 "이유" 역시 그렇다. 그 어떤 것으로도 대체 불가능한 죽음에 대한 사색과 예감이 막연하게나마 "나"를 "무덤 가까이"로 이끌어 간다. "겹겹의 모래 구릉 같은" 일상의 "하늘" 아래에서 살아가게 하는 힘이 놀랍게도 "나"의 삶의 무의미한 반복을 막아주고 새로운 삶의 기획을 가능케 하는 것이 죽음에서 나온다는 것을 일깨워준다. 죽음에 대한 의식이 "나를 살게 하는" 힘이자 "나"의 삶에 구체적 "형체"를 부여한다.

그러나 바로 "나"의 존재가 본래적으로 죽게 되어 있으며, 그에 따라 죽음을 죽음으로 받아들이려 노력한다고 해도 죽음의 공포는 쉬 사라지지 않는다. 항상 "나"의 삶 가운데로 침투해 오는 것이 다름 아닌 죽음의 불안이기에 "오늘도 나는" 여전히 "내 봉분", 곧 "나"의 죽음에 대해 결코 초연해질 수 없다. 생물학적으로 사망 선고를 받을 때까지 "나"에게 죽음은 반갑지만은 않은, 늘 낯설고 섬뜩한 존재일 뿐이기에 "오늘도 나는/ 내 봉분 하나 넘어가지 못"한 채 죽음의 문제와 씨름할 수밖에 없다. 그러한 "나"와 달리 "새들"만이 "유일한 출구인 듯" 보이지만 "그들" 역시 죽음의 인력引力에서 해방되지 못한 채 "곳곳에서" "찢긴 하늘처럼 펄럭이고" 있는 모습이다.

그럼에도 불구하고 살아 있는 사람들의 세상 대신에 죽은 자들의 "무덤만 있는 이곳"에 "나"의 발길이 "멈춰 있는 이유"는, 그러한 죽음이 순전히 "나"의 책임 하에 있으며 타인에게 내맡길 성질의 것이 아니라는 데 있다. 결코 반갑지 않은 손님일 뿐인 죽음이라는 괴물이 여전히 "알 수가 없"는 "나"의 존재가 가지고 있는 수수께끼 앞에 서도록 강요한다. 자신의 죽음을 추상적으로 해결하기보다 살아 실존하는 "나"의 문제로 받아들이겠다는 각오가 여전히 미궁으로 다가오는 죽음의 실체에 대한 "막막함"을 "구부려"서 "몸속으로 되밀어 넣"는 행위를 부르고, 방금 전까지 "싱싱했던 것들"에서 "썩는 열기"를 생생하게 "느"낄 수 있도록 유도한다.

그러니까 "내가 자꾸 무덤 곁에 오게 되는" 과정에서 얻은 것은 다른 것이 아니다. 죽은 자들의 "무덤" 자체가 "나"를 포함한 모든 인간이 죽음을 향해 달려가고 있는 유한한 존재라는 깨달음이다. 무엇보다도 사자死者들의 "무덤"이 "나"에게 죽음을 죽음으로서 정당하게 받아들일 것을 요구하고 있으며, 그 죽음의 의미에 대해 능동적으로 사유할 것을 요청하고 있다는 사실이다. 피할 수 없는 죽음에 대한 적극적이고 진지한 태도와 자세를 통해 진정한 의미의 한 인간 존재로 거듭나겠다는 "나"의 의지가 무슨 습관처럼 "무덤만 있는" "곳에 멈춰" 서도록 하고 있는 것이다.

죽음으로 달려가는 유한한 존재라는 깨달음 선사

굳이 "몇 줄 글로 남겨"진 "사람들"의 "비문을 찾아 읽"는 "나"의 행위는, 따라서 그 "무덤"의 주인공들에 대한 애도나 추모 감정 차원에 머무르지 않는다. 그 속엔 그나마 "몇 줄로 남겨"진 것이 행운이라고 할 만큼 덧없이 사라진 타인들의 죽음을 통해 "나"의 운명에 대한 새로운 자각과 인간 존재의 근본 양태에 대한 성찰이 숨겨져 있다. 또한 살아 있는 모든 것들이 탄생과 함께 이미 죽어가는 것이기에 죽음 역시 하나의 삶의 과정임을 자각하면서, "나"의 죽음을 삶의 가장 높은 행위로 받아들이려는 노력이 스며들어 있다. 죽음이 단지 인간 존재의 한 극단이나 모든 가능성의 끝이 아니라, 가장 순수한 존재로서 "나"를 일으켜 세우는 실존론적 계기와 결단을 동반할 수 있다는 것을 시사하고 있다.

살아 있는 "한 생명"체로서 내가 자신의 "몸"을 죽은 "잿더미"처럼 "뒤지"며 기꺼이 "무덤 곁에 있"는 것도 그 때문이다. 가사假死의 체험을 통해서나마 "나"의 죽음을 미리 맛보며, 그때그때 주어진 삶의 순간들의 소중함과 절실성을 자기화하려는 의도가 숨어 있다. 행여 "나" 자신이 아니라 타인의 죽음을 통해서라도, "나"와 세계의 존재론적인 의미를 진지하게 성찰해보겠다는 각오가 모두가 꺼리는 죽은 자들의 무덤 곁을 찾도록 하고 있다. 죽음의 사태를 객관적 대상의 문제가 아니라 바로 '나'의 실존의 문제라는 것을 진지하게 자각하는 자만이 자신의 죽음을 정면으로 응시할 수 있다는 것을 보여주고 있다.

죽음은 그런 점에서 마냥 모든 생명체에게 피할 수 없는 비극적 사건이자 두려움의 대상인 것만은 아니다. 죽음은 "한 생명"의 신비와 놀라움을 근원적으로 나타나게 한다는 점에서 외면할 수 없는 삶의 또 다른 얼굴이다. 그야말로 죽음은 살아 있음을 근거로 하고 있으며, 살아 있음 역시 죽음을 그 바탕으로 하고 있기에 "한 생명"은 분명 "무덤"과 나란히 존재하고 있는 그 어떤 것일 수밖에 없다. 살아 있는 "생명"체만이 죽게 되어 있기에 "나"와 우리들 "곁"에 있는 "무덤"들은, 단지 죽음의 장소가 아닌 엄연히 삶의 연장선상에 놓여 있다.

삶의 가장 숭고한 행위로 받아들이려는 노력 필요

달리 말해, 죽은 자들의 "무덤"이 말없이 보여주듯이 죽음의 공포는 죽음만이 "유일한 출구"로서 모든 인간에게 극복하기 어려운 실존적 사태이다. 하지만 도처에서 벌어지는 크고 작은 생명체들의 죽음들과 생멸 과정을 지켜보면서 철저히 유한하고 시간적인 존재인 '나'는, 그 죽음을 자기화함으로써 온갖 바쁜 일상의 업무들과 사람들 간의 이해관계에 수동적으로 끌려 다니는 비본질적인 실존 방식과 결별하고자 한다. 정작 그 자신마저 그 "이유"를 제대로 알지 못한 채 "무덤 곁"을 떠도는 이유는, 언젠가 죽어 갈 존재로서 "나"의 운명과 유한성을 그대로 받아들이는 것이야말로 '세계 내 존재'로서 진정한 자신의 존재 의의를 발견하는 지름길이기 때문이다.

그렇다고 죽음의 비밀이 풀렸는가? 단연 그렇지 않다. 어찌 죽어 보지 않은 자가 죽음을 이야기할 수 있을 것인가. 여전히 아무도 그 죽음의 실체에 대해 "알 수가 없"는 게 우리들 인간의 운명이다. 하지만 그 죽음이 없다면 인간의 삶은 지루하고 무의미한 생명의 반복이나 단순한 연장에 불과할 수밖에 없다. 언젠가 스스로 죽게 되어 있다는 삶의 유한성과 우연성에 대한 자각이 없다면, 그 어떤 것으로도 환원할 수 없는 '나'의 개체성 또는 단독성이 갖는 소중한 의미를 깨우칠 수 없다. 죽음을 자신의 본질로 받아들일 수 있을 때, 우린 비로소 '나'의 존재를 넘어 모두를 아끼고 사랑할 수 있는 새로운 삶의 가능성 앞에 설 수 있다.

생명,

그 어느 것 하나 '찬란'하지 않은 것은 없으니

이병률

「찬란」

전혀 예측하지 못한 돌발적인 사태에도 당황하지 않은 채 굳이 그걸 "찬란"이라는 정서적 경험으로 수용할 수 있는 여유는, 그 우연성과 돌발성을 통해 자기 자신과 세계를 더욱 깊고 전체적으로 이해하게 되었을 때 발생한다.

찬란

이병률

겨우내 아무 일 없던 화분에서 잎이 나니 찬란하다
흙이 감정을 참지 못하니 찬란하다

감자에서 난 싹을 화분에 옮겨 심으며
손끝에서 종이 넘기는 소리를 듣는 것도
오래도록 내 뼈에 방들이 우는 소리 재우는 일도 찬란이다

살고자 하는 일이 찬란이었으므로
의자에 먼지 앉는 일은 더 찬란이리
찬란하지 않으면 모두 뒤처지고
광장에서 멀어지리

지난밤 남쪽의 바다를 생각하던 중에
등을 켜려다 전구가 나갔고
검푸른 어둠이 굽이쳤으나
생각만으로 겨울을 불렀으니 찬란이다

실로 이기고 지는 깐깐한 생명들이 뿌리까지 피곤한 것도
햇빛의 가랑이 사이로 북회귀선과 남회귀선이 만나는 것도
무시무시한 찬란이다

찬란이 아니면 다 그만이다
죽음 앞에서 모든 목숨은
찬란의 끝에서 걸쇠를 건져 올려 마음에 걸 것이니

지금껏으로도 많이 살았다 싶은 것은 찬란을 배웠기 때문
그러고도 겨우 일 년을 조금 넘게 살았다는 기분이 드는 것도
다 찬란이다

오랫동안 우린 '나'와 마주선 '세계'에 대한 호기심과 공포의 감정을 품어 왔다. 지금 여기의 눈앞에 펼쳐진 세계에서 벌어지는 온갖 사건이나 경험의 배후에 대한 궁금함이 호기심을 낳게 했으며, 동시에 그것을 직접 마주칠 수 있다는 데서 오는 공포가 두려운 감정으로 다가왔던 까닭이다. 도대체 그 무엇이 한도 끝도 없이 너른 벌판에 수도 없이 서로 다른 종류의 꽃들을 한날한시에 제각각 다른 모습으로 활짝 피어나도록 하는가. 도대체 그 무엇이 저 수많은 별들을 밤마다 반짝이게 하며, 또 우린 어디서 왔고 어디로 가고 있는가. 지금도 여전히 반복되고 있는 그러한 물음과 의문이 우리로 하여금 이미 '나'와 마주한 세계의 신비함을 노래하게 만들었는가 하면, 때로 그 근원을 알 수 없이 엄습하는 그 어떤 서늘함이 우릴 불면의 밤으로 이끌어왔다고 할 수 있다.

신과 인간 사이의 '사이 존재'로 일컬어지는 시인들의 경우 더욱 그렇다. 대체로 그들은 제각기 다른 모습을 하고 있으면서도 자율적으로 일정한 질서를 엮어가는 대자연의 광휘에 대해 찬가를 보내거나 여전히 비밀에 쌓인 우주의 실상을 두려운 눈으로 지켜보는 데 시인들은 민감한 반응을 보여왔다. 특히 그들은 온갖 사물들과 사건들에 관여하는 궁극적인 실재를 어떻게 보느냐에 따라 그래도 세상은 살 만하다거나, 아니면 살아 있는 것 자체가 비극이라는 입장을 표명해왔다. 우주와 인간세계를 움직이는 제1원인 또는 최종적인 근원을 무엇으로 보고, 또 그것과 어떤 관계를 맺을 것인가에 따라 '나'와 마주한 세계가 기쁨의 대상이 되거나 슬픔의 대상이 되어왔다고 할 수 있다.

만물의 생성은 그 자체로 무구하다는 인식 깔려

과연 그렇다면 "겨우내 아무 일 없던 화분에서 잎이 나니 찬란하다"고 노래하는 시인은, 실로 다양하기 그지없는 현상의 사물들과 그 속성들의 결정 원인을 무엇으로 보기에, 어떤 면에서 지극히 평범하고 진부하기까지 한 일조차 굳이 "찬란"하다고 말하고 있는가. 우선 그것은 미처 기대하지 않았던 버려진 "화분"에서 "잎이 나"는 사건을 문득 목격한 데서 오는 소박한 놀라움의 감정을 보여준다고 할 수 있다. 하지만 그 감정의 깊이를 파고들어 가면, 그러한 반응은 단지 어떤 사태에 대한 한 개인의 주관적인 정서의 표출에 그치지 않는다. 그러한 반응 속엔 제아무리 미미하게 보일지라도, 만물의 생성은 그 자체로 무구하다는 대전제가 깔려 있다.

죽어 있는 듯한 "화분"에 돋아난 새싹을 "흙이 감정을 참지 못"해 밀어낸 사태로 보는 시적 사유 역시 그 연장선상에 놓여 있다. 한갓 "흙"조차 "감정"을 가진 인격체로 보는 시적 사유는, 단지 물활론적이고 생태주의적인 관점 때문이 아니다. 우선 그것은 모든 자연 현상의 외부에 초월론적인 근거를 설정하는 서방적 세계관과 달리, 천지 만물의 생동을 가능케 하는 동력이 다름 아닌 '기氣'라는 동방의 세계관에 그 뿌리를 두고 있다. 또한 그것은 궁극적으로 현세 부정의 신학보다 영원히 순환하는 자연성에 대한 순진무구한 긍정 의식이 바탕이 되어 있기에 가능하다. 어쩌면 지극히 평범한 사태조차 "찬란"하다고 노래하게 만든 힘은, 다름 아닌 온갖 생명현상에 대한 한없는 공감과 긍정의 태도에서 온다.

"감자에서 난 싹을 화분에 옮겨 심"는 동안 "손끝에서 종이 넘기는 소리를 듣는 것"과 같은, 인위적이고 부자연한 현상들조차 "찬란"하게 받아들일 수 있는 것 또한 그렇다. 무의식적이나마 우주와 세계의 본체가 "감자"에서 "싹"이 나는 것과 같은 자연현상의 너머에 있는 것이 아니라 바로 그 자체가 구체 세계를 형성하는 원동력이자 근본이라는 것을 직감하고 있기에 가능하다. "오래도록 내 뼈에 방들이 우는 소리 재우는 일"과 같은 아픔과 고통조차 "찬란"하다고 넉넉하게 말할 수 있는 힘은, 나와 세계 또는 자연과 인간 사이의 이원론적인 대립이나 갈등을 인정하지 않는 세계관에서 나온다. 일견 결코 달갑지 않은 육체적이고 정신적인 고통조차 "찬란"이라고 감히 노래할 수 있는 마음은, 세상에 일어나는 그 모든 사태가 천지자연과의 공동 작업이라는 인식에서 일어난다.

생의 부정적 현상조차 지속성 유지의 힘으로 작용

그러나 누구에게나 필시 "살고자 하는 일"이 결코 "찬란"한 것만이 아닌 것만은 분명하다. 그 누구든 인생의 과정에서 간단없는 고통과 이별, 무수한 시련과 경쟁을 견뎌내야 하는 까닭이다. 그럼에도 불구하고 그 엄혹한 생존의 움직임들조차 "찬란이었"다고 회고할 수 있는 불굴의 정신은, 행여 생의 부정적인 현상들조차 자신의 동일성과 지속성을 유지시키는 힘으로 작용한다고 보기 때문이다. 한낱 "의자에 먼지 않는 일" 같이 지극히 사소하며 보잘것없는 현상마저 "더 찬란"이라고 노래할 수 있는 여유는, 모든 사물과 사건들 속엔 발산하면서도 수렴하는 어떤 힘이 원환적 순환운동을 이루고 있다고 생각하기 때문이기도 하다. "찬란하지 않으면 모두 뒤처지"거나 "광장에서 멀어지리"라는 확신에 찬 사유는, 생명현상 내부에 존재하는 부정적인 것과 더불어 모든 변화와 생성을 추동시키는 힘을 적극적으로 체감하고 긍정하는 데서 오는 신념에서 비롯된다.

"지난밤 남쪽의 바다를 생각하던 중에 / 등을 켜려다 전구가 나"간 그 순간 "검푸른 어둠이 굽이쳤"지만, 다행히도 "생각만으로 겨울"을

"불"러낸 것과 같은 우연찮은 행운에 감사해하고 충만한 감정을 느낄 수 있는 것도 이와 무관하지 않다. 지극히 우연적이고 비의도적인 현상들조차 "찬란"하다고 거듭 강조하는 행위는, 근원적으로 그러한 우연과 필연 또는 행운과 불행을 발생시키는 세상이라는 장場 자체를 가능한 한 밝고 명랑하게 이해하려는 입장에 서 있기에 가능하다. 전혀 예측하지 못한 돌발적인 사태에도 당황하지 않은 채 군이 그걸 "찬란"이라는 정서적 경험으로 수용할 수 있는 여유는, 그 우연성과 돌발성을 통해 자기 자신과 세계를 더욱 깊고 전체적으로 이해하게 되었을 때 발생한다.

그러니까 "실로 이기고 지는 깐깐한 생명들이 뿌리까지 피곤한 것"조차 "무시무시한 찬란"한 생명현상으로 보려는 의지는, 무조건적으로 모든 사태를 긍정하려는 또 다른 의미의 편향주의적인 사고 때문이 아니다. 이른바 누구나 겪게 마련인 생의 비극과 희극이 서로 고립된 채 진행되는 것이 아니라, '나'의 인생 역정으로 볼 때 서로 얽힌 채 진행되는 연속적 사건으로 받아들이고 있는 데서 발생한다. 불가피한 생존경쟁에서 오는 고통이나 "피곤"함조차 '나'의 생의 시간 속에서 비본질적이거나 불필요한 것이 아니라, 엄연한 생의 한 과정이며 어김없이 우주적 진리가 작동한다는 믿음이 투영되어 있다.

나와 세계의 분열을 통일하는 생의 표출

"햇빛의 가랑이 사이로 북회귀선과 남회귀선이 만나는 것"과 같은 지극히 예외적인 사태마저도 "무시무시한 찬란"으로 해석하고자 함은, 따라서 단지 자연현상의 불가사의나 신비성을 노래하기 위함이 아니다. 그러한 뜻밖의 사건조차 궁극적 세계의 발현이며, 모든 사물과 사태들이 제 나름의 방식으로 자신의 본질을 드러내고 있다는 확신과 연결되어 있다. 일견 서로 반대되거나 불가능하게 보이는 현상조차 본질적인 차원에서 보면 서로 융통해 있으며, 평등한 관계를 유지한 채 만나고 있다는 생각이 반영되어 있다.

"찬란이 아니면 다 그만이다"라는 자기 확신에 찬 선언은 그 결정판이다. 그것은 '나'와 '세계' 사이의 분리를 전제로 한 동일성 추구 내지 동화가 아니라, 다양한 인간들의 다양한 생의 방식을 그대로 인정하려는 각고의 노력에서 나온다. 또한 그것은 각자의 존재는 우주적 본성의 자기 현시 또는 자기실현으로 보려는 세계관과 맞물려 있다. 무엇보다도 그걸 통해 일시적이나마 '나'의 감각과 신체와 더불어 공명하는 '세계'의 사태 속에서 '나'의 자유를 되찾았다는 것을 뜻한다. 인간 실존을 극단적으로 위협하는 "죽음 앞"에선 "모든 목숨들"조차 "찬란의 끝에서 걸쇠로 건져 올려 마음에 걸 것"이라는 의연한 생의 자세는, 주객 대립을 통한 반성적인 의식의 산물이 아니라 '나'와 '세계'의 분열을 통일하는 원리로서 생의生意의 표출이자 '나'

와 우주가 그러한 자유로운 생명감 또는 존재감 속에서 하나 되었다는 것을 나타낸다.

필시 결코 "찬란"한 여정만이 아니었을 것임에도 불구하고 "지금껏" 이어온 '나'의 삶에 대한 감사의 태도 역시 이와 무관하지 않다. 그러니까 "그러고도 겨우 일 년을 조금 넘게 살았다는 기분"은, '나'의 본질과 '세계'의 본질이 하나로 연속되어 있으며, 그러기에 '나'와 '세계' 사이의 갈등이나 대립보다는 화해하고 조화하는 데서 오는 긍정적인 자유의 체험과 맞물려 있다. 인생의 모든 사태를 "찬란"한 것으로 넉넉히 수용할 수 있는 마음가짐은 '나'의 마음을 우주 만물 속에 열고, 그와 동시에 '나'를 '세계' 속으로 열어 그 마음을 '나'의 고향으로 삼으면서 그 속에 거주하려는 마음에 다름 아니다. 역동적인 활력의 '나'의 마음을 생성계와 직접적으로 유대하고 억압 없는 삶의 자발적 창조성 속에서 세계와 역사의 대열 속에 합류하려는 개방적 세계관 속에서만 '나'와 우린 세상에 존재하거나 일어나는 일체의 것들을 공포나 두려움이 아닌, 끝없는 "찬란" 또는 신비로 노래할 수 있다.

부분과 전체,

역동적인 주고받기의 꽃핌

김지하

「화개花開」

"내 몸"은 그러한 부분과 전체, 본질과 현상의 동일한 실재성을 체감하는 하나의 '장(場)'이다. 또한 그것은 "천지"와 "건곤" 사이에 넘쳐나는 생성의 작용을 실감하는, 통일의 차원에서의 전체적 변화도 최선의 완전태라는 것을 직감하는 통로이다. 그러므로 세상에 존재하는 모든 사물들이 우주의 무한한 본질과 직접적으로 관계되어 있으며, 각 생명체의 본성이 다름 아닌 자연의 본성이라는 것을 체득하는 하나의 '장소'가 "내 몸"이다.

화개 花開

김지하

부연이 알매보고
어서 오십시오 하거라
천지가 건곤더러
너는 가라 말아라
아침에 해 돋고
저녁에 달 돋는다

내 몸 안에 캄캄한 허공
새파란 별 뜨듯
붉은 꽃봉오리 살풋 열리듯

아아
'花開!'

모든 생명체는 내부적으로 수많은 요소들의 군집으로 이루어져 있으며, 그 요소들 간에는 다양한 관계가 신생하고 소멸하고 있다. 살아 있는 모든 것들은 외부적으로 다른 생명체와 밀접한 관계 속에서 생성 변화하고 있으며, 그 관계가 겹겹이 다중화되어 있기에 필연적으로 서로 의존해 살아간다. 어떤 것이 살아 있다는 것은 바로 관계 속에 살아 있다는 것을 의미하며, 그 관계의 그물망은 어느 생명체 구성의 가능성 속에서 끊임없이 변화한다. 각 요소와 그 총합으로서 전체의 성질이 매순간 달라지는 것은 바로 이 때문이며, 따라서 모든 생명체의 다양성은 바로 이러한 관계의 다양성에 다름 아니다.

얼핏 서로 독립된 개체로 서로 무관하게 살아가는 듯 보이는 모든 생명체의 활동은, 그러기에 주변 세계와 끊임없이 협력하고 경쟁하며 자신들만의 정보를 창출하고 있는 과정이다. 거의 쉴 새 없이 변화하는 새로운 환경과 변화에 맞서 매순간 거기에 알맞은 정보를 창출하면서 자신들의 생명을 유지하고 있다. 예컨대 한 떨기의 꽃은 꽃을 이루는 세포라는 요소가 자율적으로 활동하면서 비로소 한 송이 꽃일 수 있지만, 동시에 그 꽃은 그 꽃과 관계를 맺어왔던 태양과 땅, 물과 바람 등 끊임없이 변화해온 주변 세계와의 역동적인 공창조共創造의 결과이다. 각 요소들은 안팎의 변화를 받아들이고 다시 각 요소들에 관계를 부여하면서 한 떨기 꽃으로 피어난다. 모든 생명의 본질은 한 송이의 꽃처럼 그런 관계 속에서 자기가 자기를 창출하는 데 있다.

'부연'과 '알매' 같은 개별적 사물조차 한 건물의 생성에 참여

처마 서까래 끝에 덧얹는 네모진 짧은 서까래를 가리키는 "부연附椽"과 지붕의 서까래 위나 고물 위에 흙을 받치기 위해 엮어 까는 나뭇개비 또는 수수깡을 의미하는 "알매"가 그렇다. 한 건물의 구성에 있어 "부연"과 "알매"는 건축상 지극히 미미한 존재에 불과하게 보일지라도, 엄연히 한 건물을 의미 있게 만드는 다양한 내적 상태를 가진 요소들이다. 특히 그것들은 한 건물의 서까래나 지붕을 구성하는 다른 요소들과 결합하는 상호작용을 통해, 한 건물을 의미 있는 전체로서 가능케 한다. 한낱 "부연"이나 "알매"와 같은 개별적 사물들조차 전체로서 한 건물의 생성에 참여하고 있으며, 다른 사물들과 무한으로 연속되어 있다.

달리 말해, 비록 그 기능이나 역할이 눈에 띄지 않는다고 해도 "부연"과 "알매"는 한 건축물의 의미 있는 구성요소로서 스스로의 법칙에 기초해 스스로 만들어간다. 또한 그것들은 건축물의 한 요소로서 단지 한 건물을 지탱하기 위한 부속물이 아니라, 스스로 생성하고 창조해가면서 자신의 역할을 떠맡고 있는 능동적 참여자이다. 전체 건축물에 있어서 지극히 낮고 하찮은 위치와 비중을 갖는 것처럼 보이지만, "부연"과 "알매"는 한 건축물의 전체 구성에 있어 주체이면서 객체로서 겹겹으로 연결되어 있다.

그럼에도 불구하고 굳이 "부연이 알매보고/ 어서 오십시오"라고 공손히 인사를 해야 할 이유는 무엇인가. 단적으로 그것이 "부연"과 "알매"가 각기 한 요소들이지만, 두 요소 사이엔 저마다 다른 차이와 계층적 구조가 있다는 것을 의미한다. 달리 말해, 전체 건축물을 구성하는 데 있어 "부연"과 "알매"는 동일한 가치를 지닌 것이 아니다. 필연적으로 그 둘 사이엔 그 기능과 능력에 따른 비대칭성과 위계성이 있다. 더 상위적인 단계로서 "부연"은 보다 하위적인 "알매"를 포함하는 관계이다. 하지만 서로 다른 차이와 기능에도 불구하고 각기 두 요소들이 대등한 가치를 지닐 수 있는 것은, 서로가 무한 중첩되어 연결되어 있기 때문이라 할 수 있다.

"천지"가 그 분화로서 "건곤더러/ 너는 가라"고 함부로 말할 수 없는 이유도 이와 관련되어 있다. 전체로서 "천지"와 그 분화로서 하늘과 땅을 의미하는 "건곤"은 일종의 계층성과 위계 구조를 갖고 있다. 하지만 대등한 수준의 차원에서 서로 연결된 채 영향을 주고받기에 섣불리 "너는 가라"고 명령할 수 없다. "건곤"이 "천지"에서 분화한 것만은 분명하지만, 그들 각자는 어떤 본질의 양태적 변양變樣에 불과하다. 각 사물들의 차이성은 변양의 관점에서 구분될 뿐, 그 근본 차원에서 모두 내적으로 하나로 연속되어 있다.

내 몸은 본질과 현상의 동일성을 체험하는 장場

따라서 "아침에 해 돋고/ 저녁에 달 돋는다"는 구절은, 자연의 이법을 무의미하게 되풀이하는 것이 아니다. 그것은 스스로 그렇게 움직이는 자연성의 현상을 말하는 것이자, 생명 자체의 근원적 생기生氣의 현상을 나타낸다. 현상적으로 "아침"에 "해"가 "돋고" "저녁"에 "달"이 "돋"는 현상이 분명 서로 다르지만, 그 다름이 자기 고유성의 울타리를 형성하지 않고 하나의 조화를 형성하고 있다. 한 종의 생명체는 전체로서의 천지 속에서 만유萬有의 본질을 체현하고 있기에 만유는 본질상 하나이며, 그러기에 생명의 본질은 부분과 전체 모두에 현존하면서, 그 모든 것을 창조하고 그것들에 생기를 불어넣어 주고 있다는 것을 가리킨다.

"내 몸"은 그러한 부분과 전체, 본질과 현상의 동일한 실재성을 체감하는 하나의 '장場'이다. 또한 그것은 "천지"와 "건곤" 사이에 넘쳐나는 생성의 작용을 실감하는, 통일의 차원에서의 전체적 변화도 최선의 완전태라는 것을 직감하는 통로이다. 그러므로 세상에 존재하는 모든 사물들이 우주의 무한한 본질과 직접적으로 관계되어 있으며, 각 생명체의 본성이 다름 아닌 자연의 본성이라는 것을 체득하는 하나의 '장소'가 "내 몸"이다. 그리고 바로 그러할 때 "내 몸"은 "부연"과 "알매"와 같은 얼핏 지엽적이고 부차적인 것들조차도 최선의 완전한 흐름이며, 자기 밖의 세계와 하나의 빈틈이나 분열 없이 총체적 감응 속에 놓여 있다는 것을 느낄 수 있다.

그러나 현실에서 고립되고 왜곡된 이기적 자기보존을 벗어버린 "내 몸"이 자신의 본질적 본성을 체인함으로써 진정으로 자기를 보존하는 길은, "내 몸 안"의 "컴컴한 허공"과 만날 때 가능하다. 그러니까 그 "캄캄한 허공"은 다름 아닌 어떤 사물이나 대상 속에서 자신을 비움으로써 바로 그것들을 곧바로 자신의 몸 안으로 수용한다는 것을 의미한다. 또한 그것은 어떤 공허를 말하는 것이 아니라 구체적인 '장소'가 창출되기 직전에 있는 비한정의 상태이자 창조를 위한 조건의 탄생을 가리킨다. 생명 질서의 대극이면서 또한 생명 생성의 창출점이 바로 "캄캄한 허공"이며, 그 상태나 변화에 따라서 "내 몸"과 '나'의 의식이 변한다는 것을 나타낸다.

"새파란 별 뜨듯/ 붉은 꽃봉오리 살풋 열리듯"한 어떤 생명 탄생의 한 순간에 대한 직감은 이와 맞물려 있다. "화개" 또는 생명의 꽃핌은 우선 "캄캄한 허공"으로 상징되는 세계의 무화無化 내지 붕괴의 과정과 일치한다. 그야말로 "내 몸 안"에 "캄캄한 허공"의 작용을 인정할 때 우린 새로운 생성 또는 생명의 개화로서 "화개"를 맛볼 수 있다. "캄캄한 허공"과 같은 불가능성 또는 막막한 실존적 어둠에 직면

할 때 극적 반전이 이뤄지며, 바로 그것이 새로운 생명 탄생의 원초적인 조건이다. 그저 "아아"라는 감탄사로밖에 표현할 수 없는 세계의 열림 또는 생명의 '꽃핌'은, 바로 "내 몸 안"의 그러한 "컴컴한 허공"의 작용을 인정할 때 열리는 그 어떤 세계이다.

한 송이 꽃조차 무한관계의 사방으로부터 작용한 결과

그런 만큼 "아아"라는 감탄사는 일시적 판단 중지 내지 무조건적인 통합 상태를 가리키지 않는다. 모든 관계들을 위해서 반드시 존재해야 할 어떤 것이 바로 "캄캄한 허공"이며, 우주의 '생의生意'로서 나와 세계의 분열을 통일하는 원리가 "내 몸" 속에 구현되어 있다는 것을 가리킨다. 일시적으로나마 생의의 절대적 흐름을 자신의 본질로 삼는 체험세계에 도달했다는 것을 의미하며, 일체의 인식론적인 대립이나 생존이 주는 부자유나 결핍을 벗어난 존재 충만의 체험 순간을 나타낸다. 무한한 생성의 작용으로 활짝 피어난 "화개"와 '나'의 무의식적인 본성의 세계가 하나로 합쳐져 있다는 것을 가리킨다.

그러니까 한 송이의 꽃을 피우는 "화개"의 사태는 '나'와 분리되어 진행되는 것이 아니다. 순간적이나마 생성과 하나인 '나'의 생명의 실재를 경험하고 있다는 것을 드러낸다. 특히 그것은 "부연"과 "알매"와 같은 요소와 요소들 또는 부분과 부분들의 경계가 일의적인 것이 아니라, "천지" 또는 "건곤"이라는 전체 속에서 동적으로 생성 변화하고 있다는 것을 의미한다. 우리 눈앞의 한 송이 "꽃"조차 무한한 관계의 사방으로부터 작용한 결과이며, 무엇보다도 그것이 다름 아닌 살아 생동하는 생성의 세계의 담지자이자 참여자로서 "내 몸"과 무관하게 꽃피우지 않는다는 것을 보여주고 있다.

그렇듯 각기 피어난 하나의 세계를 상징하는 한 송이 "꽃"과 같은 각기 다른 모든 생명체는 "천지"와 같은 전체를 어김없이 직접적으로 현시한다. 한낱 "부연"과 "알매"와 같은 부분적인 존재자들일지라도, 전체로서 존재하면서 각자의 삶과 방식으로 서로를 지시하며 연결되어 있다. 특히 한 인간에게 근원적으로 하나의 '정신적인 생기를 불러 일으키는' 그 어떤 것을 표상하는 꽃 한 송이의 "화개" 속엔 여전히 미지인 생명의 본성 또는 우주의 실상이 구현되어 있다. 모든 생명체는 그러한 전체와 부분 간의 역동적인 주고받기의 결과이며, 그러기에 우리가 사는 세상은 모든 생명체가 참여하는 한 마당이자 각 개별자와 전체가 하나 되는 생동하는 생명 축제의 장이라 할 수 있다.

율려,

충만의 속도를 화알짝 하늘 햇살로 열어젖히는

정진규

「율려집律呂集 14」

결코 가늠할 수 없는 신령한 내면의 깊이와

우주적 넓이를 가진 인간의 선한 본성 또는

덕성德性에 의지할 때, 우리는 예술의 정치

화 또는 정치의 예술화를 꿈꾸거나 창조할

수 있다.

율려집律呂集 14
—연꽃들

정진규

    연꽃들엔 충만의 속도를 화알짝 하늘 햇살로 열어젖히는 당당한 초록 이파리가 있다 마침내 등을 가득 내어 걸었다 방죽을 가득 채웠다 화안해 졌다 연전 내가 크게 절망했을 때 전주 덕진공원 연못 가서 새벽 연등 내 어걸고 두 번째다 화안해졌다 가득 채우기, 절망의 절망으로 가득 채우기 채우는 속도가 실물로 눈에 보였다 속도의 실물을 처음 보았다 자라 오르 는 생물의 속도가 저리 번지듯 빠른 것은 처음 보았다 무얼 멕인 것 같아 조마조마했다 넘치지 않게 가장자리의 끝에서는 속도는 지우는 연꽃들 피었다 내 안에서도 문 열고 나오는 그런 속도가 보였다 장에 가면 보체리 사람들 어쩐 일이냐고 얼굴이 모두 화안해졌다고 연꽃이 피었다고 야단 법석이었다 마을 노인회장집 막내며느리는 쌍둥이를 순산했고 그래, 연 꽃들의 野壇法席, 안산 풀섶에선 없던 반딧불이가 밤새도록 충만의 속도 로 함께 반짝였다 어디로 건너가고 있었다 화안해졌다 이른바 정치가 세상을 제대로 다스리는 '치세治世'의 음악은 안정되어 즐겁고, 세상을 무질서로 몰아가는 '난세亂世'의 음악은 원망하여 분노의 가락이 스며들어 있다는 게 동양의 오래된 악론樂論이다. 음악이 평안하면 세상이 평안하며, 음악이 혼란스러우면 세상이 평안치 않다는 얘기이다. 한동안 동양의 세계에서 음악이 이른바 민심民心을 읽는 척도로 작용했다는 지적이다. 정도의 차이는 있을지언정 오늘날에도 이 같은 현상은 반복되고 있다. 정치가 정도正道를 걷지 못할 때 예술가는 썩고 낡아빠진 세상에 대해 분노하게 마련이며, 그러한 예술가들이 분노하는 사회는 결코 바람직한 사회일 수 없다. 당대 인간의 희로애락喜怒哀樂을 벗어날 수 없기에 예술 세계는 인간과 사물의 모든 관계를 현실적으로 조율하고 조정하는 정치와 어떤 식으로든 분리될 수 없는 셈이다.

서양의 12음계와 대비되는 동양의 음악 구조인 '율려律呂'는 이와 밀접하게 관련되어 있다. 고대의 성인聖人들은 낡고 부패한 정치를 바로 잡기 위해 먼저 음악을 바로잡으려 했다. 그들은 음악을 통해 우주와 인간 사이의 뒤틀어진 관계를 바로잡고, 그 음악에 따라서 사회적 윤리를 뜻하는 '예禮'를 재구성하려 했다. 또한 그들은 우주의 생성변화를 뜻하는 율려를 반영하고 표현한 것이 음악이며, '예'로 표현되는 문화와 도덕은 그 율려를 사회적으로 전개된 한 율려에 기초해서 잘못된 정치를 혁신할 수 있다고 믿었다. 인간 내면의 혼란을 바로잡는 음악과 인간 외면의 사회적 갈등을 바로잡는 '예'를 통해 이른바 모두가 화락和樂하는 태평성대를 열고자 했던 자들이 이른바 고대 성인들이라 할 수 있다.

세상 개벽에 대한 영성靈性의 정치의식이 '율려'로

정진규 시인의 연작시 「율려집」은 이러한 고대적 율려 세계의 부활과 실현에 대한 희망과 향수Heimmatgefuhle가 잠자고 있다. 이러한 율려 세계에 언어를 결합시킨 것으로써 시시각각 변화하되 일정한 패턴을 보여 주는 우주음宇宙音에 새로운 질서를 부여하면서 새로운 세상을 열고자 하는 염원이 담겨 있는 게 연작시들이다. 음악 또는 시와 같은 문화적 원형의 새로운 이해와 해석 없는 새로운 정치질서 또는 세계의 변혁은 무망無望하다는 생각이 반영되어 있는 게 그의 「율려집」이다. 물리적이고 물질적인 힘으로 세상을 다스리려는 '패도정치覇道政治'가 아니라 세상을 마음 또는 정신의 힘으로 개벽시키려는 영성靈性의 정치의식이 '율려'에 대한 새로운 주목과 자각을 낳게 했다고 할 수 있다.

뭇 신들의 영원한 탄생처를 상징하는 "연꽃"은 그러한 율려 세계의 극대화이자 성화聖化이다. 어떤 대상에 구속된 의식세계와 의식의 중심인 "나" 자아마저도 사라진 자리에 "화안"한 광채를 발하면서 나타난 것이 "연꽃"이다. 인간과 자연 전체의 관계를 포함한 정신의 전일성全一性과 더불어 유한한 세계와 영원한 세계의 합일을 나타내면서, 무엇보다도 인간의 마음가짐인 '악樂'과 인간의 몸가짐인 '예'의 통합과 관련되어 있는 것이 "연꽃"이다. 마음을 흐리게 하고 뒤틀어지게 하는 '음악淫樂'이 아니라. 인간과 천지의 상호관계를 전제로 하늘과 땅의 뜻에 따라 제작된 '음악音樂'의 사태와 관련되어 있는 것이 "연꽃"이라 할 수 있다.

하지만 인간과 천지의 조화를 상징하는 그 "연꽃들"은 "충만의 속도"로 대변되는, 연속적인 과거 또는 비존재로 변화하는 한 순간에 피어난다. 마치 번개처럼 순식간에 지나가는 찰나적인 깨달음 또는 어떤 실재에 대한 계시의 순간에 피어나는 것이 "연꽃들"이다. 그러니까 "연꽃들"은 어떠한 순간이라도 지속을 정지시키고, 바로 그 정지된 영원한 현재에 자신을 투입시키는 역설적인 순간에 피어나는 그 어떤 것을 상징한다. 그야말로 "충만의 속도를 화알짝 하늘 햇살로 열어젖히는 당당한 초록 이파리"를 갖고 있는 "연꽃들"은, 결코 보이지 않고 인식할 수 없는 영원한 현재 또는 정지된 지금의 순간을 가시화한 형상 중의 하나라고 할 수 있다. 세속적 시간 밖으로의 역설적 비약 또는 순간적인 깨달음이 "연꽃"의 형상으로 나타나고 있으며, 바로 그때 "연꽃들"은 제 속에 내재한 "당당한 초록 이파리"를 통해 생명의 표상이자 창조주의 정신^{Creator Spiritus}을 표상하는 상징물이다.

세속적 시간 밖으로의 역설적 비약을 상징하는 '연꽃'

그런 만큼 이러한 "연꽃"의 신비 또는 비의秘意에 접한 "나"는 이미 오로지 지속과 환상 속에서 살아가는 자가 아니다. 시간의 존재론적인 비실재성을 의식하고 우주적 대시간의 리듬을 현실화하고 체감하고 있는 자이다. "마침내 등을 가득 내어" 거는 행위가 바로 그렇다. 흔히 지혜를 상징하는 "등"은 세속적이고 현실적인 시간을 살아가면서도, 내가 그러한 시간의 비실재성을 의식하면서 대시간을 향해 열려 있는 자라는 것을 의미한다. 그러한 "등을 가득 내어" 거는 행위는, 어느 불멸의 순간에 대한 자각과 그로 인해 "화안"해진 "나"의 마음을 홀로 독점하지 않고 방죽"과 같은 사물들과도 함께 공유하고 있다는 것을 보여준다.

그러나 이러한 우주적 각성을 뜻하는 '시간으로부터의 이탈' 또는 자기 자신 속으로 침잠 내지 신적인 축복의 순간에 대한 "나"의 체험은 처음이 아니다. "연전 내가 크게 절망했을 때 전주 덕진공원 연못 가서 새벽 연등"을 "내어걸고" 난 뒤의 "두 번째"이다. 스스로에 대해 크게 "절망"하는 내향화를 통해서 "나"는 처음 궁극적 실재를 엿볼 수 있었던 것이다. 하지만 첫 번째의 체험이 주로 "나"의 개인적인 "절망"과 관계된 것이라면, "두 번째"의 "절망의 절망으로 가득 채우기"는 "나"와 무관한 원형적이고 근원적인 "절망", 곧 "나"라는 자아 때문에 절망하는 것이 아니라 어떤 객관적이고 비개인적인 심혼心魂 때문에 절망하는 것을 의미한다.

그러니까 "절망의 절망으로 가득 채우기"는, 이전과 달리 "내가" 이제 순전히 개인적인 "절망"의 차원이 아니라 모든 사람들과 공유하고 있는 존재론적이고 집단적인 무의식 때문에 "절망"하는 것을 가리킨다. "나" 자신의 내밀한 심연으로 가라앉는 행위가 다름 아닌 여기서의 "절망"이며, 일체의 희망이나 바람을 외부로 투사하지 않는, 모든 세계의 관계를 내부로 흡수하는 상태가 바로 "절망"의 참된 의미이다. 예컨대 "절망"으로 "채우기"를 시도하는 가운데 그 "채우는 속도가 실물로 눈에 보"이는 현상은, 찰나의 "속도" 또는 순간을 통해 결코 파악될 수 없는 "실물"의 작용이랄까. 불가사의한 고요함 속에서 항상 같은 자리에 있는 어떤 것이나 배척되어 있거나 불가능한 장소에 위치한 실재에 대한 체험을 말한다. 또한 그것은 그 자체로 존재하지 않은 무(無, Nichts)이면서도 또한 '아무것도 아닌' 것이 아닌 실재를 "처음" 경험하는 사태와 깊게 관련되어 있다.

하지만 그러한 실재에 대한 경험은 그 자체로 그치지 않는다. 이제 "나"는 "번지듯 빠른" "자라 오르는 생물의 속도"를 의미하는 한 생명체의 신생의 순간을 포착한다. 하지만 동시에 그 생성의 순간은 소멸의 순간이기도 해서, "나"는 "절망"의 "가장자리의 끝"에서 피어난 "연꽃"이 금세 "지우는 연꽃"의 실재를 느낀다. "연꽃"의 신생과 소멸 사이의 팽팽한 긴장이 "무얼 멘 것 같아 조마조마"하고 초조한 감정을 낳기도 했지만 동시에 "넘치지 않"은 그 균형감을 유지하는 생명의 아름다운 비밀. 그야말로 피우는 것과 지는 것, 절망하는 것과 희망하는 것과 같은 대극성의 합일 속에서 "나"는 "내 안에서도 문 열고 나오는" 그 어떤 생성의 순간 또는 "속도"를 체감할 수 있다.

그러나 그 생성의 "속도" 또는 순간은 체험할 수 있어도 결코 언어로 말해질 수 없는 그 어떤 세계이다. 단지 내밀한 "절망"의 심연 속에서 자신이 떠나온 지상세계에 대한 대체물을 발견할 뿐이다. "장에 가면 보체리 사람들 어쩐 일이냐고 얼굴이 모두 화안해졌다고 연꽃이 피었다고 야단법석"하는 것이 그렇다. 또한 "마을 노인회장집 막내며느리는 쌍둥이를 순산했고 그래, 연꽃들"이 한데 모여 즐겁게 떠드는 "야단법석野壇法席"을 펴는 것 역시 그러하다. 단적으로 그것들은 어떤 황홀한 실재에 대한 기억의 세계이며, 그 가운데서도 가장 강하고 영향력 있는 기억의 이미지들이라고 할 수 있다.

그 가운데서도 "안산 풀섶에선" 볼 수 "없던 반딧불이가 밤새도록 충만의 속도로 함께 반짝"이다가 "어디"론가 "건너가고 있었"다는 그 어떤 실재에 대한 기억은 유년의 세계. 그저 흘러가는 시간의 법칙에 의해 우리가 내쫓았던 저 피안의 낙원과 같은 초기 유아기 상태와 맞닿아 있다. 그러니까 미처 예기치 못하거나 이해할 수 없는 "반딧불이"의 출현은, 모든 것이 이미 발생했으나 아직 발생하지 않는 "나"의 무의식 특유의 무시간성無時間性, 그러나 사실 한 번도 거기에 없었던, 그 어떤 특수하고 새로우며 미래적인 실재에 대한 "나"의 체험을 가리킨다. 그리고 그로 인해 "화안"해지는 경험은 마치 "연꽃"이 "방죽"과 "연못"과 더불어 진흙 속에서 피어나듯 "나"의 의식 아래 잠자던 영혼이 깨어나는 순간을 나타낸다.

모든 생명과 친교하며 나와 타자가 동시에 감동하고 변화

모든 생명과 친교하며 "나"와 타자가 동시에 감동하고 변화하는 것을 의미하는 율려가 시작되는 순간은 바로 이때이다. "나"는 그 실재의 경험을 통해 "나"의 영혼Seele을 세계의 몸체의 가운데 자리 잡게하여 그 영혼을 전체 세계 만물을 관통하도록 팽창시킬 수 있다. 그와 동시에 세계의 몸체를 "나"의 영혼으로 감쌀 수 있을 때, 비로소 축복받은 자로서 "나"는 여기에 근거하여 자신의 이웃과 사회를 변화시키고 구원할 수 있다. 결코 가늠할 수 없는 신령한 내면의 깊이와 우주적 넓이를 가진 인간의 선한 본성 또는 덕성德性에 의지할 때, 우리는 인간을 넘어 무기물에 이르기까지 소통하고 감화感化시킬 수 있는 예술의 정치화 또는 정치의 예술화를 꿈꾸거나 창조할 수 있다.

신성神性,

일월성신이 인간의 몸속으로 들어올 때

허수경

「나무 흔들리는 소리」

"일월성신"으로 대변되는 신성(神性)이 "인간이라는 종의 몸속으로 들어오는" 순간은 천지자연에 깃들어 있는 불멸성을 획득하는 순간이자, 실현의 가능성으로 남아 있던 우주적 요소들을 창조적으로 수용하는 순간을 나타낸다. 특히 한낱 "나무" "흔들리"며 내는 "그 소리"는 근본적으로 우리가 궁극적 실재를 향한 열린 마음을 갖고 있다는 것을 일깨워주는, 매우 희미하지만 마치 천둥처럼 다가오는 그 어떤 소리라 할 수 있다.

나무 흔들리는 소리

허수경

일테면 전파를 안아 세계의 소식을 듣는 것처럼 나무 흔들리는 소리를 우리가 숲에서 들을 때

그 숲에서 죽은 새와 다람쥐가 이끼와 고사리 곁에서 썩고 그 곁으로 아주 작은 시내가 전파처럼 세계를 흐르고

죽어가는 사람들이 한 종으로 살아온 시간을 아쉬워하며 눈을 뜨고 다시 세계를 보려 하고
나무 흔들리는 소리가 이 세계의 마지막인 양 귀를 부실 때

이 지구에 살던 사라진 종들이 사라진 시간을 살아갈 때 그때 다시 무기를 들어 타인의 눈을 겨냥하는 많은 이들의 가슴에도 나무 흔들리는 소리,

오 그 소리, 일월성신이 인간이라는 종의 몸속으로 들어오는 소리

흔히 인간을 '우주 진화의 꽃'이라고 한다. 창세기 이래 우주의 창조적 진화의 결정체가 바로 인간이라는 것이다. 그중에서도 인간의 '의식'이 깨어난 것은, 그동안 거대한 침묵에 쌓여 있던 우주적 의식이 깨어난 대사건으로서 우주의 탄생을 알리는 '빅뱅Big Bang'에 비견되고 있다. 하지만 인간이 '우주 진화의 꽃'이 될 수 있었다는 것은, 현존하는 생명체 중에서 먹이사슬의 최고 정점에 서 있는 인간이 여타의 생명체를 자신들에게 유리한 방향으로 잘 활용해왔다는 것을 가리킨다. 인간을 둘러싼 식물과 동물, 광물과 에너지 등을 포함한 우주가 현재의 인간을 꽃피우고 지탱하게 한 원동력이었다는 것을 나타낸다.

실제로도 그렇다. 흔히 '만물의 영장靈長'이라는 모든 인간은 예외 없이 하루라도 다른 생명체로부터 영양을 섭취하지 않으면 살아갈 수 없다. 인간이 언제부턴가 먹이사슬의 최고의 위치를 점하고 있지만, 주변 사물의 도움 없이는 살아갈 수 없는 운명이다. 해월海月 최시형의 말처럼 그런 면에서 인간을 먹여 살리는 곡식은 단순한 식재료가 아니다. 천지자연이 모든 인간에게 준 젖이자 꿀이다. 특히 제 몸 안에 천지자연이 깃들어 있으며, '나' 자신이 천지자연을 부모로 하여 살아가고 있기에 모든 인간의 진정한 부모는 천지자연이라고 할 수 있다.

뭇 생명체의 한 종種일 뿐인 인간은 서로 무관하게 보이는 한 식물종이나 동물종처럼 서로 영향을 끼치며 창조적인 생활 방식을 영위한다. 인간의 일생 역시 각기 다른 종種이 겪는 성장과 발전 또는 쇠락을 그것들을 둘러싼 환경 세계와 분리해서 생각할 수 없다. 하나의 고정된 상태를 벗어나 새로운 그 무언가를 찾아가려는 모든 생명체들처럼 모든 인간은 본능적으로 자기와 다른 무수한 개체들의 생명들과 연대하며 상호작용하고 있다. 끊임없는 변화와 유동 속에서 서로 의지하고 융합하면서 그 내부에서 자발적인 비약의 의지와 창조적 전진을 꾀하고 있는 게 모든 생명체의 비밀 아닌 비밀이다.

모든 생명체는 본능적으로 연대하며 상호작용

다만 인간은 여타의 생명체와 달리 그들의 내면 깊숙이 영원한 존재를 향한 그리움과 동경, 존재의 신비와 하나 되려는 욕망과 더불어 '존재한다'는 사실 그 자체를 반성하고 성찰할 수 있는 능력을 갖고 있다는 점에서 수많은 동식물과 구분된다. 모든 사물들이 마치 자신들의 생존과 필요를 위해 존재하는 것처럼 마구 소비하고 착취하는 가운데서도, 인간은 동식물들과 달리 어디선가 말 건네며 들려오는 존재의 소리에 귀를 기울일 줄 아는 품성을 갖고 있다.

주의 깊은 자들에게 들려오게 마련인 "숲"에서 들려오는 "나무 흔들리는 소리"는, 그런 까닭에 단지 바람과의 충돌에서 빚어진 하나의 물리적 사태를 말하는 것이 아니다. 우선 그것은 사물의 순수한 떨림이자 비밀스러운 자연의 소리를 가리킨다. 새로운 세계로 비약하려는 "나무" 내부의 움직임에 의한 파동의 일종이거나 그 나름의 창조적 전진의 과정에서 파생된 그 "나무" 자체가 내는 진동의 일종이다. 당장 눈에 보이지 않지만 엄연한 실체로 존재하면서 "세계의 소식"을 들려주는 "전파電波"처럼 "나무 흔들리는 소리"는 인간과 사물, 사물과 사물 간의 상호소통 내지 만남의 과정에서 일어난 존재의 신호나 몸짓이라고 할 수 있다.

그러나 "숲"은 단지 "나무 흔들리는 소리"와 같은 생명의 숨결만이 살아 있는 공간이 아니다. 그 "숲"속의 "이끼와 고사리 곁"에서 바로 "죽"어 "썩"어가는 "새와 다람쥐"가 있는 죽음의 장소이기도 하다. 그러니까 그 "새와 다람쥐"의 죽음은 그 자체의 소멸로 끝나지 않는다. 바로 그것들은 "이끼와 고사리 곁에 썩"어감으로써 또 다른 신생의 계기를 제공한다. 그리고 "그 곁으로" 흐르는 "아주 작은 시내"는 마치 "전파처럼" 신생과 소멸을 반복하며 푸르른 "숲"이 지닌 생명의 비밀을 "세계"에 널리 알리는 메신저에 다름 아니다.

그러나 생멸 변화를 거듭하는 이러한 "숲"이 보여주는 생명의 비밀 내지 우주의 실상을 알아차리기는 쉽지 않다. 지식으로 이해하거나 학습한다고 해도 "나무 흔들리는 소리"가 함의^{含意}하는 어떤 신성^{神性}의 징후를 좀처럼 간파하기 힘들다. 근본적으로 사물들이 발산하는 "파동"이나 '진동'은, 마치 "전파"처럼 가시적이고 현상적으로 드러나는 게 아닌 탓이다. 추론적이고 일상적인 규칙에 의해 측정될 수 없기에 일종의 혼돈으로 다가올 수밖에 없는 존재의 소리는 오직 그것을 느끼는 자만이 파악하고 이해할 수 있는 까닭이다.

새로운 세계로 비약하려는 움직임이 파동으로 나타나

일상적 이해와 관심에 함몰되어 살아가다가 "죽어가"는 순간에 이르러서야 "한 종^種으로 살아온 시간을 아쉬워"함은, 따라서 인간을 포함한 모든 사물들이 그처럼 하나의 큰 연쇄의 그물망을 형성하며 상호 소통하고 있다는 것을 애써 간과한 데서 온다. 약육강식 또는 적자생존을 당연시하며 상대방에 대한 지배와 소유의 방식에 더 가치를 두어왔던 인간적 태도와 맞물려 있다. 달리 말해, "나무 흔들리는 소리"와 같은 순수한 사물의 사물성은 결코 육안^{肉眼}이 아닌 심안^{心眼}의 "눈을 뜨"고자 하면서 "다시" 새로운 시각으로 "세계를 보려 하"는 "사람"들에게만 열린다. 한낱 "나무 흔들리는 소리"를 마치 "이 세계"에 던지는 "마지막" 메시지인 양 진지하게 "귀" 기울일 때, 그것은 "전파"처럼 쏟아내는 한 종種의 파동이나 진동을 넘어 그 어떤 신성神性의 목소리로 돌변한다.

"이 지구"에 살다가 "사라진" 수많은 "종種" 가운데 하나인 인간들은, 그러나 자칫 그러한 엄연한 사실을 망각한 채 "사라진 시간을 살아"가며 제 "눈" 앞의 사물 또는 우주를 나와 무관한 독립적이고 초월적인 실체로 여긴다. 또한 인간과 사물, 나와 세계의 분리를 당연시하면서 "다시 무기를 들어 타인의 눈을 겨냥하는" 전쟁과 폭력을 반복한다. "많은 이들이" 모든 "종種"들은 자연의 창조적 산물이며, 그 "종種"이 마주하는 '자연' 역시 마찬가지로 창조적 산물이라는 것을 외면하면서 또다시 자연과 인간에 대한 착취와 억압의 역사를 전개하고 있다.

그럼에도 불구하고 그 어떤 인간의 "가슴에도" 어김없이 다가오는 "나무 흔들리는 소리"는, 모든 인간들 내부에 본래적으로 천지 사물과 소통하고 대화할 수 있는 잠재력을 갖고 있다는 것을 의미한다. 극복할 수 없는 한계와 결함을 갖고 있음에도 불구하고, 인간 내부엔 자신의 본래성을 회복하려는 의지와 더불어 서로 다른 종種과 종種 간의 화해와 협력을 모색할 수 있는 능력이 들어 있다는 것을 나타낸다. 모든 생명체를 패쇄적이고 독립적인 개체가 아니라 상호작용하는 열린 체계로서 이해할 때, 인간은 "나무 흔들리는 소리"를 단지 하나의 물성物性의 진동이 아닌, 새로운 존재의 목소리로 받아들일 수 있다는 것을 뜻한다.

인간과 사물이 일체화되어 존재의 신비와 하나 되는 순간

그런 만큼 "숲"속의 "나무"들이 "흔들리"며 내는 "그 소리"는 단순히 외면적인 자연의 현상이나 물리적인 충돌에서 오는 "소리" 중의 하나가 아니다. 이른바 주객 합일을 뜻하는 "오"라는 감탄사로 맞이할 수밖에 없는 "그 소리"는, 그야말로 천지자연 또는 우주적인 영靈의 다른 이름인 "일월성신이 인간이라는 종의 몸속으로 들어오는 소리". 곧 모든 사물들과 한 인간이 서로 감응하고 일체화되어 존재의 신비와 하나 되는 순간을 가리킨다. 그리고 세상에 흔히 존재하는 온갖 소리의 하나에 불과할 수도 있는 그 "나무 흔들리는 소리" 속엔 삶의 감성과 초월적 영성을 포함하는 신성神性이 깃들어 있다.

우주에서 날아오는 미세한 전파나 파동에 민감하게 반응하는 것이 살아 있는 나무로 알려지고 있다. 그래서 우주와의 교신을 시도하는 이들은 나무들을 우주와 교류하는 가장 좋은 수신기로 이용한다고 한다. 하지만 그 사실 여부와 상관없이 한 그루 나무가 발산하는 온갖 존재의 음성을 경험하고 사유하는 것은, "인간이라는 종"이 지속적으로 생존을 유지하기 위해서라도 불가피한 선택일 수밖에 없다. "일월성신"으로 대변되는 신성神性이 "인간이라는 종의 몸속으로 들어오는" 순간은 천지자연에 깃들어 있는 불멸성을 획득하는 순간이자, 실현의 가능성으로 남아 있던 우주적 요소들을 창조적으로 수용하는 순간을 나타낸다. 특히 한낱 "나무"가 "흔들리"며 내는 "그 소리"는 근본적으로 우리가 궁극적 실재를 향한 열린 마음을 갖고 있다는 것을 일깨워주는, 매우 희미하지만 마치 천둥처럼 다가오는 그 어떤 소리라 할 수 있다.

침묵,

어느 것보다 흰 불멸의 언어

허만하

「야생의 꽃」

우리가 어떤 사물을 보고 들을 때 그 자체의
경험으로 끝나는 것이 아니다. 그런 눈과 귀
의 감각을 통해 우린 그 이상의 초감각적인
것의 의미를 경험한다. 그야말로 "말이 되
기 이전"이라고 할 수 있는, 개념화되기 이
전의 그 어떤 정신적인 것을 느낄 수 있다.

야생의 꽃

허만하

의미에서 풀려난 소리는 비로소 아름답다. 숲 속에서 새의 지저귐 소리를 들어보라. 물에 비친 가지 끝 섬세한 떨림을 보라. 의미는 스스로를 노출하지 않는다. 말이 되기 이전의 의미를 그대로 머금고 있는 꽃나무. 지는 꽃잎은 소리를 가지지 않는다. 침묵의 배후에 펼쳐지는 끝없이 넓은 들녘을 보라. 사람의 시선이 머문 적 없는 야생의 꽃들이 피어 있다. 흰색 가운데서 흰 꽃잎은 희지 않는 것 가운데서 흰 것보다 본질적으로 희다. 꽃들은 정직하게 미래를 믿고 있다. 흰 꽃잎은 순결한 미래를 믿기 때문에 희다. 이름 없는 들꽃들이 저마다 다른 빛깔의 꽃가루를 만들고 있다. 바람에 흩날리는 씨앗을 보라. 목숨은 역사 이전의 다른 별까지 날아간다. 지구가 사라진 뒤의 낯선 천체 위에서 꽃들은 바람도 없이 온몸을 흔들고 있을 것이다. 불멸의 언어처럼 여린 몸짓으로 인류를 추억할 것이다.

인간은 끊임없이 말을 하며 살아간다. 설사 저 홀로 독백하거나 침묵하고 있을지라도 어떤 생각이나 사고思考를 하고 있다는 점에서 결코 말과 결별하지 못한다. 어떤 식으로든 말과 더불어 살아가고 있기에 '인간은 언어를 가진 동물'이다. 인간의 존재가 언어와 밀접한 관계를 맺고 있는 한, 언어는 우연적으로 주어진 것이 아니라 필연적인 그 어떤 것이다. 하지만 '꽃'이란 사물은 왜 각기 나라와 민족마다 다르게 표현하는가. 또 어떤 이름은 그 대상의 속성을 모든 이들에게 똑같이 전달시킬 수 있는가. 무엇보다도 외적인 언어가 인간의 내면성을 제대로 표현할 수 있다는 믿음은 여전히 유효한가.

그에 대한 해답은 결코 간단치 않다. 설령 아름다운 꽃이라고 해도, 각자의 처지와 상황에 따라 매우 다르게 받아들여질 수 있는 게 말인 까닭이다. 특히 논리적이고 합리적인 언어의 경우 살아 꿈틀대는 현상들을 빼빼 마른 개념이나 관념으로 추상화하게 마련이다. 일명 보편타당한 언어의 경우 접근 불가능한 인간의 다양한 경험이나 느낌들을 비본질적인 것으로 취급하기 일쑤다. 무엇보다도 특정한 관점을 전제로 하고 있는 언어는 그 밖에 머물러 있는 모든 것들을 하나같이 존재하지 않은 것으로 취급하는 위험성이 도사린다.

그러나 언어는 단지 의미만을 전달하는 가치중립적이고 실증적인 기호가 아니다. 또한 그것은 우리가 맘대로 다룰 수 있고 대체할 수 있는 전달 수단만도 아니다. 오히려 언어는 명제적인 진위眞僞의 차원에서 검증하거나 실증하는 차원이 아니라, 그 속에서 삶을 영위하고 우리의 삶을 가능케 하는 고향과 같은 차원에서 접근할 때 우린 언어의 본질에 더 가까이 다가갈 수 있다. 눈앞에 있는 하나의 물건을 다루듯 그 쓸모와 용도 차원에서 다루는 것이 아니라 생생한 삶의 사태 차원에서 접근할 때 우린 언어가 가진 풍부한 잠재력을 더 깊이 맛볼 수 있다.

삶의 근본적 사태로 접근할 때 풍부한 잠재력 선사

모든 "의미에서 풀려난 소리"가 "비로소 아름답다"고 말할 수 있는 근거는 여기에서 비롯된다. 이성 중심의 객관적인 사유로는 결코 "숲 속" "새의 지저귐 소리" 또는 "물에 비친 가지 끝"의 "섬세한 떨림"에 접근할 수 없다. 분명 생생하고 충만하게 느낄 수 있으되 말로 표현하기 힘든, 그 어떤 존재의 한없는 깊이와 배경에 접근해가는 데 무력하다. 곧 우리가 말하는 가운데 그 어떤 '말해지지 않는 문맥 context' 이 있으며, 그 어떤 장면이나 현상을 단일한 의미로 고정시킬 수 없기에 "의미는 스스로를 노출하지 않는다"고 할 수 있다.

예컨대 눈앞에 서 있는 "꽃나무"는 우리에게 단지 고정되고 단일한 의미만을 주지 않는다. 한 그루의 "꽃나무"와 마주칠 때 우리는 누구나 알 수 있는 보편타당하고 객관적인 의미뿐만 아니라 각자의 처지나 상황에 따라 각기 다르게 경험할 뿐이다. 이미 의식되고 인지된 것뿐만 아니라 미처 의식되지 못하고 인식될 수 없는 그 어떤 것들을 한꺼번에 느낀다. 그러니까 한 대상으로서 "꽃나무"를 의식하거나 인식한다는 것은, 바로 그런 행위들 속에 의식되지 않거나 인식되지 않는 것들을 함께 느끼고 경험한다는 것을 의미한다.

한 그루의 "꽃나무"가 "말"로 표현 "되기 이전의 의미를 그대로 머금고 있"다는 것이 뜻하는 바는 바로 이것이다. 우리가 어떤 사물을 보고 들을 때 그 자체의 경험으로 끝나는 것이 아니다. 그런 눈과 귀의 감각을 통해 우린 그 이상의 초감각적인 것의 의미를 경험한다. 그야말로 "말이 되기 이전"이라고 할 수 있는, 개념화되기 이전의 그어떤 정신적인 것을 느낄 수 있다. 우리가 익히 알고 있는 대로 기존의 이해와 해석에 의지하는 '아는 만큼 보이는 것'이 아니라 '아는 만큼 더 안 보일 수도 있는 그 어떤 것'과 마주칠 수 있다.

그러나 끊임없이 개념화를 벗어나는 "말이 되기 이전의 의미" 또는 "지는 꽃잎"처럼 "소리를 가지지 않는" 것들은 쉽게 그 모습을 드러내지 않는다. 특히 자기주장이나 세계관을 내세운 일상적 '말하기'나 온갖 관념으로 오염된 기존의 언어로는 그 세계에 다가설 수 없다. 상투화된 언어의 보편성 내지 욕심 사나운 자기과시의 일방적인 말하기로부터 자기의 본래성으로 침잠하는 "침묵"이 우선적으로 요구된다. 진정한 말하기로서 '침묵'은 근원적으로 '듣기'에 다름 아니며, 바로 그때 듣는 것과 말하는 것이 교환 가능한 관계로 전환되기 때문이다.

남의 말을 가로막고 서둘러 말하기에 앞서 상대방의 말을 겸허히 들으려는 마음의 자세를 뜻하는 "침묵의 배후에 펼쳐지는 끝없이 너른 들녘"은, 그러한 '듣기'를 전제로 한 말하기로서 "침묵"이 아낌없이 베푸는 선물의 장(場)이다. 특히 그 어떤 특정 대상으로부터 들려오는 소리를 내적으로 경청함을 의미하는 그 "침묵"은, 우리가 아무런 말도 하지 않는 것이 아니라 뭔가 이미 말해지는 것을 본다는 것을 의미한다. 또한 잡담이나 소음으로 얼룩진 세계 속에서 진정한 소통으로서 "침묵"은, 우리가 아직 말해지지 않은 것들의 알려지지 않은 의미 영역에 주의를 기울인다는 것을 나타낸다.

아직 말해지지 않은 것들의 의미 영역에 주목

그러나 '말할 수 없는 것에 관해서는 침묵해야 한다'(비트겐슈타인)고 주장하는 이들은 인식과 언어에 대한 엄밀성을 강조한 나머지 곧잘 "사람의 시선이 머문 적 없는 야생의 꽃"들이 보여주는 "침묵"의 힘 또는 놀라운 체험. 말해지지 않은 것들의 풍부한 가능성을 두려워한다. 말하거나 말하지 못하는 경계 또는 그 한계 설정의 불가능성에 가로막혀 '침묵'할 수밖에 없는 세계에 대해 '말할 수 없다'는 불가지론不可知論의 함정에 곧잘 빠져든다. '말할 수 없는 것'들의 한계를 뛰어넘어 사유하고 고뇌하는 것이 바로 인간의 본성 중의 하나라는 것을 애써 거부한다.

물론 "흰색"으로 표현되는 '절대 침묵'의 세계는 우리가 감각적인 경험에 묶여 있거나 눈앞의 사물을 인식의 대상으로 삼고 있는 한 접근 불가능하다. 하지만 그러한 불가지론자들은 "흰색 가운데서 흰 꽃잎은 희지 않은 것 가운데서 흰 것보다" "본질적으로" 더 "희다"라고 느낄 수 있는 인간의 근본적인 초월성을 인정하지 않는다. "야생의 꽃"의 "배후"에 자리한 "침묵"의 가능성으로서 그 어떤 숨겨진 차원. 불가사의한 방식으로 "꽃"이라는 사물의 현전 속에 존재하는 현전의 숨겨진 면을 보지 못한다.

그러니까 "정직하게 미래를 믿고 있"는 "꽃들"은 단지 아무것도 목적론적으로 채색되지 않는 "순결한 미래". 자기 원인 또는 자기 이유에 따라 순수하게 피고 지는 꽃들의 존재 방식이나 가능성만을 의미하지 않는다. "순결한 미래를 믿고 있기 때문에" 더욱 흰 "흰 꽃잎"은, 잠재적인 의미로서의 "침묵"과 관련되어 있다. 모든 말해진 것들 속에서 말해지지 않은 것의 잠재적 지평이 "흰 꽃잎"이며, 그 "꽃"들이 "믿고 있"는 "정직"하고 "순결"한 "미래"는 다름 아닌 바로 "흰 꽃잎"

속에 감추어진 "침묵"의 깊이와 잠재적인 가능성을 가리킨다.

"끝없이 넓은 들녘"에 피어 있는 "이름 없는 들꽃들" 또한 마찬가지이다. 자기 자신에게 축복이자 자신들만의 자족적인 존재 이유를 말없이 증명하고 있는 무명의 "들꽃"들은 우리에게 "저마다 다른 빛깔의 꽃가루". 아직 말해지거나 채 알려지지 않은 의미를 현시顯示한다. 그리고 "바람에 흩날리는 씨앗"은 그러한 "침묵"을 조건 짓고 생성하는 거대한 "침묵"의 지평. 늘 물러나 자신을 드러내지 않지만, 모든 나타남 또는 의미 전체를 결정짓는 그 어떤 것을 나타낸다. "역사 이전의 다른 별까지" 소급되는 "목숨" 또는 생명의 근원을 그것들만의 배경이나 깊이를 가진 것으로서 자기 자신을 펼쳐 보이는 게 "바람에 흩날리는 씨앗"들이다.

한 종족이나 인류 집단의 기억이 개입되어 있어

그러나 "야생의 꽃"이나 무명의 "들꽃", 그리고 "바람에 흩날리는 씨앗"들이 공통적으로 보여주는 침묵은, "인류" 공동체의 역사 속에서 이미 말해진 것들이라 할 수 있다. "스스로를 노출하지 않"으면서 "말이 되기 이전의 의미"를 읽어내는 행위 자체 속에 이미 한 종족이나 인류 집단의 축적된 경험이 실존적으로 개입되어 있다. 달리 말해, "지구가 사라진 뒤"에도 "낯선 천체에서" "바람도 없이 온몸을 흔들고 있을" "꽃들"이 "추억"하는 것은 다른 것이다. 어느 순간부터 "지구"상에 존재해온 종족 또는 "인류"가 그 "꽃"들이 전하는 무언無言의 메시지 또는 "불멸의 언어"들을 듣는 법을 배웠다는 것을 의미한다.

그 "꽃"들이 "불멸의 언어처럼 여린 몸짓으로 인류를 추억"하거나 회상하는 것은, 따라서 이미 돌이킬 수 없는 것들을 기억하거나 미래의 운명을 예측하거나 예언하는 것을 말하지 않는다. 오직 순수한 침묵 속에서만 다가오는, 이미 제 마음속에 와 있는 소리에 대한 귀 기울임이자 미래에로 앞질러 감을 뜻한다. 말해지지 않은 것을 듣고 배우는 순간 이미 인류 공동체와 역사 속으로 입문했다는 것을 의미한다. 그러니까 숲속의 새소리나 물가에 비친 나뭇가지의 섬세한 떨림과 같은 '말할 수 없는 것에 침묵'하는 것만이 능사가 아니다. 이유 없이 그것들을 받아들이고 섬기는 사랑의 체험 없이는 진정한 침묵의 의미를 경험할 수 없다.

"의미에서 풀려난 소리"나 "말이 되기 이전의 의미"는, 그런 까닭에 결코 의미의 포기나 방종을 가리키지 않는다. 오히려 그것들은 아직 발언되지 않은 것이며, 그래서 침묵을 통해서나마 우리들 각자 속에 자리하고 있지만 올바르게 만나지 못한 것들과 적극적으로 만나려는 시도와 관련되어 있다. 미처 사유되지 못하고 보살피지 못하는 세계에 비로소 처음으로 접근하는 침묵을, 무엇보다도 제 마음대로 다룰 수 없는 신성함 또는 성스러움을 맞이하려는 것을 가리킨다. 지금도 "사람의 시선이 머문 적 없는 야생의 꽃들"은 우리에게 순수한 양심의 소리의 한 양태로서 침묵의 고귀함과 함께 새롭게 그 자신으로 서서 자신의 고유한 생명력을 펼쳐나가는 것이 무엇보다도 소중하다는 것을 알려주고 있다.

언어,

먼 나의 생각 사이를 빠져나가는

─────────

고형렬

「나 는 에르덴조 사원에 없다」

시인으로서 "나"의 역할은 영원히 명제화될
수 없거나 증명할 수 없지만 한층 더 의미로
울 수 있는 세계. 분명 육체의 눈으로 볼 때
부재하거나 "이해"할 수 없지만 모든 존재
자들을 감싸고 있는 침묵 또는 어떤 성스러
움을 "말"로 전달하고 보여주는 데 있다.

나는 에르덴조 사원에 없다

고형렬

나는 지금 에르덴조 사원에 없다
이 문장은 성립하지 않고 시상이 전개되지 않는다
나는 지금 에르덴조 사원에 없다는 말은
상상할 수 없는 걸 상상하므로 항상 제기되는 문제다
그러나 나는 에르덴조 사원에 있다
증명할 길이 없지만 나는 지금 에르덴조 사원에 있다
에르덴조 사원에서 에르덴조 사원을 생각하거나
나는 지금 에르덴조 사원에 없다고 생각하는 사람을
생각하려다가 생각을 못하고 놓친다
그들은 먼 나의 생각 사이를 교묘하게 빠져나간다
문장 성립은 둘째치고 나는 늘 이렇다
나는 이 사유 자체의 어려움에서 벗어나지 못한다
나는 에르덴조 사원에 없다는 말이 꼭 성립해야 하는가
길을 가면서, 나는 혼자, 그 생각에 골몰한다
분명하게 말해서 나는 지금
에르덴조 사원에 있는 것처럼 에르덴조 사원에 있다
그래 에르덴조 사원에 내가 있다는 것은

에르덴조 사원이 없다는 것과 진배없다

나에게 에르덴조 사원이 있다는 것은 에르덴조 사원이

없다는 것과 동급의 문제로 제기될 수 있다

문제될 일이 아무것도 없다는 사실에 문제가 발생한다

허나 에르덴조 사원에 없는 내가 너무나 고독하다

음률을 맞추며 고통스러워하는 자의 행보

왜 나는 에르덴조 사원에 없는 나를 생각하고 있는가

나는 이 문장을 떠올리며 슬퍼한다

에르덴조 사원에 없는 나는 어디를 헤매고 있는지

그런데 그대여 왜 그대는 에르덴조 사원엔 없는 건가

나는 지금, 그때, 에르덴조 사원에 머물고 있어라

나는 정처가 없어서 나무처럼 외로워 보인다

나 없는 사막 입구의 산처럼 나는 하늘을 쳐다본다

에르덴조 사원의 하늘에 나타난 눈부신 구름처럼

나는 말을 하지 못하고 있는 것이다

흔히 언어는 인간에게 유용한 도구이고, 인간이 다른 동물들과 다른 점은 이 언어라는 도구를 사용할 수 있는 능력 때문이라고 보고 있다. 인간이 다른 생명체에 없는 정보 전달과 보존의 능력을 갖게 된 것은 순전히 언어 때문이며, 그로 인해 약육강식의 자연 생태계에서 살아남을 수 있었다고 한다. 그렇듯 인간은 의사소통의 수단인 언어를 통해 개인적인 차원의 정보를 언어 공동체 내의 타인들과 공유하고, 또 후대에까지 그 정보를 전달하여 오늘의 문명을 세울 수 있었던 것만은 분명하다. 인간은 언어라는 도구를 통해 현실을 이해하고, 또한 그 현실 너머의 관념세계를 표현할 수 있었다는 점에서 '인간은 언어를 가진 동물'이라 할 수 있다.

하지만 언어는 한낱 어떠한 의미를 전달하고 지시하는 중립적인 기호가 아니다. 특히 세계의 구조와 언어의 구조는 서로 대응관계에 있지 않다. 하나의 명제와 하나의 사태 사이의 일대일 대응은 그야말로 논리적으로나 가능할 뿐, 현실적인 측면에선 거의 무의미한 말장난에 지나지 않는다. 특히 언어를 실용적이거나 정합성의 관점에서 보려는 언어관들은 넓은 의미의 언어라고 할 수 있는 인간의 몸짓이나 침묵에 접근하는 데 무력하다. 무엇보다도 언어의 성격과 기능을 논리적이고 의미론적인 차원에 한정시키는 것은, 복잡다기한 삶의 실감과 깊이를 느끼고 이해하는 데 일정한 한계가 있다.

고형렬의 시 「나는 에르덴조 사원에 없다」에서 "나"의 언어적 기능 또는 본질에 대한 성찰은 이와 관련되어 있다. 알게 모르게 언어와 세계를 대응관계로 보았던 "나"는 어느 순간 단지 논리적이거나 외연적일 수 없는 언어에 대한 의문과 회의에 빠진다. 특히 시인으로서 "나"는 세계에 대한 객관적이고 실증적인 언어론적 접근 방법의 한계를 직감하면서, 의사소통의 도구나 논리의 언어가 될 수 없는 시적 언어의 가능성과 잠재력을 근본적인 차원에서 살펴보고자 한다.

하나의 명제와 하나의 사태 사이 대응관계 불투명

구체적으로 "나는 지금 에르덴조 사원에 없다"라는 "문장"을 말하는 언표행위의 주체로서 "나"는, 문득 문장 속의 주어로서 언표의 주체인 "나"가 이미 사라진 역사 속의 "에르덴조 사원에 없다"고 말하는 것 자체가 "성립하지 않"는다는 것을 느낀다. 근본적으로 부재하는 "에르덴조 사원"과 "지금" 여기에 현존하는 "나"는 양립할 수 없기에 그렇게 말하는 것 자체가 어불성설^{語不成說}이라는 것을 깨닫는다. 특히 시인으로서 "나"는 이러한 "문장"의 구사가 "시상^{詩想}"의 구상으로 "전개되지 않는다"는 사실에 일종의 곤혹감을 느낀다.

달리 말해, "에르덴조 사원에 없다"거나 "있다"는 "문장"은, 부재하는 거기에 "나"가 있거나 없다는 점에서 거짓이다. 형식 논리학상 "나는 지금 에르덴조 사원에 없다"거나 "있다"라는 "문장"은 중간 배제의 법칙law of the excluded, 즉 둘 중에 하나는 진실이어야 한다는 배중률排中律에 어긋난다. 그렇다고 "나는 지금 에르덴조 사원에 없다"는 것도, "나는 에르덴조 사원에 있다"는 것도 참일 수 없다. 곧 "나는 지금 에르덴조 사원에 없다"는 "문장"과 "지금 나는 에르덴조의 사원에 있다"는 "문장"은 동시에 공존할 수 없다는 점에서 모순의 법칙low of contradiction에 어긋난다.

그러니까 "나는 지금 에르덴조 사원에 없다"는 명제는 시인인 "나"에게 의미가 있을 수 있으나, 논리적이거나 언어를 사물과의 대응관계에서 보려는 지시론적 의미론으로 볼 때 무의미한 말장난에 지나지 않는다. 하지만 "나는 지금 에르덴조 사원에 없다"는 것과 같은 "상상할 수 없는 걸 상상"하는 "나"의 언어 행위가 "항상 제기"하는 "문제"는 다른 것이 아니다. "상상"할 수는 있지만 "증명할 길이 없"다고 해서, "나는 지금 에르덴조 사원에 있다"는 "말"이 틀렸다고 할 수 없다. 특히 일반 언어와 달리 시적 언어는 "증명"할 수 없지만 "상상"할 수 있는 어떤 세계에 관계하기에 논리적 검증이나 반증의 차원에서 다룰 수 없다.

"나는 에르덴조의 사원에 있다"던가 "없다"던가 하는 "말"은 그런 점에서 "꼭 성립해야" 할 필요는 없다. "시상詩想"의 "전개" 여부에 관심을 갖고 있는 "나"에게 언어는, "에르덴조 사원에서 에르덴조 사원을 생각하거나/ 나는 지금 에르덴조 사원에 없다고 생각하는 사람"들과 달리, 이미 특정한 선이해先理解 또는 선입견에 입각한 진술陳述의 진위眞僞 차원이나 존재자의 표상 가능성 여부를 다루는 것이 아니다. 일반 언어와 달리 시적 언어는 참과 거짓을 따지는 윤리 도덕이나 개념 이전에 자리하고 있으며, 특히 경험론적으로 검증될 수 없는 마음의 흐름 또는 정감을 그 대상으로 하고 있을 뿐이다.

시적 언어는 참과 거짓을 따지는 윤리 도덕 이전 주목

"나는 에르덴조 사원에 없다는 말이 꼭 성립해야 하는가" 묻고 있는 "나"의 고민과 갈등은, 따라서 언어로 표현될 수 있는 것과 표현될 수 없는 것들 사이에서 발생한다. 달리 말해 여전히 언어를 한갓 의사소통의 수단쯤으로 "생각하는 사람들" 사이에서 "나"는 "그들"이 전혀 문제 삼지 않는 "문장 성립"과 상관없이 수시로 출현하는 "먼 나의 생각들". 그야말로 "검증" 불가능하거나 사유 불가능한 것들을 사유하고자 하는 과정에서 "사유 자체의 어려움"을 겪고 있다. 사유 불가능한 것은 사유할 수 없기에 애초부터 논의 대상에서 제외하려는 언어론적 사고와 관념에 마냥 동의할 수 없는 데서 "나"의 고뇌가

시작되고 있다.

"길을 가면서"도 "혼자" "그 생각에 골몰"하면서 "분명하게" "나는 지금/ 에르덴조 사원에 있는 것처럼 에르덴조 사원에 있다"고 "말"할 수 있는 이유는 여기에 있다. 시인인 "나"에게 모든 것이 경험으로 검증될 때 의미 있다는 검증이론이든, 그것이 거짓인 것을 증명해야 하는 반증이론이든, 공통적으로 그것들은 언어로 표현될 수 없는 것들을 배제하는 초월론적 자가당착에 빠져 있는 형식논리일 뿐이다. 단적으로 말할 수 없고 또한 "생각"할 수도 없기에 침묵해야 한다는 "그들"의 입장은, 경험적으로 검증된 것만이 진리라는 아집과 독선에 빠져 있다. 근본적으로 세계 자체의 유무有無 여부는 증명될 수 없으며, 무엇보다도 존재하지 않는 것들에 대한 경험을 외면하거나 망각하고 있다.

"에르덴조 사원에 내가 있다는 것"은 일종의 헛소리이지만, 그러나 "나에게 에르덴조 사원이 있다는 것은 에르덴조 사원이/ 없다는 것과 동급의 문제로 제기될 수 있"는 것은 바로 그 때문이다. "나"의 관점에서 볼 때 시적 언어는 "나에게 에르덴조 사원이 있다는 것은 에르덴조 사원이/ 없다는 것"과 같은 동어반복적인 진위眞僞나 진리 값을 묻는 것과 무관하다. 오히려 시적 언어는 그 언어가 사용되는 구체적인 맥락과 현장이 더 큰 의미를 갖기에 하등 진위 여부가 "문제될 일이 아무것도 없"다. 시인인 "나"에게 언어는 사건의 인과적인 설명의 도구가 아니라 삶의 구체적인 체험이나 실감의 표현에 다가

가는 수단일 뿐이다.

부재 속에 현존하는 것들을 초대하고 호명

　그렇다고 "문제될 일이 아무것도 없다는 사실"을 "문제" 삼는 데서
오는 비할 데 없는 "나"의 절대 "고독"이 쉽게 해소되는 것은 아니다.
여전히 "나"는 "에르덴조 사원"과 같은 존재를 "상상"할 수 있으나
"증명"될 수 없다는 것을 알기에 "에르덴조 사원에 있다"거나 "없다"
는 "문장을 떠올"릴 때면 "슬퍼"지곤 한다. 결코 증명할 수 없다고 해
도 분명 거부할 수 없는 실재가 있지만, 그러나 "나"의 시가 끊임없이
차이를 연출하는 존재의 눈망울 또는 존재의 깊이를 읽어내는 데 무
력할 수밖에 없다는 인식에서 "나"의 "고통"이 시작된다. "음률을 맞
추며" 사는 자로서 "나"의 외로움은 언어의 현실보다 이미지의 현실
이 훨씬 더 풍부하다는 사실과 맞물려 있다.

　결과적으로 "정처가 없어서 나무처럼 외로워 보"이는 지금 여기의
"나"는, 딱히 언어를 통한 대상들의 인식 가능성에 대한 회의나 절망
만을 드러내고 있는 것이 아니다. 또한 언어와 실재가 반드시 대응하
지 않거나, 그 개념은 존재하되 그에 상응하는 대상이 없다는 사실을
새삼스레 환기하고 있는 것도 아니다. "나 없는 사막 입구의 산처럼"
"하늘을 쳐다"보는 "나"의 행위는 지금 여기의 "나"가 어떤 존재자가

아니라 "에르덴조 사원의 하늘에 나타난 눈부신 구름"과 같은, 그 존재자를 감싸고 있는 어떤 실재를 지켜보고 있다는 것을 의미한다. 결코 경험할 수 없고 존재하지 않는 것들을 불러내고 환기시킬 수 있는 자가 바로 다름 아닌 시인이라는 것을 가리킨다.

다시 강조하지만, 개개의 사물을 지시하거나 단지 의사소통의 도구에 지나지 않는 일상 언어와 달리, "에르덴조 사원"처럼 부재하는 가운데서 현존하는 것들을 초대하고 호명하는 것이 시적 언어의 존재 방식이다. 그리고 이때 시인으로서 "나"는 영원히 명제화될 수 없거나 증명할 수 없지만 한층 더 의미로울 수 있는 세계. 분명 육체의 눈으로 볼 때 부재하거나 "이해"할 수 없지만 모든 존재자들을 감싸고 있는 침묵 또는 어떤 성스러움을 "말"로 전달하고 보여주는 데 있다. 무엇보다도 "나"는 지금 말할 수 있는 것 가운데 말할 수 없는 것을 언어로 과감하게 불러내는 자이며, 그래서 "나"는 구체적인 형상과 무형의 절대성 사이의 참다운 통일을 꿈꾸며 기꺼이 "에르덴조 사원의 하늘에 나타난 눈부신 구름처럼" 부재하는 동시에 현존하는 것들을 불러 모을 수 있다.

자화상,

헛것들과 벌이는 '나'의 싸움의 기록

김 중

「자화상」

'나는 누구인가' 라는 질문을 통해 자신의 삶

자체에 대한 이해와 더불어 '세계는 무엇인

가' 라는 물음을 통해 자아 수준에 머무는 자

기상을 넘어 자신 밖의 세계와 진정한 합일

을 모색하는 게 자화상 쓰기의 본질이다.

자화상

김 중

내 영혼에 집 짓고 사시는 병든 귀신들이여
완고한 마귀들이여, 요절한 조상들이여

일생의 고통이란 지나가는 바람처럼 헛되지만

모든 헛것들과 나 순한 마음으로 싸우고 있으니

내 앞에 이제 겸손하게들 나타나시지

가여운 원한과 노여운 원망일랑
내가 이제 풀어드리리

내 육신에 집 짓고 사시는 병든 귀신들이여
완고한 마귀들이여, 요절한 조상들이여

이제 그만들 퍼먹으시지, 거두시지 숟가락들을

내가 원하지 않는 한

미치지도 죽지도 않을 것이니, 행여

나 미치거나 죽으면 어디에 집 짓고 또 사는가?

뜨거운 목욕물에 머리를 박고

울음도 웃음도 없는 가쁜 숨을 달게 쉬며

물 위에 어른거리는 병든 너희들을 씻어준다

일그러진 저 얼굴들을 보라

오! 나의 자화상이여

어떤 이가 스스로 행복하거나 평안하다고 느낄 때 오히려 '나'는 없다. 그동안 별 탈 없이 지낸 시간이 별안간 낯설어지고 무가치하다고 느껴질 때 '나'는 비로소 '나'의 문제가 된다. 갑자기 들이닥친 생의 위기나 허무감이, 그 어떠한 존재들로 환원되거나 대체할 수 없는 낯선 것으로 다가오는 '나'와 마주서게 한다. 너무나도 당연하게 생각해왔던 '나'의 존재에 대한 의문과 더불어 그것의 가치가 무엇인가 묻게 된다. 그동안 자신의 존재를 지탱하고 유지케 했던 돈이나 명예, 가족이나 연인, 국가와 신마저도 그 의미를 상실한 채 더 이상 자신이 의지할 그 어떠한 존재자도 없다는 사실에 직면할 때, 우리는 비로소 '나'의 존재 의의를 캐물으며 새로운 '나'를 모색한다.

특별히 시인이 아니라고 해도, 한 번쯤 그려보는 '자화상'은 이와 무관하지 않다. 느닷없이 들이닥친 존재론적인 위기감에 곧잘 허무와 절망에 빠지기도 하지만, 한편으로 그것들은 다른 존재자로부터 자신의 의미를 구하려는 시도에서 벗어나 고독한 단독자로서 유일무이한 '나'의 실존과 최초로 대면케 한다. 세상의 속도를 따라잡기에 급급한 '나'의 생활과 생존양식에 매몰돼 미처 되돌아볼 기회를 갖지 못한 채 쫓기듯 살아온 '나'의 내면으로 눈을 돌리도록 이끈다. 가장 가까이 존재하면서 정작 멀리한 채 살아왔기에 수수께끼 같은 '나' 속의 '나'로 귀향하도록 인도한다.

예컨대 "내 영혼" 안에 "집 짓고 사시는 병든 귀신들"이나 "완고한 마귀들", 그리고 "요절한 조상들"은 평소의 "나"와 무관한 어떤 것이었을 뿐이다. 하지만 어떤 계기로 "나"는 바로 자신 안에 숨어 있던 헛된 망령과 편견들과 인습들을 인식하거나 자각하게 된다. 또한 '나'는 어느 순간 굳게 확신했던 '나'의 흔들리지 않는 정체성이 실은 편협한 가치나 신념의 체계의 투영에 불과하다는 것을 깨닫는다. 갑자기 '나'에게 닥쳐온 삶에 대한 한없는 허무감 또는 무상감을 통해, "나"는 "일생의 고통"이 그저 스쳐 "지나가는 바람처럼 헛되"다는 것을 느끼게 된다. 이제까지 "모든" 것들이 참다운 "나"란 존재의 실상이 아닌 "헛것"과 "싸"워왔다는 자기성찰로 이어진다.

실상 나의 정체성은 편협한 가치나 신념에 불과

하지만 그러한 존재의 허상인 "나"의 "헛것"들과의 싸움은 어떤 도덕적인 이법이나 윤리적이고 종교적인 의무감에서 비롯되지 않는다. 근본적으로 이미 내 안에 내재해왔던 "순한 마음", "나"의 본성 속에 본래적으로 존재해왔던 선한 의지 또는 자유정신 때문이라 할 수 있다. 그러니까 "이제" "겸손하게들 나타나"야 할 대상으로서 "헛것"들은 다른 것이 아니다. 그동안 집착하던 존재자들을 넘어서 '나'의 진정한 가능성들로 초월하게 하는 원동력의 하나이다. 무엇보다도 이러한 초월을 통해서 다시 모든 존재자들과 참된 관계를 설정하게 만드는 원인으로 작용하고 있다. 그동안 "나"의 내면에 쌓여 있던 "가여운 원한과 노여운 원망" 등의 감정을 "풀어"내고 이겨가는 과정을 통해, "나"는 "나"의 의식으로부터 결코 자신이 원치 않는 삶의 존재 방식을 추방하고자 하는 것이다.

"나"의 "영혼"뿐만 아니라 "육신에 집 짓고 사"는 "병든 귀신들"과 "완고한 마귀들"과 "요절한 조상들"을 향해, 단호하게 "이제 그만들 퍼먹으"라고 하면서 "숟가락들"을 "거두"라는 명령적인 요구는 여기에서 발생한다. 어느 순간 "나"는 '나'의 신체 역시 격식화되고 인습화된 제도나 관리의 대상이 될 수 없다는 것을 자각한다. "나"의 정체성을 규정하고 구속하는 일체의 사회 규범이나 관습적 도덕들이 "병든 귀신들"과 "완고한 마귀들"과 "요절한 조상들"로 인격화되어 나타나고 있다는 것을 깨닫는다. 문득 '나는 누구인가'라는 물음이 그동안 자기를 규정하고 지배했던 '나' 아닌 것들에 대한 반성과 거부로 나타나고 있다.

하지만 새로운 "나"의 정체성 확립을 향한 욕구는, "내가 원하지 않는 한" 기존의 관성이나 타성의 힘에 이끌려 좌절되거나 실패로 귀결되게 마련이다. "나"의 "영혼"과 "육신"이 존재론적인 도약과 모험을 감행하지 않는 한, "미치지도 죽지도 않"은 좀비 상태로 살아가거나 현상 유지적인 삶을 지속할 뿐이다. 그러니까 "나 미치거나 죽으면 어디에 집 짓고 또 사는가?"란 자문자답 속에 들어 있는 마음의 갈등과 혼란은, 그런 위험성을 알고 있는 "나"의 불안과 기대를 반영한다. 또한 그 속엔 마치 유령과도 같은 일체의 구습舊習이나 낡은 윤리의 힘에 떠밀려 "미치거나 죽"어갈 수 없다는 "나"의 의지와 각오가 들어 있다.

존재하는 모든 것들은 '순한 마음'의 발현 그 자체

과격하게 "뜨거운 목욕물에 머리를 박"는 행위는 그에 대한 "나"의 불굴의 결의를 나타낸다. "울음도 웃음도 없는 가쁜 숨을 달게 쉬"면서 군이 "뜨거운 목욕물에 머리"를 감는 행위는 새로운 정체성을 가진 "나"로 태어나기 위한 세례식洗禮式이자 일종의 통과제의祭儀를 나타낸다. 그러한 의도적인 행위를 통해서라도 순수하고 직접적인 경험의 세계와 유리된 '나'의 본래적 모습을 찾고자 하는 의지와 맞물려 있다. 기존의 "나"를 무화無化시키는 이러한 행위를 통해, "나"는 내면에 깊숙이 잠들어 있던 비밀스런 존재와 만나고자 한다.

어느덧 "물 위에 어른거리는 병든 너희들을 씻어"주는 사제司祭가 되어 있는 "나"의 변신은 이와 긴밀하게 연결되어 있다. 또 다른

"나"를 향한 고통스런 그와 같은 세례의식 속엔 그동안 자신과 타인을 억압하고 구속하는 독선적이고 고립적인 인격과의 결별 의지가 들어 있다. 또한 그 속엔 존재하는 모든 것들이 그 자체로 완전하며, 무엇보다도 "순한 마음"의 발현이라는 깨달음이 들어 있다. 자신이 존재한다는 것에 대한 존재론적인 부정이나 회의를 넘어, 아무런 이유나 근거도 없이 '나'의 존재 자체가 하나의 신비로운 비밀로서 존재한다는 자각이, 정작 또 다른 "나"의 모습일 "병든 너희들"의 얼굴을 "씻어"주는 행위로 나타나고 있다.

따라서 "물 위에 어른거리는" "일그러진 저 얼굴들"은 다른 것이 아니다. "나"의 "영혼"과 "육신" 속에 도사리고 있는 온갖 "병든 귀신들"과 "완고한 마귀들"과 "요절한 조상들"은 현재의 "나"를 구성하는 "자화상"이자, 내가 구현해가야 할 본래적인 "나"의 참모습을 촉구하고 자극하는 또 다른 "나"의 자아이다. 그리고 그것들을 피하지 않은 채 인내력을 갖고 주의를 기울인다면, 내가 그토록 찾아 헤매는 진정한 자기를 만나는 계기로 작용한다. 근원적으로 "나"를 좌절시키고 무화시키는 그런 생의 계기나 상황들이 역설적으로 '나'의 마음의 능동성과 활력을 촉구한다.

나의 존재에 대한 철저한 부정이 선행조건

모든 자화상 쓰기는 그런 의미에서 단지 한 개인이 지나온 삶의 기억일 수만은 없다. 제 안의 "헛것"들을 통해 참다운 "나"의 실재에 다가서고자 하는 노력이자 "나"의 정체성과 세계를 파악하는 한 방법이다. '나는 누구인가'라는 질문을 통해 자신의 삶 자체에 대한 이해와 더불어 '세계는 무엇인가'라는 물음을 통해 자아 수준에 머무는 자기상을 넘어 자신 밖의 세계와 진정한 합일을 모색하는 게 자화상 쓰기의 본질이다. 한낱 지적이고 의식적인 구성물일 수도 있는 형식화되고 격식화된 헛된 '나'의 자아로부터 탈출하여 거짓 없고 거침없이 고백하고 발견하는 데 자화상 쓰기의 참된 의의가 있다.

달리 말해, 주관적 현상이나 실체로 드러내거나 인정되는 '나'의 정체성이나 자아는 자칫 진정한 얼굴을 가린 가면처럼 위선적이거나 거짓된 허상이기 십상이다. 오히려 가시적이고 현상적인 "나"의 이면에 숨겨진 온갖 환상이나 "헛것"들을 직시하는 것이 본래적인 "나"의 모습에 충실하거나 근접한 것일 수 있다. 따라서 진정한 자화상은 나르시스처럼 어떤 식으로든 자신의 모습과 행위를 미화하고 합리화하는 것일 수 없다. 그보다는 그동안 부풀려지고 잘못 알려진 '나'의 존재에 대한 철저한 부정 내지 무화無化가 더 절실한 선행 조건이라 할 수 있다.

그러니까 "나"의 내면에 "집 짓고 사"는 온갖 "헛것"들과의 싸움을 치열하게 진행할수록 '나'의 존재가 어떠한 구체적인 의미도 결여한 공허하고 가장 추상적인 결여태일 수 없다. 오히려 "나"란 존재가 그 어떤 것으로도 규정할 수 없는, 무한의 의미로 충만한 존재라는 것을 직시하도록 만든다. 근본적으로 자기부정의 역학을 근본으로 하는 자화상은 무아無我이기에 각자가 세상의 주인공이 될 수 있다는 것을 보여줄 때 한 개인의 실존적 고백이자 의미로운 기록으로서 그 가치를 인정받을 수 있다. 모든 자화상은 "나" 자신을 한 개별자적 존재가 아닌 우주적 자아와 역사의 구성물로서 철저히 해체하고 반성할 때 그 의미와 진정성을 획득할 수 있다.

자아,

'나'를 지켜보는 수많은 눈망울들

윤동주

「별 헤는 밤」

고집스럽게 '내 것'이라고 붙들고 있는 한
나라의 문화나 나의 자아는 순전히 내 힘으
로 이뤄지지 않는다. 의식의 중심으로서 자
아는 최초로 나에게 젖꼭지를 물려줬던 어
머니와 그 장면을 흐뭇하게 지켜봤을 아버
지와의 합작품이다.

별 헤는 밤

윤동주

계절이 지나가는 하늘에는
가을로 가득 차 있습니다.

나는 아무 걱정도 없이
가을 속의 별들을 다 헤일 듯합니다.

가슴속에 하나 둘 새겨지는 별을
이제 다 못 헤는 것은
쉬이 아침이 오는 까닭이요,
내일 밤이 남은 까닭이요,
아직 나의 청춘이 다하지 않은 까닭입니다.

별 하나에 추억追憶과
별 하나에 사랑과
별 하나에 쓸쓸함과
별 하나에 시詩와
별 하나에 어머니, 어머니,

어머님, 나는 별 하나에 아름다운 말 한마디씩 불러 봅니다. 소학교 때 책상을 같이 했던 아이들의 이름과, 패佩, 경鏡, 옥玉 이런 이국異國 소녀들의 이름과 벌써 애기 어머니 된 계집애들의 이름과, 가난한 이웃 사람들의 이름과, 비둘기, 강아지, 토끼, 노새, 노루, '프랑시스 잠', '라이너 마리아 릴케', 이런 시인詩人의 이름을 불러봅니다.

이네들은 너무나 멀리 있습니다.
별이 아슬히 멀듯이,

어머님,
그리고 당신은 멀리 북간도北間島에 계십니다.

나는 무엇인지 그리워
이 많은 별빛이 내린 언덕 위에
내 이름자를 써보고,
흙으로 덮어버리었습니다.

딴은 밤을 새워 우는 벌레는
부끄러운 이름을 슬퍼하는 까닭입니다.

그러나 겨울이 지나고 나의 별에도 봄이 오면
무덤 위에 파란 잔디가 피어나듯이
내 이름자 묻힌 언덕 위에도
자랑처럼 풀이 무성할 게외다.

언제부턴가 '국제화internationalization'나 '보편화universalization'를 넘어, '지구화'로 번역되기도 하는 '세계화globalization'는 피할 수 없는 사건으로 받아들여지고 있다. 동참하느냐 마느냐를 떠나서, 세계화는 이미 어떤 식으로든 우리의 삶에 개입하는 불가피한 현실의 일부가 되어 있다. 교통수단과 정보통신의 혁명으로 지구화 내지 세계화가 하루가 다르게 진행되고 있으며, 그에 따라 외견상 각 나라와 인종 간의 장벽이 크게 낮아진 것도 사실이다. 공동의 언어나 문화를 가진 민족이 바탕이 된 국가nation든, 그보다는 사회적 계약이나 정치 문화적 특성으로 이뤄진 정부state든 그에 대한 충성도나 소속 관념이 많이 약해진 것만은 분명하다.

물론 세계화에 대한 비판적인 시각도 만만치 않다. 단적으로 세계화가 곧 미국화이며, 결과적으로 경제적 종속만을 가져온다는 주장이 그렇다. 이른바 반세계주의자들은 부의 분배가 전혀 합리적으로 이뤄지지 않는 경제적 세계화의 진행 속에서 단일문화 대신 주변부 문화의 공존과 혼종을 강조하는 문화적 세계화에 대한 따가운 시선을 거두지 않는다. 오히려 세계화가 아직까지 국가적 정체성에 의존하는 국가들과 집단 간의 경계를 더욱 강화한다고 주장한다. 하지만 세계화가 서구 중심의 단일문화보다 다양한 주변부문화와 공존을 꾀하면서 새로운 문화적 정체성을 정립하는 데 일정하게 영향력을 미치고 있는 게 사실이다. 하나의 지배문화보다 다문화 또는 혼성문화를 지지하고 옹호하는 경향의 출현은 다분히 이러한 양면성을 가진 세계화 덕분이라 할 수 있다.

각 문화들 간의 교류와 혼종을 통한 새로운 문화적 복합체 탄생이나 문화적 공존은 그런 점에서 딱히 부정적인 것만은 아니다. 고집스럽게 '내 것'이라고 붙들고 있는 한 나라의 문화나 나의 자아는 순전히 내 힘으로 이뤄지지 않는다. 의식의 중심으로서 자아는 최초로 나에게 젖꼭지를 물려줬던 어머니와 그 장면을 흐뭇하게 지켜봤을 아버지와의 합작품이다. 또한 한 개인의 정체성은 성장하면서 나와 접촉했던 일가친척과 이웃들, 학교와 사회, 민족과 국가와 공동작업의 결과물이다. 한 개인이나 집단의 문화나 문명은, 자신 밖의 세계와 부단한 접촉 내지 경쟁, 수많은 자극과 영향에서 자유로울 수 없다. 단지 어떻게 주체화하고 얼마나 개성화하느냐에 따라 한 개인의 성격이나 한 민족의 문화적 특징이 결정된다.

문화는 자신 밖의 세계와 부단한 접촉의 산물

흔히 순결한 민족혼을 가진 영혼의 소유자이자 저항의 시인으로 손꼽히는 윤동주의 자아 역시 예외는 아니다. 일제 강점기에 나라 잃은 백성의 한 사람으로서 단일한 문화적 영향권에 있었다고 생각하기 쉽지만, 그의 인격 형성에 영향을 끼친 것들은 단지 "어머니"로 대표되는 조국과 그의 가족만은 아니다. 중국 땅도, 그렇다고 한국 땅도 아닌 두 나라 사이의 점이지대라고 할 수 있는 "북간도"에서 태어나 일정 기간 그곳에서 성장한 윤동주는 서로 이질적인 중국과 한국 문화 사이에서 생활해야 했으며, 그 과정에서 두 문화의 영향과 자극으로부터 자유롭지 못했을 것은 너무나도 자명하다.

특히 그의 「별 헤는 밤」이 일본 유학의 과정에서 쓴 것이라면, 기존의 해석처럼 단지 피압박 민족의 한 사람으로서 조국의 해방과 가난하고 소외된 이웃에 대한 "추억"을 노래한 시로 국한할 수 없다. 항일 운동 혐의로 일경에 검거되어 복역하다 조국 광복을 앞둔 1945년 2월 28세의 나이로 일본 후쿠오카 감옥에서 죽은 그의 의식 속에 알게 모르게 일본 문화나 외국 문학의 영향력이 개입되어 있다고 할 수 있다. 그야말로 "죽는 날까지 하늘을 우러러/ 한 점 부끄럼이 없기를" 갈망하거나 한낱 "잎새에 이는 바람에도" "괴로워했"(「서시」)던 세심하고도 여린 감성의 소유자였던 "나"의 자아 속에는 이미 "소학교 때 책상을 같이 했던" 동족同族의 "아이들"뿐만 아니라 "패佩, 경鏡, 옥玉" 같은 "이국異國 소녀들의 이름"이 들어 있다. 또한 동족일 수도, 아닐 수도 있는 "벌써 애기 어머니가 된 계집애들"과 "가난한 이웃 사람들의 이름"이 "나"의 자아 한 구석을 차지하고 있다.

어디 그뿐인가. "나"의 존재 형성에 기여한 것들은 사람들뿐만 아니라 "비둘기"와 "강아지", "토끼"와 "노새" 등의 동물들을 포괄한다. 특히 "나"의 시인으로서 정체성을 형성하는 데 있어 "프랑시스 잠"이나 "라이너 마리아 릴케" 등 외국 시인이 끼친 영향이 적지 않다. 정도의 차이는 있을지언정 "나"의 시세계는 한국과 중국을 비롯한 다양한 국가와 민족의 문화로부터 받은 자극과 영향에 의해 정립된 것이라고 할 수 있다. 비록 "이네들이" "아슬히" 먼 곳에 자리한 "별"처럼 "너무나 멀리" 떨어져 있어 그 영향력이 지극히 미미한 것이라고 할지라도, "나"의 마음 밑바닥엔 그러한 다양한 삶과 문화의 체험이 자리하고 있다.

다양한 국가와 민족의 문화적 영향 스며 있어

여름에서 "가을"로 넘어가는 "계절"의 밤"하늘"에 "가득 차 있"는 그 "별"들 "하나" 마다에 얽힌 "추억"과 "사랑", "쓸쓸함"과 "동경", "시"와 "어머니"에 대한 회상은, 그러므로 성장 과정에서 내가 체험한 것들에 대한 새삼스런 반추만을 뜻하지 않는다. "아무런 걱정도 없이" "다 헤일 듯"한 "가을 속의 별들"은, 그동안 "나"의 자아를 지속적으로 형성시켜왔던 것들을 상징한다. 그럼에도 불구하고 "쉬이 아침이 오는 까닭"에 미처 "다 못 헤"인 "별"들은, 그의 자아 형성에 끼친 것들을 미처 의식화하지 못했다는 것을 의미한다. 특히 "내일 밤이 남"아 있거나 "나의 청춘"의 시간이 "다하지 않은 까닭"으로 미처 헤아리지 못하는 "별"들은, "나"의 자아가 완성된 것이 아니라 여전히 형성 중에 있다는 것을 나타낸다.

그러나 한 개인이든 민족이든 거부할 수 없다고 생각되는 막강한 현실 앞에서 '자기 것'을 내세우기란 그리 쉽지 않다. 수많은 "별빛이 내린 언덕 위"에서 제 "이름자를 써보"다가 황급히 "흙으로 덮어버리"는 행위처럼 자기화 또는 주체화 과정은 동시에 당대의 지배질서를 내면화하거나 그것들에 종속되는 과정을 포함하는 까닭이다. 그러니까 "딴은 밤을 새워 우는 벌레"는 타자 또는 타문명이 부여한 가치와 이념을 내면화하고 동일시하는 과정에서 자신의 정체성과 역사를 부인하거나 "부끄러"워 하는 "나"의 자아를 뜻한다. 무의식적으로 자신의 정체성을 나타내는 "이름자"를 "흙"으로 덮어버릴 만큼 "나"의 자아는, 수"많은 별빛"으로 표상되는 타자의 눈빛 또는 타문명의 응시 아래 놓여 있다는 것을 의미한다.

그러나 타자를 욕망하고 타문명을 욕망하는 과정에서 억누르거나 "멀리" 사라진 것들은 그 자체로 머무르지 않는다. 「별 헤는 밤」에서 가장 자주 반복되면서 그 중심 위치를 차지하고 있는 "어머니" 또는 "어머님"이란 시어처럼 "나"의 자아정체성을 획득하는 과정에서 억압된 것들은 어떤 방식으로든 출현한다. "어머니"에 대한 "나"의 가뭇없는 그리움은 무수한 선택의 가능성 속에서도 "나"의 삶의 절대적 기준이 되는 그 어떤 것이 존재하며, 비록 그것이 주변적인 위치를 차지하고 있더라도 여전히 그 효력을 잃지 않는 중심으로 작용하고 있다. 그러니까 "나"의 "가슴속에 하나 둘"씩 "새겨지는 별"들은, 압도적인 현실이나 지배적인 담론을 추종해가는 가운데서도 결코 지울 수 없는 전통의 삶 속에서 누렸던 희열에 대한 기억 또는 추억을 상징하고 있다.

타자에 의해 부과된 채워질 수 없는 심연에서 주체성 탄생

세계시민으로서 열린 자세와 사고가 요구되는 시대에도, 오늘의 세계가 국경과 민족, 인종과 계급 문제로 인해 크고 작은 몸살을 앓는 것은 이 때문이다. 누군가 한 국가의 국민이 아닌 세계시민임을 자처한다고 하더라도, 자칫 그것은 스스로를 소외하고 배제한 기만적 보편성으로 귀결되기 십상이다. 달리 말해, 춥고 긴 "겨울을 지나" "봄이 오면" 더욱 뚜렷하게 그 정체성을 드러낼 "나의 별"이 상징하는 것은 다른 것이 아니다. 비록 기억하고 싶지 않거나 다시는 되돌아가고 싶지 않는 상처와 아픔으로 얼룩져 있을지라도 징후라는 왜곡된 형식으로 돌아오게 마련이라는 것을 보여준다.

달리 말해, "봄이 오면/ 무덤 위에 파란 잔디가 피어나듯이/ 내 이름자 묻힌 언덕 위에도/ 자랑처럼" "무성할" "풀"은 단지 국권회복이나 생명의 부활을 의미하지 않는다. 우선적으로 그것은 "나"의 의식 깊숙이 그 어떤 문화나 사회적 의식으로도 붙잡아 고정시킬 수 없는 자연적이고 야생적인 생명력이 있다는 것을 나타낸다. 오히려 타자에 의해 부과된 자리에 결코 채워질 수 없는 심연이 바로 진정한 "나"의 자아 또는 주체성을 획득하는 자리라는 것을 나타낸다. 올바른 자아정체성을 갖기 위해 노력하는 동안 자신을 괴롭히거나 고통스럽게 하는, 바로 그 징후와 정면 대결하는 것이 자아의 서사를 통합하는 데 필수적인 것이라는 것을 가리킨다.

그래서 "나"는 당장이 아닌 "겨울"을 "지나" "나의 별에도 봄이 오"는 길고 넉넉한 시간을 통해, "무덤 위의 파란 잔디가 피어나듯이" 피어날 새로운 형태의 문명의 시간을 설정한다. 그러니까 "내 이름자"가 "묻힌 언덕 위에도/ 자랑처럼" "무성"하게 돋아 있을 "풀"은, 미래적 시간의 제어와 더불어 그것과의 능동적인 상호작용을 의미한다. 그리고 진정한 자아의 성취물로서 "나의 별"은, 특히 외부나 타자와의 만남에서 오는 크고 작은 충격과 영향과의 창조적인 긴장과 단절을 통해 얻은 역동적인 결과물이다. "나"를 지켜보는 수많은 눈망울을 가진 "별"들을 헤아리는 "밤"은, 다름 아닌 무수한 삶의 경험들을 자아 발전의 서사 안에 통합하면서 "나"의 삶을 새롭게 구성하고 구축하려는 고투苦鬪의 시간이라고 할 수 있다.

변신 變身,

내 무게보다 더 무거운 어떤 떠받침이

김정환

「독수리」

집단적이고 민중적인 생명력을 상징하는

'억새'에서 고독하면서도 당당한 개별자의

상징인 '독수리'로의 이행은 단지 소재적이

고 주제적인 변화를 뜻하지 않는다. 자신도

모르게 보다 낮은 세계에서 보다 높은 세계

로의 초월과 비상의 욕구를 드러낸다.

독수리

김정환

잘난 사람들은 모른다
내 날개는 바로 어깻죽지의
운명이라는 것을.
날아오르는 날개는 없다.
내 무게보다 더 무거운 어떤
떠받침이 있을 뿐.
숭배보다 더한
그 무엇이 있을 뿐.
지상의
짐승의 시체를 파먹으며
내 날개가 느끼는 것은
유가족
집단의, 집단적인
위의威儀.
산 귀 속 슬픈 노래와
죽은 귀 속으로
살아남은 선율의.

그 사이 그 벽의.

그 벽인 나의.

꿈 언저리 머나먼

가족의 악몽의.

내가 산 개구리를 한입에 잡아먹지 않는 것은

털도 없이 뙤약볕을 받는

그의 점액질

면적이 죄다 생명이기 때문이다.

그의 면적은 그의 세계다.

아무리 생각해도 공간은

순서를 닮지 않는다. 오히려 내력의

그림이 공간을 닮는다.

현재는 시간의 질서지만

내 공포에는 비린내가 없다.

날개로 하여

내 몸은 부사다.

삶이 삶이기 위하여 때로는

죽음의 껍질이 되고
죽음이 죽음이기 위하여 때로는
가장 떨리는 그
X-레이를
나는 안다. 비로소 퉁퉁 부은
발이 보일 때
때로는 비로소
발이 퉁퉁 부어 보일 때
나는 가위눌리는 식사
준비를 한다.
잘난 사람들은 원두커피나 끓일 때
내 식사에는 아무리 모여도 범죄의
구성이 없다.
잘난 사람들은 그걸 악기라 부른다.

크든 작든 인간의 내면엔 규격화된 생활 질서나 타율적인 삶의 틀에서 벗어나고자 하는 본능적인 욕구가 숨어 있다. 가로막힌 현실에 대한 불만과 공포가 변신變身에 대한 욕구를 부른다. 이전에도 이후에도 존재한 적이 없는 단 한 번뿐인 변화의 순간을 노래하는 시인들의 경우 더욱 그렇다. 한 순간도 쉬지 않고 거듭되는 생성의 세계를 그 자신의 자양으로 삼는 까닭에, 어느 누구보다 시인들이 지닌 변신의 욕구는 스스로조차 감당할 수 없을 정도로 크다고 할 수 있다. 쉴 새 없이 새로 태어나려는 힘과 소멸하려는 힘 사이의 팽팽한 긴장의 대극이 모든 시의 발화점이며, 그 뜨겁거나 차가운 대지나 창공에서 한시도 멈추지 않은 채 위태롭게 춤추는 맨발의 무당 같은 존재가 다름 아닌 시인들이다.

그렇다고 모든 시인들이 이러한 변신이나 변화를 달가워하는 건 아니다. 이른바 일정한 명성을 확보한 작가들일수록 끊임없는 자기 부정 또는 자기갱신의 초발심을 상실한 채 기존의 명성이나 작품적 성과에 안주하려는 경향이 강하다. 애써 자신들이 구축해온 세계를 확대하고 심화시키려는 노력보다 현상 유지에 급급하거나 관성적인 것들이 주는 편안함에 눌러앉는 경우가 대부분이다. 더 이상 고통스러운 변신을 통해 얻거나 잃을 것이 없다는 헛된 자만심이나 자아도취적인 만족감이 준열한 자기비판과 자기성찰의 전기를 마련하지 못한 채 그저 그런 시적 성과에 눌러 앉도록 하곤 한다.

김정환 시인의 시 「독수리」는 그에 대한 반기反旗이자 모반謀反이다. 그리고 이것은 그의 등단작 가운데 하나인 「마포, 강변동네에서」에 등장하는, "홍수 치른 여름 강가"의 "땡볕"과 "흙탕물"을 견뎌내며 자라는 '억새'와 흔히 신神의 화신으로 일컬어지는 '독수리'를 비교해 볼 때 더욱 뚜렷하게 구분된다. 곧 집단적이고 민중적인 생명력을 상징하는 '억새'에서 고독하면서도 당당한 개별자의 상징인 '독수리'로의 이행은 단지 소재적이고 주제적인 변화를 뜻하지 않는다. 자신도 모르게 보다 낮은 세계에서 보다 높은 세계로의 초월과 비상의 욕구를 드러낸다. 필시 그것은 자신의 내면 변화나 새로운 세계관의 획득에 따른 상상력의 변화 또는 시적 거점의 이동을 의미한다.

집단적인 생명의 세계에서 당당한 개별자의 세계로

그렇다고 이전의 세계를 한꺼번에 부정하면서 시도하는 '독수리'로의 변신이 그리 성공적인 것은 아니다. '독수리'로 의인화된 "나"의 "날개"는 아직 "어깻죽지"와 같은 기능을 하고 있을 뿐이다. 그야말로 잠재적 가능성으로 남아 있을 뿐 새로운 세계로 "날아오"를 수 있는 "날개"가 "없"는 상태이다. 특히 자신의 "무게보다 무거운 어떤 떠받침"을 의식하고 있다는 점에서 여전히 "나"는 하강적이고 지상적인 구속에서 자유롭지 못하다. 한 개인의 성취나 정신적 성숙을 의미하는 "나"의 "날개"는 여전히 "가난하고 피난 내려온 사람들"이 모여 살았던 "마포, 강변동네"(「마포, 강변동네에서」)와 같은 지상적 세계에 묶여 있다.

"지상의/ 짐승의 시체를 파먹"는 "독수리"를 자처함에도 불구하고, 자신의 먹잇감인 동물의 "유가족/ 집단"의 "집단적인/ 위의威儀", "숭배보다 더한" 감정으로 연민하는 모습이 그렇다. 예상과 달리 '독수리'로서 "나"는 살아 있는 제 "귀 속"으로 죽은 동물의 "슬픈 노래"를 환청으로 듣거나, "죽은" 동물의 "귀 속으로" "살아남은 선율"을 부어넣어 주는 샤먼 또는 제사장의 모습을 하고 있다. 포식자와 희생자, 산 자와 죽은 자 "사이"의 넘을 수 없는 "벽"과 바로 "그 벽"이 "나"로부터 시작되고 있다는 것을 "느끼"거나 갈등하고 있다는 점에서 '나'는 제 본연의 맹수성을 보여주지 못하는 '독수리'일 뿐이다. "꿈"속에서마저 자신의 먹이가 된 동물 "가족"으로 인해 "악몽"에 시달릴 만큼 "나"는 '독수리'로서 자격 미달인 셈이다.

먹이사슬의 구조상 '독수리'로서 지극히 자연스럽고 당연한(?) 행위임에도 불구하고, 그래서 "나"는 "털도 없이 뙤약볕을 받는" "산개구리를 한 입에 잡아먹지 않는"다. 끈적이는 "점액질"로 덮여 있는

"산 개구리"의 피부가 바로 온통 "생명"이며 "세계"라는 생각이 "나"의 자연스런 "식사"를 방해하는 까닭이다. 달리 말해, "나"에게 "산 개구리"의 피부를 뜻하는 "공간"은 "아무리 생각해도" "현재" 속에서 일어나는 사건들 사이의 "순서" 또는 질서를 "닮"아 있지 않다. "오히려" "나"에겐 "현재" 속에 일어나는 사건과 다른 시점에 있는 사건 사이의 관계를 의미하는 "내력의/ 그림"이 그 "산 개구리"의 피부에 반영되어 있다. 나"의 "현재"를 지배하는 것은 비가역적인 "시간의 질서지만", 모든 연약한 생명체에 대한 "나"의 "공포" 또는 외경畏敬의 감정은 시간적 연장 또는 흔적으로서 "비린내"를 풍기지 않을 만큼 원초적 본능에서 비롯되기에 "나"는 결코 "산개구리"를 잡아먹을 수 없는 것이다.

여전히 지상적이고 대지적인 것에 더 가치를 부여

달리 말해, '독수리'이되 "날아오르는 날개"가 "없는" 불완전한 '독수리'일 뿐인 내가 "산 개구리"와 같은 사회적인 약자나 소수자에게 무한의 연민과 동정심을 갖고 있는 것은 다른 이유 때문이 아니다. 자신을 신조神鳥로서 '독수리'와 동일시하고 있다고 해도, 여전히 내가 지상적이고 대지적인 것에 더 가치를 두는 현실주의자이기 때문이다. 또한 내가 문득 초월적이고 상승적인 것들에 더 가치를 두기 시작했다고 해도, 한낱 거역할 수 없는 구체적이고 현실적인 삶의 시간 속에 갇혀 있는 자이기 때문이다.

그러나 우연적인 것이나 무의식적인 것을 무한으로 환원시키거나 중요한 시적 비밀을 노출시키는 자들이 시인이라면, "나"의 내면에 문득 떠오른 '독수리'의 출현은 그야말로 우연한 사건이 아니다. 무엇보다도 그것은 하나의 삶을 표상하는 이미지를 넘어 기존의 사고와 행동의 탈각에 따른 변신의 욕구를 나타낸다. 달리 말해, "나"는 여전히 "잘난 사람"과 '못난 사람', '산 자'와 '죽은 자', '생명'과 '죽음', "몸"과 "날개" 등 이분법적으로 분리된 "현재"적 "시간의 질서" 속에 살고 있지만, "공포"를 감수하면서 결행한 비상을 통해 지상적인 "비린내"와 일정한 거리를 둔 '신성한 존재'이다. 비록 짐승의 사체나 연체동물을 먹이로 하며 지상적이고 하강적인 가치에 붙잡혀 있다고 해도, 어디까지나 "나"의 "몸"은 그러한 '독수리'로서의 정체성을 나타내는 "날개"를 뒷받침하기 위한 "부사" 역할을 할 뿐이다.

하지만 '독수리'로서 "삶이 삶이기 위"해서는 "때로" "죽음의 껍질이 되"는 체험을 통해 새로운 삶을 얻는 과정이 필요하다. 진정 새로운 "나"로 다시 태어나기 위해서는 "죽음이 죽음이기 위"한 무無 또는 의미의 영점지대. "가장 떨리는 그/ X-레이"로 비유되는, 아무도 대신할 수 없는 죽음과 고통의 통과의례를 거치지 않으면 안 된다. 달리 말해, "나"는 이미 그 목적을 달성했거나 한계를 드러낸 한 세계가 어떤 식으로든 사멸의 길로 접어들 수밖에 없다는 것을 알고 있다. 동시에 "나"는 그러한 죽음과 붕괴와 파멸의 과정을 거쳐야만 표충적이고 직접적인 감각과 즉물적인 현실대응을 넘어 새로이 시작하는 삶의 부활과 창조의 기쁨을 맛볼 수 있다는 것도 알고 있다.

세속의 시간으로 귀향하는 신으로서 독수리 출현

그럼에도 불구하고 "나"는 여전히 "통통 부은" "발이 보일 때"나 "퉁퉁 부어 보일 때" "가위눌리는 식사"를 하는 '독수리'이다. 특히 "나"는 새로운 세계관 내지 새로운 문제의식의 출현을 나타내는 '독수리'를 자처하지만, 그렇다고 옛 세계와 완전히 결별하지 못한 채 자신만의 강렬한 초월과 상승 욕구를 맘껏 펼치지는 못한다. 하지만 지나칠 정도인 "나"의 자의식은 새로운 세계로의 초월이 자칫 역사적으로나 현실적으로 억압으로 변할 수 있다는 것을 깊이 인식하고 있는 결과다. 또한 "발이 퉁퉁 부어"오를 만큼 정당한 노동의 대가를 지불하고도 굳이 "가위눌리는 식사"를 할 만큼 타자들에 대한 "나"의 더할 수 없는 연민의식은 보다 상위적인 단계로서 '독수리'의 세계에 도달하기 위해서라도 보다 하위적인 단계들을 외면한 채 성립할 수 없다는 인식과 맞물려 있다.

그런 만큼 '독수리'로 변신을 꾀한 "나"의 생의 지향점은 그야말로 순수하고 흠 없이 완전한 세계로의 상승이나 후퇴가 아니다. 흔히 "잘난 사람들"은 자기중심적 세계에 갇혀 "나"의 이러한 정신적 고뇌의 산물을 한낱 위안물이나 취미생활을 위한 "악기"쯤으로 취급하지만, "아무리 모여도 범죄의/ 구성이 없"는 "나"의 "식사". 곧 말의 성찬聖餐으로서 "나"의 시는 일상적 세계의 인간들 곁으로 귀향해 가고자 하는 의지와 맞물려 있다. 고독한 천상과 무한한 지상 사이의 중간 지대에 거주하고 있는 시인으로서 "나"는 "내 무게보다 더 무거운 어떤/ 떠받침". 또는 "숭배보다 더한 그 무엇"에 대한 깨달음 혹은 그 어떤 성스러움을 추구하는 과정에서 문득 세속의 시간으로 임재臨在하는 신으로서 '독수리'를 만났다고 할 수 있다.

눈目,

서로의 상처를 향할 때 더욱 아름다운

이시영

「신길역에서」

'나' 자신의 입장과 가치관을 척도로 하는

자기중심적이고 자기 독백적인 '눈' 과 결별

하고 타자를 향한 귀 기울임 또는 듣는 눈을

갖게 될 때 우린 쉽사리 육안으로 보이지 않

는 타인의 목소리들을 듣게 된다.

신길역에서

이시영

　창밖에 함박눈이 펑펑 내리는 날이었습니다. 온몸이 흠뻑 젖은 서글서글한 표정의 건강한 시각장애인 한 사람이 역시 온몸이 땀으로 흠뻑 젖은 발그랗게 상기된 표정의 시각장애인 애인의 손목을 잡고 전철에 올랐습니다. 사람들이 모두 일어나 자리를 양보했지만 그들은 한 후줄근한 노동자 곁으로 가 나란히 앉아 환한 미소로 서로의 깊은 상처를 응시하는 것이었습니다. 오랫동안 진창을 헤매어 왔을 지팡이가 그들의 무릎 위에서 성자처럼 조용히 쉬고 있었습니다.

언제부턴가 세상이 점점 감각적이고 시각화 되어간다. 마치 풍경 또는 자연, 사물들을 눈앞에 대하는 듯한 착각을 불러일으킬 정도로 감각적이고 투명한 이미지가 주류를 이루고 있다. 그에 따라 외면적인 미를 가꾸기 위한 성형수술이 하나의 대세로 자리 잡은 지 오래이며, 그러한 이미지의 작용을 교묘하게 이용한 상업주의가 당연시 되고 있을 만큼 '이미지 천국'이다. 과연 '보는 것이 믿는 것이다^{To see is to believe}'라거나 '백 번 듣는 것이 한 번 보는 것만 못하다^{百聞不如一見}'라는 동서양의 속담이 그냥 생겨난 것이 아니라는 생각이 들 만큼 시각적인 '이미지'들이 도처에 범람하고 있다.

하지만 눈의 확장 내지 정교화를 바탕으로 하는 이러한 시각 중심주의는 어떤 것만을 선택적으로 돋보이게 하고, 나머지는 무시하게 만든다. 물론 눈이 듣거나 만지거나 냄새 맡는 감각들보다 사물을 구별하는 데 우수한 능력을 지닌 것만은 부인할 수 없다. 하지만 눈은 자칫 보이는 것만은 존재하고 보이지 않는 것은 존재하지 않는다는 이분법적 사고로 이어지기 십상이다. 볼 수 있는 것과 볼 수 없는 것을 나누어 그것들을 위계화하고 차별화하는 시각의 권력화로 귀결되며, 특히 특정한 방식의 보기는 그 안에 포착되지 않는 타인의 삶과 행동을 배척하게 만든다. 결코 눈의 세계로 범주화될 수 없는 대체할 수도, 완전히 복원해낼 수도 없는 삶의 풍부함을 놓치는 결과로 이어진다.

"창밖에 함박눈이 펑펑 내리는 날" 지하철에서 만난 두 "시각장애인"의 모습이 그걸 잘 보여준다. 대체로 두 눈이 온전한 일반인들에게 "펑펑 내리는" "함박눈"은 즐겁고 반가운 감정을 일으킨다. 하지만 일반인의 눈으로 볼 때 이른바 맹인들에게 "함박눈"은 그저 당장의 보행을 더욱 어렵게 할 뿐이다. 또한 그것은 자칫 시각장애인에겐 신체적인 부상 등 안전을 위협하는 것으로 작용할 수 있다. 일반인들이 그들을 동정이나 연민의 대상으로 지켜보는 것은, 그들에게 "함박눈"이 단지 귀찮고 불편한 것으로 생각하기 때문이다.

볼 수 있는 것과 볼 수 없는 것으로 나눠 위계화

그렇다고 일반인들의 시각장애인에 대한 이러한 생각이 전적으로 틀린 것만은 아니다. 눈 내리는 겨울철임에도 불구하고 "온몸이 땀으로 흠뻑 젖"어 있는 상태가 두 번씩이나 강조되어 있는 것이 바로 그걸 나타낸다. 어떤 식으로든 두 "시각장애인"에게 "함박눈"이 결코 호의적인 것만은 아니었다는 것만은 분명하다. 온몸을 땀으로 흠뻑 젖게 할 만큼 뜻하지 않게 내린 "함박눈"은 그들에게 직접적으로 구체적인 고통과 아픔을 안겨주었으며, 자칫 그들의 신변의 안전을 위협하는 것으로 작용했다고 할 수 있다. 모처럼 내린 "함박눈"이 시각장애인들의 사랑을 축복하고 북돋아주는 정서적 환기물이 아니라, 실제적으로 그들의 행동을 방해하고 위협하는 요소였다는 것만은 부인할 수 없다.

하지만 연인 사이인 두 시각장애인이 지하철을 타기 전까지 "함박눈" 속에서 겪었을 여러 난관을 지레 짐작한 승객들의 예상과 달리, 두 시각장애인은 그들을 위해 양보한 좌석에 앉지 않는다. 대신 그들은 그때까지 빈자리로 남아 있던 "한 후줄근한 노동자 곁으로 가 나란히 앉"는다. 그리고 자신들에게 호의적인 승객들의 예상을 벗어나는 이러한 행동의 반전反轉은 단지 우연히 일어난 사건이 아니다. 단지 행색이 초라하다는 이유로 그 옆에 앉기를 꺼려하며 그 노동자에 대해 쏟아졌을 차별과 멸시에 대한 거부를 나타낸다.

달리 말해, 우연하게 보일 수도 있는 그들의 행동 속엔 알게 모르게 상대방을 구분 짓고, 그에 따라 차별하고 무시하기 일쑤인 '눈'의 기능에 대한 불신과 거부가 스며들어 있다. 비록 제 앞을 보지 못하는 시각장애인의 신세이지만, 상황에 따라 외면하거나 선입견에 사로잡혀 전혀 다르게 보기도 하는 '눈'의 속임수나 폭력에 끌려 다니지 않는 자들이라는 것을 나타낸다. 특히 그들이 보여 준 무언無言의 행동은 그들이 비록 육안肉眼은 잃었으나 '마음의 눈'마저 잃지 않은 자들임을 보여주고 있다.

'눈'의 속임수나 폭력에 끌려다니지 않는 행동 보여 줘

따라서 이러한 관점에서 볼 때 그들은 딱히 동정이나 보호의 대상일 수만은 없다. 오히려 그들에게 자리를 양보한 일반인들이 자신들이 보는 것을 안다고 믿거나 제가 보려는 것만을 고집한다는 점에서 또 다른 시각적 장애인이라 할 수 있다. 뭔가를 '본다'는 것은 육체적인 눈의 도움을 받는 것이 분명하지만, 그러나 일반인의 '본다'는 행위 속에는 결코 육체적인 눈만으로 환원될 수 없는, 그 무언가를 "응시"하는 심안心眼이 결여되어 있는 까닭이다. 그들이 다른 자리가 아닌 어느 노동자 곁에 앉을 수 있었던 것은, 그의 슬픔과 아픔을 들여다볼 수 있는 또 다른 눈을 갖고 있었기에 가능했던 것이라 할 수 있다.

시각장애인들이 겪어야 하는 어쩔 수 없는 어려움이나 아픔에도 불구하고 그들이 "서글서글"하거나 "상기된 표정"을 잃지 않았던 것도 그 때문이다. 그들의 "건강"성이나 불요불굴不撓不屈한 사랑의 아름다움은 육신의 눈으로 직접 보고 확인하는 데서 오지 않는다. 오히려 한낱 "지팡이"에 의지한 채 "함박눈"으로 "진창"이 된 거리와 숱한 장애물들을 "오랫동안" "헤매어" 오는 과정에서 몇 번이고 반복되어 확인

됐을 "서로의 깊은 상처"에 대한 "응시". 곧 눈에 보이지 않는 서로의 상처와 아픔에 대한 깊은 연민과 공감이 그들의 생을 더욱 풍부하고 아름답게 만들었다고 할 수 있다. 일반인이었다면 굳이 겪지 않아도 될 애로와 고통을 "환한 미소" 속에 애써 감추는 행위는, 결코 눈에 보이지 않는 "깊은 상처"와 비애를 "응시"할 수 있을 때 비로소 "서로"에 대한 깊은 위로와 공감을 나눌 수 있다는 것을 보여주고 있다.

그처럼 단지 육신의 눈이 아닌 마음의 눈을 뜰 때 우린 자신이 겪고 경험한 고통뿐만 아니라 타인의 상처와 슬픔을 이해할 수 있다. '나' 자신의 입장과 가치관을 척도로 하는 자기중심적이고 자기 독백적인 '눈'과 결별하고 타자를 향한 귀 기울임 또는 듣는 눈을 갖게 될 때 우린 쉽사리 육안으로 보이지 않는 타인의 목소리들을 듣게 된다. 점점 실물實物에 접근하는 첨단의 이미지 재현과 감각의 테크놀로지에서도 결코 맛볼 수 없는 살아 있는 삶의 풍요로움과 현장감은, 타자를 향한 귀 기울임 또는 타인의 고통에 함께 울 수 있는 눈이 확보될 때 가능하다.

오직 현존의 순간만을 중시하는 감각주의와 결별 요구

"그들의 무릎 위에" 놓여 있는 "지팡이"가 그 상징이다. 고대 세계에서 가장 잘 알려진 신이자 신들의 사자使者로 불렸던 헤르메스Hermes

의 뱀 지팡이를 연상시키는 그 "지팡이"는 육신의 눈에 잘 띄지 않는 서로의 상처에 눈 돌릴 때 세상이 한층 더 아름다울 수 있다는 것을 나타낸다. 마치 "성자처럼 조용히 쉬고 있"는 그 "지팡이"는 어느 허름한 "노동자"처럼 도처에서 차별과 무시로 상처받은 이들이 지금 이 순간에도 호소하는 아픔과 비통함에 눈 감지 않을 때 역사의 파국 내지 인간성의 종말이 다소나마 유보될 수 있다는 것을 말없이 보여준다.

오직 현존하는 순간만을 중시하는 감각주의는 오늘의 세계에서 각 개인을 묶어줄 그 어떠한 대안도 제시하지 못하고 있다. 세계와 나를 결합시키는 존재론적 필연성이 발견되지 않는 데서 오는 절망감 또는 공포를 내면화하고 있는 것이 시각의 과잉화이다. 달리 말해 날로 감각화되고 시각화 되어가는 세상에서 이들 시각장애인들이 '눈 뜬 장님'이라고 할 수 있는 우리들에게 전하는 메시지는 다른 것이 아니다. 바로 일시적인 실재와 영원한 실재를 연결시켜줄 그 무엇도 없다는 허무주의의 유령과 맞물려 있는 시각 중심주의와 결별할 것을 요구하고 있다. 일련의 영상을 통한 실감의 효과는 제아무리 정교해도 일종의 '눈속임'에 불과하며, 환상에 의한 시공간의 체험에 지나지 않는다는 것을 의미한다.

"함박눈" 속을 어렵게 헤쳐 와 굳이 어느 허름한 "노동자 곁"에 앉은 두 시각장애인의 보이지 않는 눈은 그걸 상징한다. 날로 발전하는 시각의 확대는 결국 고정된 한 순간의 박제된 이미지의 반복 내지 재생산에 불과하다는 것을 말해 준다. 정보화되고 상품화된 디지털 영상에 의한 기억의 방식으로는 물리적이고 육체적으로 불편한 가운데서도 "상기된 표정"을 잃지 않은 채 서로 간의 사랑을 확인하는 두 시각장애인들의 마음 세계를 결코 그려낼 수 없다는 것을 뜻한다. 무엇보다도 "신길역"에서 어렵게 만난 두 시각장애인들의 말없는 행동은, 보이지 않는 서로의 상처와 아픔에 눈 돌릴 수 있을 때 인간의 눈이 가장 아름다울 수 있다는 것을 온몸으로 보여주고 있다.

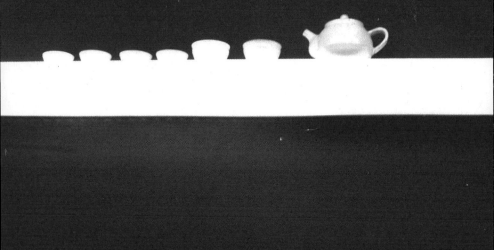

우정,

뜻있는 곳에 뜻끼리 건배를

김영태

「 한 잔 혹은 두 잔 」

좋은 의미의 술 또는 술자리는 너와 내가 아
무런 구별 없이 어우러지는 것이 아니라, 각
자의 고유한 가치와 신념이 지켜지고 고양
되는 새로운 "뜻"의 세계를 함께 창조하는
방향으로 작용할 때 한층 더 풍요로워질 수
있다.

한 잔 혹은 두 잔

김영태

시고 텁텁한 잔 받으세요

개같이 사는 세월 받으세요

한잔 두 잔 석탄 백탄 받으세요

말탄 고춧가루 가랑이 좆대

이쁘다 이뻐 너는 이뻐 인마 너는 이쁘다 이쁘지 이뻐 받으세요

양복쟁이 한 잔

한산모시 두루마기에도 한 잔

수염 단 풍각장이 한 잔

덕대 같은 건너편 왈패에게 거푸 한 잔

총독^{總督}의 소리 오동추야 우리 구보^{丘甫}에게 한 잔

이 거리 저 읍내에서 또 한 잔

웃으세요 웃으세요 오래 웃으며 많이 많이 속으로 우세요

개울가에서 멱 감다 한 잔, 숲에서 한 잔

연탄광에서 한 잔 뜻 있는 곳에 뜻끼리 두 잔

이마 맞대고 코 비뚜러지게

겹잔, 처마 밑에 날나리들이

깜부기들 바지 저고리 머리 위에

근사한 달이 조명^{照明}이네요

조명 안주삼아 이판사판

뜻 있는 곳에 열 잔

근사한 달이 조명[照明]이네요

조명 안주삼아 이판사판

뜻 있는 곳에 열 잔

인간의 기호품^{嗜好品}의 하나인 술은, 뜻 맞는 이들과 우발적이거나 자발적으로 마실 때 가장 아름답게 빛난다. 서로간의 신뢰와 믿음, 사랑과 우정 속에서 점차 무르익는 도취는 사소한 한 마디의 말조차 정신의 불꽃으로 점화하여 그 당사자와 주변을 환하게 밝힌다. 처음 왁자지껄하게 타오르던 말의 불꽃은 어느 순간 파란 불꽃을 쏟아내는 잉걸불로 변해, 굳이 말하지 않아도 전혀 새로운 대화와 화제의 세계로 이끈다. 더욱이 스스로 삼가고 침묵하는 가운데 넘겨주고 건네받는 술잔 속에서 다져지는 서로간의 공속성^{共屬性}은 세월이 지나도 잊히지 않는 추억이 되곤 한다.

그러나 모든 술자리가 한없이 인간적이고 겸손하며 정직하고 친절한 기억으로 남을 만한 우정과 연대의식을 확인할 수 있는 건 아니다. "시고 텁텁한 한 잔"의 술만큼 고달픈 인생에서 오는 신세한탄이나 불평불만의 시간을 거치게 마련이다. 또한 때로 "개같이 사는 세월"과 잘못된 세상에 대한 분노와 원망을 자기 검열 없이 쏟아내는 시간이 되기도 한다. 특히 그러다가 막무가내로 개인의 불우를 토로하거나 일방적으로 우국충정^{憂國衷情}을 논할 때 생각보다 일찍 파국으로 치달을 수 있는 것이 일상적인 술자리의 모습이다.

그렇다고 "한 잔 두 잔" 거듭되면서 오가게 마련인 술자리의 온갖 푸념이나 원망의 말들은 딱히 부정적인 것은 아니다. 차마 체면 때문에 목구멍에 걸려 있던 말들이 "석탄 백탄" "말탄 고춧가루"와 같은 언롱言弄을 넘어 문득 터져 나온 "가랭이 좆대"와 같은 욕설이나 비속어들이 지금껏 쌓여 있는 개인의 감정이나 사회적인 내상內傷을 치유하는 과정과 맞물려 있는 것이라면 그리 나쁠 것만은 없다. 크고 작은 억압과 구속에서 자유롭지 못했던 술꾼들이 그것들을 통해 일시적이나마 자유와 해방감을 얻는다고 생각하면 이해해줄 만도 하다. 술의 힘에 빌려 인생의 고뇌와 욕구 불만을 말장난이나 쌍욕을 해서라도 풀어내려고 하는 행위는, 새로운 기분과 만남의 차원으로 이행하기 앞서 반드시 거쳐야 할 창조적 붕괴의 과정이라고 봐도 무방하다.

일시적 해방감을 통한 창조적 붕괴 과정

필시 윗사람일 상대방이 연신 "이쁘다 이뻐 너는 이뻐 인마 너는" 하며 아랫사람의 주정酒酊을 너그러이 받아주는 것도 그 탓이다. 비록 욕지거리가 섞여 있다고는 하지만, 그런 말들 속에 어떠한 악의나 패악悖惡이 없다는 것을 익히 알고 있기 때문에 윗사람은 자칫 무례해 보일 수 있는 나이 어린 술꾼의 응석을 응석으로 응대한다. 취중에 문득 "(나) 이쁘지(?) 이뻐(?)" 하며 애교스런 반말을 한다고 해도, "받으세요"라고 경칭敬稱을 잃지 않는 아랫사람의 평소 예의 바른 행동을 알고 있기에 어린 취객의 호기를 못 들은 체 관용할 수 있다. 오히려 그러한 파격의 언어 사용과 행동 때문에 순간적이나마 나이를 초월한 허물없는 친구 관계로 발전하면서 서로 간의 일체감이 형성될 수 있다.

제 의지와 신념만으로 제어되지 않는 술에 점차 취해가면서도 "총독의 소리"와 "우리 구보丘甫" 등의 작품을 쓴 선배 작가인 최인훈과 이태준에 대한 경의敬意를 표하고 있는 것이 그 단적인 예이다. 후배 작가로서 시인인 '나'는 몸을 가누기 힘든 순간에도 외롭게 문학의 길을 걸었던 존경하는 문학적 선배들에 대한 예의禮意를 잃지 않는다. 급기야 다른 술자리의 술꾼들과 합세해 대중가요 "오동추야"를 함께 부르는 가운데서도 문학인으로서 자신의 정체성을 잃지 않고 있다. 잠시나마 술의 힘을 빌려 일체의 권위나 허위에 도전하면서도, 그것이 인간적인 품위와 자신의 자존감을 허무는 데까지 이어지지 않는 절도를 보여주고 있다.

그러나 모든 술자리가 이미 서로의 마음을 너무나도 잘 알고 읽어주는 지인知人끼리 이뤄지는 것만은 아니다. 때로 일단 도도해지기 시작한 취흥醉興은 전혀 낯모르는 주막 또는 술집의 이웃들로 번져간다. 이전까지 알지 못했던 "건너편"에 앉아 있는 "양복쟁이"와 "한산모

시 두루마기"를 입은 전통주의자, 짐짓 광대나 예술인을 표상하는 "수염 단 풍각장이"와 사회적 부적응자를 나타내는 "왈패"들을 가리지 않고 마음의 문을 열게 하는 게 술이 지닌 또 다른 마력이다. 이미 알고 지내는 사이의 우정과 관계를 넘어, 전혀 낯선 사람들과 순식간에 어울리게 하는 사자使者로 둔갑하거나 신분이나 지위의 높고 낮음을 가리지 않고 만나게 하는 데 술의 큰 매력이 있다.

낯선 이들과도 쉽게 어울리게 하는 마력 지녀

일단 그렇게 시작된 술자리는 이제 이전과 다른 분위기의 새로운 술집으로 이끌게 마련이다. 최고조의 기분에 달한 '나'의 호기는 새로운 술집에서 새로운 기분으로 술을 마시려는 욕망으로 이어지며, 급기야 처음 자리했던 술집을 떨치고 나와 이제 "이 거리 저 읍내"를 헤매며 본격적인 술 사냥을 시작하게 만든다. 하지만 그렇다고 딱히 이러한 술자리의 이동이 단지 술만을 탐하기 위해서라고 보는 것은 오산이다. 그 와중에서도 "웃으세요"를 반복적으로 강요하는 것은, 여전히 뭔가 미진하다고 느끼는 주량酒量만큼 '나'의 흉중에 다 씻어내지 못한 회한悔恨의 찌꺼기가 남아 있다는 것을 드러낸다. 취기醉氣가 거나해진 상태 속에서도 "오래 웃으며 많이 많이 속으로 우세요"라는 구절이 보여주듯이 내가 일상의 세계와 완전히 분리하는 데 성공하지 못했다는 것을 보여준다.

그러니까 '나'를 포함한 술꾼들이 이제 딱히 술집만이 아닌 "개울
가"나 "숲", 그리고 "연탄광"으로 이끌어 가는 것은 오로지 술만을 더
마시기 위한 것이 아니다. "한 잔"의 술로는 결코 달랠 수 없는 저마
다의 시름과 아픔을 달래고자 하는 과정의 연장이다. 술의 힘에 의해
서도 제어되지 않는, 그때마다 일어나는 생의 근원적 슬픔이 그들로
하여금 장소를 옮겨가며 술을 마시도록 자극하였다고 할 수 있다. 더
욱이 그것이 적정량인 "한 잔"을 넘어서는 "두 잔"을 마시는 계기로
작용했다면, "뜻 있는 곳"에서 "뜻" 맞는 이들과의 만남이었기 때문
에 가능하다. 드물게나마 격의 없고 순수한 의기투합이 이뤄질 때 아
예 "이마"를 맞대고 "코"가 "비뚜러지게" 마시는 대취大醉의 사태가
더러 일어날 수 있다.

그런 만큼 일정한 보호막 없이 떠도는 신세를 나타내는 "처마 밑"
의 "날라리들" 또는 실속 없는 자신들의 처지를 나타내는 "깜부기들
바지저고리"의 "머리 위"에 "근사한 달이 조명이네요"라고 스스로를
위안하며 달빛을 "안주 삼아" "이판사판" 마시는 술의 의미는 결코
단순하지 않다. 그것은 단순히 남다른 주량酒量을 과시하거나 이른바
주독酒毒에 빠졌다기보다는 자신의 가난이나 곤경에 크게 구애받지
않고 살아가는 욕심 없는 자유인의 경지를 나타낸다. 그야말로 더 이
상 오갈 데 없는 주변부에서나마 나누는 한 잔의 술은, 단지 괴롭고
힘든 현실을 위로하고 벗어나기보다 더러 서로 간의 보잘것없음과

나눌 것 없음을 공유하는 가운데 더 깊은 소통과 고양된 만남을 갖게 되었다는 것을 말해 준다.

매순간 절실하게 살려는 의지가 술을 불러

때로 이성을 혼미하게 하고 몸을 망치게 하는 술은, 따라서 오로지 술만을 탐닉하는 주광酒狂이나 고통의 망각을 위한 명정酩酊이 최종 목표는 아니다. 매우 드물게나마 "뜻 있는 곳"에서 "뜻" 맞는 사람들끼리 어울리며 창조적인 정신의 세계를 구축하고 공유하려는 우정의 산물이다. 매번 성공할 수는 없겠지만, 술은 때때로 각기 다른 공동체를 순식간에 하나로 만들고, 또 각자와 전체를 하나의 축제로 만들기에 크고 작은 만남과 향연의 필수품으로 등장한다. 술이 주는 비상의 체험과 현실의 원동력인 존재의 수준을 높여주는 활력은 불가분의 관계에 놓여 있다.

어떤 다른 곳보다도 "뜻 있는 곳"에서 나눠 마시는 "열 잔"이 주는 의미는 그런 면에서 단순히 서로 간의 뜻과 뜻이 부합되고, 그에 상응하는 대작對酌이 이뤄졌다는 것만을 지칭하지 않는다. 한두 잔을 넘어 "열 잔"의 술이 주는 취기만큼 강도 높게 다가오는 한없는 도취와 열광은, 순간적이나마 서로를 하나로 묶으면서도 동시에 그들 각자의 고유성으로 해방시킨다. 좋은 의미의 술 또는 술자리는 너와 내가 아무런 구별 없이 어우러지는 것이 아니라, 각자의 고유한 가치와 신념이 지켜지고 고양되는 새로운 "뜻"의 세계를 함께 창조하는 방향으로 작용할 때 한층 더 풍요로워질 수 있다.

곧잘 술을 즐겨하는 이들이 마시는 한 잔의 술은 때로 자기 파멸을 부르기도 할 터지만, 그래서 예술가들은 만취滿醉를 통한 자아의 붕괴나 일상의 무화를 통해 곧잘 새로운 세계로의 모험과 도약을 시도한다. 주어진 세계를 재구성하거나 새롭게 창조하려는 그들의 의지가 생명의 에센스라고 할 수 있는 술을 부르고, 불가사의한 그 어떤 정념의 세계를 함께 나눌 벗들을 부르며 대책 없는 장취長醉에 빠져들게 만든다. 참을 수 없는 생의 유한성과 일회성을 원망하고 안타까워하기보다는 매순간 후회 없이 절실하게 살려는 감정이, 아주 가끔씩 달빛을 "조명 삼아" "이판사판" 마시는 술자리를 부르곤 하는 것이다.

초인超人,

시원의 광야에 가난한 노래의 씨를 뿌리는

———————————

이육사

「광야曠野」

거의 모든 '초인'은 운명적으로 현실의 부조
화 내지 무질서 가운데서 태어난다. 부조화
하고 무질서하기 때문에 그 상태를 개선하
려는 욕망이 모든 "초인"들을 추동하는 힘이
다. 무엇보다도 '초인'은 무한한 가능성을
품고 있는 혼돈을 뛰어넘는 창조적인 자기
조직 능력과 함께 또다시 새로운 카오스를
생성할 능력을 동시에 발휘하는 자이다.

광야曠野

이육사

까마득한 날에
하늘이 처음 열리고
어데 닭 우는 소리 들렸으랴

모든 산맥들이
바다를 연모戀慕해 휘달릴 때도
차마 이곳을 범犯하든 못 하였으리라

끊임없는 광음光陰을
부지런한 계절季節이 피어선 지고
큰 강물이 비로소 길을 열었다

지금 눈 나리고
매화향기 홀로 아득하니
내 여기 가난한 노래의 씨를 뿌려라

다시 천고千古의 뒤에

백마^{白馬} 타고 오는 초인^{超人}이 있어

이 광야^{曠野}에서 목 놓아 부르게 하리라

일반적으로 '개벽開闢'은 천지가 처음으로 생기거나 열리는 상태를 말한다. 하지만 동시에 천지가 어지럽게 뒤집혀지는 사태와 깊게 연관되어 있다. 그러니까, 모든 개벽은 운명적으로 질서에 대한 갈망과 그만큼의 혼란을 제 가슴속에 동시에 품고 있다. 특히 그 과정에서 질서와 무질서, 열림과 닫힘, 신생과 소멸, 포용과 배척 등과 같은 비동시적인 것들이 거의 동시적으로 일어난다. 기존의 체계에서 받아들여지지 않는 여러 요소들을 적극적으로 창출해내려는 과정에서 무수한 저항과 거부를 경험하도록 하는 게 개벽이라고 할 수 있다.

'새로운 사태의 열림'을 뜻하는 개벽은, 그러기에 질서정연하고 안정적인 어떤 상태를 말하는 것이 아니다. 그 단어 속엔 결과를 미처 예측할 수 없는 혼돈과 무질서가 동반되어 있다. 오히려 어떤 새로운 질서가 태어나기 직전의 무질서한 운동과 그로 인한 불안정성과 깊게 관련되어 있는 것이 개벽이다. 그리고 개벽의 순간에는 한 개인이나 집단 내부에 일촉즉발의 에네르기가 과잉 축적되어 있으며, 무엇보다도 그것들이 방향과 시기를 모른 채 들끓고 있다.

"하늘이 처음 열리"는 "까마득한 날"은, 따라서 어떤 강력한 힘에 의해 질서가 유지되고 또 안정성을 갖는 시기와 무관하다. 일정한 구속력을 잃는 개체나 사물들이 아직 특별한 방향성을 가늠하지 못한 채 요동치는 사태와 직결되어 있다. 또한 그 속엔 각자가 지닌 개성과 판단력을 미처 발휘할 틈도 없이 본능적으로 우왕좌왕하는 모습이 감춰져 있다. 새로운 환경과 상황에 적응하기 위한 발판 마련의 움직임이자, 동시에 그것을 위해 어떻게 기존의 질서를 파괴하느냐를 고민하는 시기가 바로 새로운 개벽을 꿈꾸는 시기이다.

새로운 환경과 기존의 질서 사이에 혼돈과 광기가

그 "어데"선가 "닭 우는 소리"가 들려오지 않았다고 볼 수도, 아니면 "들"려왔다고 봐도 그 사정은 다르지 않다. 어떤 식으로든 "닭 우는 소리"(鷄鳴聲)는 새 날과 새 세상의 도래를 알리는 소리를 나타낸다. 동시에 아무것도 미리 결정되거나 태어나지 않은 무정형의 상태가 극적으로 전환하는 사태와 맞물려 있다. 그야말로 "닭 우는 소리"는 단적인 소멸이나 신생이 없는 무시무종無始無終의 개벽의 순간을 가리키며, 거의 예외 없이 변혁으로 이끄는 활성의 힘과 파괴의 힘이 나란히 공존하는 순간을 가리킨다. 질서를 찾아가는 순간이자 그만큼 강력한 분산의 힘에 이끌려 동요하고 갈등하는 순간이 "닭"이 "우는" 순간이라 할 수 있다.

끝도 시작도 없는 시간과 공간의 특수한 상관작용으로서 "광야" 역시 이와 관련되어 있다. "모든 산맥들이/ 바다를 연모^{戀慕}해 휘달릴 때"조차도 "차마" "범^犯하든 못하였"을 만큼 신성한 "광야"는, 단지 범접할 수 없는 시공간만을 지칭하지 않는다. 뭔가 가늠하고 제어할 척도나 구속 조건이 사라지면서 한 개인이나 집단의 의지나 노력만으로 제어하기 힘든 혼돈과 광기가 들끓고 있는 시공간을 나타낸다. 어떤 차원에서든 매순간 변화해가는 환경에 무방비하게 노출된 채 그 방향성과 지향점을 알 수 없는, 폭발 직전의 힘이 응축되어 있는 시공간이 바로 "광야"이다.

그러한 "광야"는 어느 순간 "큰 강물이 비로소 길을 열"며 바다로 흘러가듯 모든 혼돈을 결집하고 통일하는 순수한 구심점을 나타낸다. 무수한 "계절"이 반복 순환하는 기나긴 혼돈의 시간 속에서 "비로소" "큰 강물이 길"을 여는 사태는, 무수한 혼란을 자기의 구속 조건으로 하면서 수렴하는 "광야"가 있기에 가능하다. 하지만 "광야"라는 공간은 "까마득한 날"과 "천고 뒤"라는 시간과 결코 분리되어 존재하지 않는다. 예컨대 "하늘이 처음 열리"는 시간과 "어데 닭 우는" 공간상의 행위가 따로 진행되는 것이 아니며, "차마" "범하든 못"한 "모든 산맥들"이란 공간과 "바다를 연모해 휘달릴 때"라는 시간상의 행위가 맞물려 있다. "지금" 여기(광야)에 내리는 "눈"과 "매화향기"는, 그러한 광활한 공간과 원초적인 시간이 일시적이나마 종합되고 통일된 상태에서 일어난 가시적인 현상이라 할 수 있다.

그처럼 어떤 사물이든 완전히 카오스 상태에 머무는 것은 불가능하다. 조건이 변화하면 오래된 질서는 소멸하고 새로운 질서가 생겨난다. 그때까지 질서의 구성 요소가 아니었던 곳에서부터 새로운 조건에 적합한 것들이 태어난다. 바로 잠재적인 양적 규정만 있을 뿐 활동력 자체가 개체화되지 않았던 "광야"는 "끊임없는 광음光陰"의 시간이 흐르는 동안 새로운 질서를 일정하게 성장시켜가는 그 태반胎盤으로 작용한다. "부지런한 계절季節이 피어선 지"기를 반복하는 무한한 순환적 시간 속에서 "비로소 길"을 여는 "큰 강물"처럼 그 내부의 불규칙한 움직임들을 일정한 유형의 질서로 바꿔가는 모태로 작용하는 것이 "광야"이다.

"눈 나리는" "광야"에 "홀로 아득"한 "매화향기"는 그러한 현상의 하나다. 매 순간 달라지는 무한의 조건과 환경 속에서도 하나의 질서로 좁혀가는 장場으로서 "광야"에 피어난 그 "매화향기"는, 모든 존재가 생성적으로 활동하기 위한 "광야"와 "눈 나리"는 "지금"의 시간 이전까지의 무한한 시간적 작용의 결과이다. 그리고, "광야"라는 어떤 원초적 공간과 그 공간의 상태 변화를 유발하는 시간과의 유기적 결합으로 인한 응집성과 충만성을 보여주는 것이 "매화향기"이다.

"내"가 "여기"의 "광야"에 "뿌"리려 하는 "가난한 노래의 씨" 역시 이와 무관하지 않다. 무수한 선택이 가능할 법한데도 왜 하필 "노래의 씨"를 뿌리려 하는가란 의문은, 바로 그 "노래" 속에 숨어 있는 리듬의 힘에 주목하면 쉽게 풀린다. 그러니까 어떻게 행동해야 할지 그저 막막한 "광야"에서 "노래의 씨"를 뿌리려는 행위는 다른 것이 아니다. 단적으로 일정한 순환적인 반복 속에서 형성되는 리듬은 길길이 날뛰는 카오스를 수렴하는 역할을 수행한다. 특히 비록 눈에 안 띌 정도로 미약하고 "가난"한 '시' 또는 "노래" 속엔 갈 길 모른 채 이리저리 날뛰는 혼돈과 광기에 방향성과 의미를 부여하는 기능이 숨겨져 있다. 각자가 지닌 개성들과 자주성이 미처 꽃피울 터전을 잃은 채 요동치는 무질서의 "광야" 속에 숨어 있는 거시적 패턴 또는 정합성이 리듬이며, 부분과 전체, 개체와 집단을 하나로 묶는 유연한 질서가 생겨날 수 있도록 하는 것이 "노래"의 힘이다.

날뛰는 혼돈과 광기에 방향성을 부여하는 '노래의 씨'

그러나 이러한 "노래의 씨"가 뿌려진 이후 "다시 천고"의 세월을 거쳐 "백마 타고"올 "초인超人"은, 단지 인간의 한계와 운명에 도전하는 불굴의 의지를 가진 니체적 의미의 초인을 의미하지 않는다. 혼돈의 시공간에 일정한 제약과 구속력을 부여하는 "광야"에 "백마 타고 오는 초인"은, "지금" 여기의 이 순간이 이른바 "개벽"의 상황인지 살피기보다 그 방향과 위치를 설정하고 결단하는 자를 가리킨다. 예기치 않는 사태가 끊임없이 일어나는 복잡한 세계 속에서 직감적으로 가야 할 방향을 알아차리며 인도하는 자를 지칭한다. 기존의 체계를 뒤흔들어 그 체계 밖에 놓여 있는 것들에 적극적인 의미를 부여하는 자가 진정한 의미의 "초인"이라고 할 수 있다.

거의 모든 '초인'은 운명적으로 현실의 부조화 내지 무질서 가운데서 태어난다. 부조화하고 무질서하기 때문에 그 상태를 개선하려는 욕망이 모든 "초인"들을 추동하는 힘이다. 무엇보다도 '초인'은 무한한 가능성을 품고 있는 혼돈을 뛰어넘는 창조적인 자기 조직 능력과 함께 또다시 새로운 카오스를 생성할 능력을 동시에 발휘하는 자이다. 다시 말해, 모든 것이 무화된 원초적인 개벽의 시공간에 적절한 존재 상태를 생성해내는 자기 구속의 장場이 "광야"이며, 이때 "초인"은 "노래"의 힘을 통해 무수한 생성자들과 형성되는 '되는 자' 이자 그걸 주체적으로 자기 조직하는 '하는 자'라고 할 수 있다.

아주 오랜 시간이 흐른 뒤에 질서의 대극이면서 새로운 질서의 창출점인 "이 광야"에서 "목 놓아" 부를 "초인"의 "노래" 속엔, 따라서 극도의 부조화 속에서도 죽음에의 의지와 더불어 최대한의 생명성을 가동하려는 생의 의지가 담겨 있다. 또한 아무것도 확정되지 않은 자기부정과 해체의 "광야"에서 광대한 작용과 응용에 능숙한 고결한 정신의 상징이 바로 "초인"이며, "초인"의 출현과 활동은 필연적으로 인간과 우주의 특정한 변화 양상을 일컫는 개벽의 개시와 맞물려 있다. 모든 인간이 꿈꾸는 참다운 개벽은 무한 변화의 시공간에 대한 창의적 응용력과 통찰력을 바탕으로 하는 변혁의 능력을 가진 "초인"과 만날 때 "홀로" "아득한" "매화향기"와 같은 그 어떤 것이 될 수 있다.

아니마 _anima_,

기적적으로 마주친 내 안의 여자

김수영

「여자」

한 남성을 실현시키고 완성시키는 것은 여성이다. 생물학적인 의미에서든, 심리학적인 차원에서든 바로 그 남성 속에는 이성(異性)으로서 여성이 숨어 있는 까닭이다.

여자

김수영

여자란 집중集中된 동물動物이다

그 이마의 힘줄같이 나에게 설움을 가르쳐준다

전란戰亂도 서러웠지만

포로수용소捕虜收容所 안은 더 서러웠고

그 안의 여자들은 더 서러웠다

고난이 나를 집중集中시켰고

이런 집중集中이 여자의 선천적인 집중도集中度와

기적적奇蹟的으로 마주치게 한 것이 전쟁戰爭이라고 생각했다

그런 의미에서 나는 전쟁戰爭에 축복祝福을 드렸다

내가 지금 육六 학년 아이들의 과외공부課外工夫 집에서 만난

학부형회學父兄會의 어떤 어머니에게 느낀 여자의 감각

그 이마의 힘줄

그 힘줄의 집중도集中度

이것은 죄罪에서 우러나오는 것이다

여자의 본성本性은 에고이스트

뱀과 같은 에고이스트

그러니까 뱀은 선천적先天的인 포로인지도 모른다

그런 의미에서 나는 속죄贖罪에 축복祝福을 드렸다

한 남성을 실현시키고 완성시키는 것은 여성이다. 생물학적인 의미에서든, 심리학적인 차원에서든 바로 그 남성 속에는 이성異性으로서 여성이 숨어 있는 까닭이다. 따라서 괴테의 "여성적인 것이 우릴 구원하리라"는 금언은 단지 여성적인 포용력과 부드러움에 대한 찬사가 아니다. 자신의 내부에 숨어 있는 여성적인 요소를 갖추지 못한 남성은 결코 완전한 남성일 수 없다는 것을 뜻한다. 진정한 의미의 남성은 이러한 내적인 여성을 인식하고 인정하는 데 그치지 않고, 자신의 인격 전체 속으로 수용하여 자기실현의 길로 들어설 때 완성된다.

한때 「죄와 벌」, 「여편네 방에 와서」, 「성」 등의 시들을 통해 노골적으로 여성들을 비하하거나 모독했다는 이유로 주로 여성 연구자들에 의해 반反페미니스트 작가로 내몰리기도 했던 김수영 시인의 시들 속에 나타난 여성들 역시 예외일 수 없다. 그들이 그의 시 속에서 남성우월주의 또는 남근 중심주의 등 반反여성주의인 요소들을 읽어내는 것은 자유이다. 하지만 그 여성들을 곧바로 생물학적인 여성들로 환원해 보는 것은 단견이다. 김수영의 시 속에 나타난 여성들은 엄밀히 말해 남성 속의 여성, 곧 한 남성으로서 김수영의 페르소나persona에 대응하는 무의식의 내적 인격인 아니마anima를 나타낸다. 긍정적이든 부정적이든 그 여성들은 한 남자로서 그러한 여성들을 통해 본 제 안의 여성상일 수밖에 없다.

그동안 남성주의적인 목소리를 가진 대표적 시인으로 분류(김현)돼온 김수영의 시 속 '여성'은, 따라서 외면적 인격체로서 여성이 아니다. 비극적인 "전쟁"을 통해 "기적적으로 마주치게" 된 여성들은 다름 아닌 제 안의 여성이다. 불쑥 "집중된 동물"로 규정한 그 "여성"은 "나"의 내면에 잠자고 있던 여성 이미지의 출현과 관련되어 있다. 매우 "집중"력이 강한 "동물"로 표현된 "여자"들은 지금껏 내가 만나고 경험한 여성상 중의 하나이며, 오랫동안 "나"의 내면 깊숙이 자리한 여성의 심혼心魂이라고 할 수 있다.

나의 내면에 자리잡고 있던 여성적 이미지 출현

하지만 그러한 "여자"의 "이마"에 불거진 "힘줄"을 지켜보는 데서 오는 "나"의 "설움"은, 이미 그의 마음속에 이미 자리하고 있었을 여성의 영원한 이미지에 대한 실망 내지 분노를 나타낸다. 대체로 "전란" 이전까지 호방하고 책임감 있는 남자를 표방했을 "나"에게 "전쟁"은 자신의 무의식 저편에 잠재하고 있었을 가녀리고 순정적인 여인상 대신, 뜻밖에도 "동물"적인 생존본능을 지닌 남성적인 여성들과 만나게 한 것이다. "전쟁"이라는 극단의 실존적 사태는 "나"로 하여금 여성적인 부드러움과 포용성보다는 거친 일을 마다하지 않는 여성성을 희생시킨 거친 여성들과 만나게 되었다는 것을 의미한다.

그런 만큼 "나"의 관심사는 모든 관계를 무화시키는 "전란"과 인간 이하의 대접이 당연시되었을 "포로수용소" 체험들에서 오는 "서러"움이 아니다. 역시 전쟁포로 신세였던 "나"보다 "더 서러웠"던 것으로 다가왔던 "포로수용소" "안의 여자들"을 통해 "여자의 선천적인 집중도"와 "기적적으로 마주치게" 된 사건이 "나"의 관심사라고 할 수 있다. 전쟁 기간의 말 못할 "고난"을 통해 "나"는 자신에 대해 "집중"적으로 성찰하는 계기를 갖게 되었으며, 무엇보다도 남성인 자신의 무의식 속에 있는 '이성異性'으로서 여성성. 곧 극도의 개인주의나 생존본능만 살아 있는 "여자의 선천적인 집중도"와 마주치게 되었다는 것을 의미한다.

모든 이들에게 엄청난 재앙과 불행을 가져다준 "전쟁"을 "축복"으로 받아들이는 역설은 여기에서 시작된다. 이제 "나"에게 "전쟁"은 단지 온갖 학대와 모멸감을 안겨준 사건에 그치지 않는다. 어쩌면 그것은 남성들보다 더 비참하고 가혹한 조건에서 고통 받았을 포로수용소의 여자들을 통해 한 남성으로서 그동안 애써 억압하고 무시했던 제 심혼心魂의 목소리 또는 이미지를 보거나 듣게 만들어준 사건이다. 그 동안 남자라는 이유로 쉽게 지나치거나 방치했던 제 안의 어두운 무의식의 그림자. '나'의 통제권 밖에 있으며 고도의 자율성을 가진 내적 인격에 대해 통찰할 수 있는 계기를 마련해주었다는 점에서 "전쟁"은 "나"에게 마냥 비극만이 아닌 "축복"일 수 있다.

그러한 "나"는 일상적인 생활 속에서도 남성적인 용기와 결단력을 나타내는 여성들의 "선천적인 집중도"를 또다시 목격하게 된다. "6학년 아이들의 과외공부 집에서 만난/ 학부형회의 어떤 어머니"를 통해서 "나"는 육이오 전쟁 기간과 포로 생활 동안 보았던 여성들의 "이마"에 돋아난 "힘줄"과 "그 힘줄의 집중도"를 다시금 경험한다. 제 자녀의 공부와 출세를 위해 앞장서는 "어떤 어머니"를 통해 전쟁 기간의 여성 포로들에서 보았던 "여자의 감각" 또는 억척스럽고 전사적戰士的인 여성의 이미지와 마주친다. 위기 상황 또는 경쟁적인 일상생활 속에서 뜻밖에 남성적인 담력과 용기로 주어진 난관을 헤쳐나가는 여성상을 재확인하고 있다.

남성적인 담력과 용기를 가진 여성상 출현

문득 "죄에서 우러나오는 것"이라고 생각하는 여성들의 "선천적인 집중도"는, 따라서 단지 사회적 통념상 여성들이 곧잘 보여주는 이기적이고 자기중심적인 속성을 말하기 위해서가 아니다. 때와 장소에 따라 남성보다 더 남성적인 태도의 강력한 아니무스 형상을 전면에 내세워 살아가는 여성들의 한 속성을 나타낸다. 자신들의 여성성들을 추방한 채 마치 남성처럼 행동하는 여성들의 파괴적인 아니무스가 "선천적인 집중도"이며, 바로 이러한 여성들의 깊은 무의식에서 나오는 본능적 행동 양식이 "죄"로 표현되고 있다. "여자의 본성"을 "에고이스트"로 규정할 때 바로 이러한 "선천적인 집중도"를 말하는 것이며, 바로 "죄"는 모든 여성들의 무의식 속에 내재한 보편적이고 원초적인 특성을 가리킨다고 할 수 있다.

그러나 상징적인 죽음과 재생의 체험을 동시에 가져다주었을 "전쟁"을 통해 "내가" 깨달은 것은, 그러한 여성성의 특성을 관찰하고 성찰하는 데 그치는 것은 아니다. 여성들 인격 속에 들어 있는 무의식적 요소를 나타내는 "선천적인 집중도" 또는 "죄"가 다름 아닌 남성인 내 안의 여성으로서 아니마 속에 들어 있는 부정적이고 파괴적인 속성을 가리킨다. 또한 감히 바라보는 것조차 주저하게 만드는 혐오스러운 동물의 상징인 "뱀"은 "나"의 무의식 속에 들어 있는 야생적이고 충동적인 원시 여성상을 가리킨다. 특히 삶과 죽음 또는 파괴와 생성과 밀접하게 관련되어 있는 "뱀"은 남성인 "나"의 무의식을 지배하고 있는 비논리적이고 비합리적 기분의 아니마를 나타낸다. 그야말로 "뱀"은 단순히 여성의 생물학적 특성을 의인화擬人化한 것이 아니라, 오랫동안 분화되지 못한 채 억눌려 있던 "나"의 무의식적 여성성을 상징하고 있다고 할 수 있다.

정작 "나"에게 수많은 고통과 치욕을 안겨다준 "전쟁"을 "축복"으로 받아들일 수 있는 것은 바로 이 때문이다. 바로 그러한 여성들의 모습을 통해 내 안에 잠재하고 있었으나 전쟁 이전까지 자신의 내면 세계를 들여다보지 못한 "나"의 "에고이스트"적인 속성을 발견했다는 것을 의미한다. 또한 그것은 어두운 무의식에 "선천적"으로 "포로"가 되어 있는 여성상들을 통해 전쟁으로 인해 남성성을 반납할 수밖에 없었던 여성의 새로운 발견. 곧 강력한 아니무스 형상의 무의식에 "포로"가 되어 있는 여성들을 통해 그 어떤 구원의 가능성을 보았다는 것을 뜻한다. 전쟁으로 인한 가혹한 삶의 경험과 일상생활의 무능 속에서 원형적 여성성의 부정적인 측면과 더불어 창조적이고 생산적인 여성성과 만날 수 있었다는 것을 나타낸다.

양성의 조화를 통한 폭넓은 자유세계 구축

따라서 "나"의 "속죄"는 사회적 규약이나 금기의 위반과 관계된 개별적 의식이나 개인적 양심의 차원과 무관하다. 일단 그것은 "뱀"으로 상징되는 혼란스러운 생의 충동 내지 비이성적이고 비합리적인 자연력과 연결되어 있는 여성성에 대한 재인식 내지 재발견하면서 남성으로서 "나"의 아니마를 승인하고 통합하려는 시도와 연결되어 있다. 일견 부정적인 여성상들을 통해 오로지 남성이길 고집해온 "나"의 내면에 내재한 욕망과 불완전성을 깨닫는 것과 맞물려 있는 것이 "나"의 "속죄"이다. 어쩌면 남성보다 더 남성적인, 억척스럽고 투쟁적인 삶을 살아가는 "동물"적인 감각을 지닌 여성들의 아니무스를 통해 정작 유치하고 미성숙한 내 안의 아니마에 대한 반성과 성찰이 이뤄질 수 있었다는 것을 보여주고 있다.

한갓 수수께끼의 대상이었을 뿐인 여성들의 속성을 발견하게 해준 "전쟁"과 더불어 그에 대한 "속죄"가 "축복"이 시작되는 순간은 바로 이때이다. 내가 내적인 인격체로서 여성성을 인식하고 승인하면서 "나"의 인격 전체 속에 편입시킬 때 제 안에 깃들어 있는 여성적인 자비와 창조적 무의식을 발견할 수 있다. 무엇보다도 "나"는 남성적, 여성적이란 이분법을 넘어 보편적이고 원초적인 인간의 내적 인격과 만날 수 있다. 특히 "뱀"이 '위대한 어머니^{Great mother}'의 한 속성을 나타내는 것이라면, "뱀"처럼 지혜롭고 창조적인 여성성과의 "기적적인" 만남을 통해 비로소 양성의 조화를 통한 보다 폭넓은 자유의 세계를 구축해갈 수 있다.

아니무스 _animus_,

누가 심청을 인당수로 밀어 넣는가

김승희

「배꼽을 위한 연가 5」

한낱 가난하고 미천한 신분의 '심청'이 '왕

후'로 변신한 것은 아니무스의 고결하고 초

인간적인 기능. 한 여성의 심연에 잠재해 있

는 고귀한 남성적ㅡ영적 원리의 구현과 밀

접하게 연결되어 있다.

배꼽을 위한 연가 5

김승희

인당수에 빠질 수는 없습니다
어머니,
저는 살아서 시를 짓겠습니다

공양미 삼백 석을 구하지 못하여
당신이 평생 어둡더라도
결코 인당수에 빠지지는 않겠습니다
어머니,
저는 여기 남아 책을 보겠습니다

나비여,
나비여,
애벌레가 나비로 날기 위하여
누에고치를 버리는 것이
죄입니까?
하나의 알이 새가 되기 위하여
껍질을 부수는 것이

죄일까요?

그대신 점자책을 사드리겠습니다

어머니,

점자 읽는 법도 가르쳐 드리지요

우리의 삶은 모두 이와 같습니다

우리들 각자가 배우지 않으면 안 되는

외국어와 같은 것—

어디에도 인당수는 없습니다

어머니,

우리는 스스로 눈을 떠야 합니다

모든 인간의 심층에는 마치 알이나 씨처럼 싹트기를 기다리는 그 무언가가 자리하고 있다. 우리의 의식과 상관없이 움직이는 자율적이고 정신적인 것들이 작동하고 있다. 이미 준비를 갖춘 채 그 출현할 틈과 기회를 엿보고 있는, 일정한 양의 정신적이고 심리적이며 생리적인 리비도Libido가 숨어 있다. 그래서 모든 것이 '제 마음먹은 대로 이뤄진다'거나 '자기하기 나름'이라고 생각하기 십상이지만, 때로 우린 그 강렬하고도 자유로우며 신비로운 그 알 수 없는 힘에 휩쓸리고 만다. 뒤늦게야 우린 그 자체로 완전한 그 어떤 타자가 자신과는 상관없이 제 안에 숨어 있었다는 사실을 알고 당황하곤 한다.

흔히 '여성 속의 남성'을 뜻하는 '아니무스'가 그중의 하나이다. '남성 속의 여성'을 뜻하는 '아니마'와 더불어 '아니무스'는, '자아' 또는 '나'의 통제 밖에서 마치 독립된 인격체처럼 고도의 자율성을 가지고 활동하는, 여성 안에 숨겨져 있는 '심혼心魂'을 가리킨다. 여성의 무의식 속에 자리한 '이성異性'으로서 '남성적인 요소'가 바로 '아니무스'이며, 각기 여성의 무의식 속엔 그와 같은 남성적 속성의 내적 인격이 살아 있다.

하지만 대부분의 여성들은 통념적이고 집단적인 여성 개념에 대응하는 무의식의 내적 인격 중의 하나인 '아니무스'의 존재를 미처 의식하지 못하거나 애써 무시하며 살아간다. 한 사회가 부여한 여성으로서 정체성에 자족하거나 주어진 생활에 만족하며 자신의 내면에서 들려오는 '아니무스'의 호소를 회피하거나 외면한다. 하지만 그 기간이 길어진 여성의 리비도는 거대한 무의식의 포로가 되고, 바로 그것이 그때까지 전혀 의식하지 못했던 아니무스의 존재를 활성화시킨다. 또한 그런 과정을 거쳐 거대해진 아니무스는, 한 여성의 의식적 자아를 압도하여 결국 그녀의 전인격을 지배하게 된다.

인당수, 막막한 바다와도 같은 무의식 세계

고전 소설 『심청전』을 배경으로 하는 "인당수"는 그런 점에서 '심청'에게 막막한 바다와도 같은 무의식의 세계라 할 수 있다. 그러니까 "인당수"는 '심청'으로 대변되는 여성의 의식계를 둘러싼 무의식의 가장 깊은 심연 중의 하나이며, 바로 '심청'은 그런 무의식의 힘에 붙잡혀 있거나 희생될 위치에 처해 있는 여성을 대표한다. '바다'나 "인당수"로 비유되는 무의식의 파괴적인 충동에 끌려가 자신의 목숨을 희생당할 위기에 처해 있는 게 '심청'이다. 자신도 미처 몰랐던, '나'의 의식에 동화시킬 수 없는 강렬한 에너지 형태의 부정적이고 파괴적인 아니무스가 '심청'을 "인당수"로 인도(?)하도록 만들었다고 할 수 있다.

문득 "인당수에 빠질 수는 없습니다"라는 '심청'의 선언은, 따라서 그러한 '아니무스'에서 벗어나려는 움직임. 봉건적이고 가부장적인 사회가 알게 모르게 강요한 '효녀'라는 페르소나 때문에 "인당수"의 제물이 되지 않겠다는 의지가 담겨 있다. 더 이상 한 사회나 집단의 가치나 정신의 구현자로서 '심청'이 아니라, 한 여성으로서 '심청' 본연의 모습을 찾겠다는 용기와 도전을 나타낸다. 지금껏 '심청'이라는 이름에 따라다녔던 '효녀'라는 페르소나persona를 거부하면서 자립적이고 독립적인 여성 주체로 거듭나겠다는 다짐이 "인당수에 빠질 수 없"다는 선언으로 이어지고 있다.

돌연 죽어서가 아닌 "살아서 시를 짓겠"다는 선언은 그러한 결의의 구체적인 실천 방안의 하나이다. 단연 그것은 그동안 흔히 생물학적인 남성들의 전유물로 여겨져왔지만, 여성의 창조 활동이 가장 본래적으로 전개되는 영역인 예술에 대한 도전을 의미한다. 또한 그것은 단지 '착한 딸' 또는 '사랑받는 여성'에 만족하지 않고, '심청' 자신의 무의식에서 올라오는 새로운 영감에 마음의 문을 열어 직관과 감각을 결합한 "시"의 세계에 도전하겠다는 각오를 나타낸다.

이른바 효녀 '심청'이 "공양미 삼백 석을 구하지 못하여" "당신"으로 대변되는 자신의 아버지가 "평생" 맹인 신세를 벗어나지 못한다고 해도, "살아서 시를 짓"거나 "여기 남아 책을 보겠"다는 비장한 결기가 이를 뒷받침한다. 이제 한 개체적 여성으로서 정신적인 자립에 대한 내면의 욕구가 당대 사회와 지배 집단이 암묵적으로 강요해온 '효녀 심청'을 거부하도록 한다. "인당수"로 상징되는 거대한 무의식 또는 심혼의 요구에 마냥 끌려가기보다는 '심봉사'로 대변되는 당대 이데올로기 또는 가족 윤리와 새로운 관계를 정립하고자 하는 의지가 예술 활동에 대한 욕망으로 표출되고 있다.

정신적인 자립에 대한 내면의 욕구가 예술 행위로

과연 "애벌레가 나비로 날으기 위하여/ 누에고치를 버리는 것이/ 죄입니까?"라고 묻고 있는 것이 그 단적인 예이다. 흔히 남성의 전유물이라고 일컬어지는 로고스 원리에 서 있는 '심청'은 이제 "누에고치"로 비유되는 원만하고 내적인 여성에 만족하지 않는다. 아직 그 형태가 분화되지 않거나 미성숙한 "누에고치"나 "애벌레" 상태를 벗어나, 힘들고 고통스럽더라도 정신적으로 독립된 자신만의 길을 상징하는 "나비"로 거듭나고자 한다. 집단의 요구에 어울리는 '심청'으로 사는 일이 '인당수'에 빠지는 것과 같은 자기희생의 길이라는 것을 깨닫고, 진정한 자기실현을 상징하는 "나비"로의 도약을 꿈꾼다.

그렇다고 '심청'은 심약한 아니무스의 심상을 대표하는 '심봉사'를 마냥 방치하지 않는다. 자신이 '여성적인 것'을 고집하는 동안 행여 미성숙했을 '남성적인 특성'으로서 '심봉사'에게도 "점자책"과 더불어 그걸 "읽는 법"까지 "가르쳐"주고자 한다. 가장 여성적일수록 더욱 뚜렷하게 부각되는 '남성적인 심혼'을 그대로 방치하지 않고, 거기에도 풍부한 창조성과 예감력을 불어넣고자 한다. 부정적인 무의식 또는 아니무스를 표상하는 "인당수"의 제물이 될 수 없다는 각오를 넘어, 새로운 창조 이념을 지향하는 긍정적이고 성숙한 아니무스로 발전시켜가고자 하는 태도이다.

그러나 한 여성이 자신의 아니무스를 창조적으로 자각하고 의식화하는 일은 말처럼 그리 쉽지 않다. 맹목적이고 무의식적인 아니무스의 힘에 휩쓸리지 않기 위한 긴 시간과 인내를 요구한다. "애벌레가 나비"로 몸 바꾸는 것과 같은 고통과 용기를 필요로 한다. 그리고 바로 그러한 과정을 성공적으로 거칠 때 아니무스는 위협이 아니라 창조의 힘이 된다. 하지만 지나친 억압이나 무관심으로 "우리"들이 그 무의식의 소리를 듣지 못하거나 의식화하는 데 성공하지 못하면, 필요 이상으로 자신의 능력을 과신하거나 반대로 극단적인 자기 비하 내지 절망감에 사로잡힌다. 한 여성의 내면에 내재한 '아니무스'의 요구들을 "각자가" 겸허히 "배우지 않"거나 주의를 기울이지 않는다면, 그 무의식의 소리들은 마치 알아들을 수 없는 "외국어"처럼 들릴 수밖에 없다.

제 안의 아니무스 크기에 맞는 질서

달리 말해, '심청'이 사회가 부여한 '효녀'로서의 운명을 거부하고 자각된 여성으로 설 때 "인당수"는 그 "어디에도" 없다. '심청'이라는 자아와 '아니무스'가 조화롭게 관계를 맺을 때, '심청'의 아니무스는 여성 특유의 나약함이나 수동성을 극복하고 정신적으로 독립할 수 있다. 자기실현을 위해 무기력한 아니무스를 인식하고 "스스로 눈"을 뜰 때 아니무스는 비로소 한 여성을 진실하고 진정한 의미의 더 높은 존재로 만들어갈 수 있다. '심청'이 바로 자신 속의 맹인과도 같은 '약한 남성성'과 결별할 때, 한 여성으로서 성숙한 아니무스는 개인적 곤경과 고통을 뛰어넘어 '심청'에게 본래적으로 주어진 인간적 사명을 완수하는 것이 가능하다.

그러니까 한 여성으로서 '심청'이 보여준 일련의 행위는 그녀의 내면에 남성적 정신의 일정량이 의식에 도달해 있으며, 그러기에 그녀의 인격 전체 속에서 그것들을 해결할 장소와 기능을 찾아내는 작업과 일치한다. 거대한 무의식이 이끄는 대로 "인당수"에 빠져 죽어가는 대신 "살아서 시를 쓰"겠다는 '심청'의 선언은 '심청'이 여성인 자신의 내부에 잠재해 있는 아니무스의 크기를 알고, 그것이 제대로 작동할 수 있도록 질서를 부여하는 것과 같다. 누구나 지켜야 할 도리 또는 주장에 순종하는 대신 '심청'이 "시를 쓰"고 "여기 남아 책을 보"겠다는 의지 속엔, 그녀의 아니무스가 한 인간이 살아가는 데 있어 필수적인 용기와 모험을 주는 것으로 작용했다는 것을 의미한다.

결과적으로, 한낱 가난하고 미천한 신분의 '심청'이 '왕후'로 변신한 것은 아니무스의 고결하고 초인간적인 기능. 한 여성의 심연에 잠재해 있는 고귀한 남성적—영적 원리의 구현과 밀접하게 연결되어 있다. 또한 맹인 '심청'의 아버지 '심봉사'의 눈 뜸은 다름 아닌 '심청' 자신의 역동적인 인격 변환 과정. 그야말로 무의식의 의식화를 통한 자기실현을 상징한다. 무엇보다도 '연꽃'으로의 환생은, '심청'의 내부에 깊숙이 자리한 '자기' 또는 신성에 대한 체험. 의식과 무의식이 하나로 통합된 전체 정신의 상징이자 내면화의 최고 형태를 나타낸다고 할 수 있다.

성性,

난 누구의 계집인 적 없다

———————

허혜정

「미인도를 닮은 시」

사랑의 윤리는 당대 지배집단의 외적 강제

또는 '선'으로서의 윤리와 부합될 수 없다.

특정한 사회나 시대의 윤리나 도덕은 '나'

를 능가하는 엄연한 힘으로서 사랑 앞에서

무기력한 율법에 지나지 않는다.

미인도를 닮은 시

허혜정

어디 옛 미인만 그렇겠는가

당신들은 내 문턱을 호기로 밟았다고 하지만

한 서린 소리를 즐기던 가야금이 그대들을 위함이라 믿지만

복건을 쓴 유학자든 각대를 띤 벼슬아치든 내로라하는 호걸이든

나의 궁상각치우를 고르고자 함이 아니었던가

죽어도 당신들은 한 푼 얹어주었기에

내 살림이 목화솜마냥 확 피어올랐다고 믿지만

풀 같은 데 엮어놓은 가볍고 얇은 거미집은

왕후장상을 부러워하는 법이 없다

당신들은 대대손손 선연한 낙관을 자랑하지만

붉은 공단치마를 활짝 벗어 화초도를 치고

흠뻑 먹물을 적서 제 흥만 따라가던 족제비털 붓은

당신들의 필법을 배우려 한 적이 없다

모든 나들이를 취소하고 빗장을 걸어 잠그는 시간

학이든 호랑이든 아닌 건 아닌 게지 되돌려 보낸 서찰

혈통과 내력을 캐묻던 그대들이 나는 궁금하지 않다

천생 귀머거리 각시처럼 고개 갸웃거리다

아는 체하는 순간 기가 막히는 듯 웃는 나는

길섶에서 눈맞춤한 눈부신 하늘, 코끝을 스치는 바람보다

당신들을 사랑할 수 없다는 걸 알고 있었다

곰방대를 물고 대청마루에 누워 바라보면

옥졸의 방망이도 능라의 방석도 소매 넓은 장삼도

구천 하늘 온통 희게 떠도는 춤사위일 뿐인데

팔도유람이 어찌 그대들만의 것인가

서늘한 흙무덤이 두 눈을 덮기 전에

죽음에 시치미를 떼고 멀리 나가 노는 아이처럼

곰팡이가 퍼렇게 슨 족자 속에 표구되어서도

나는 누구의 계집이었던 적이 없다

일반적으로 건강한 성^性은 대상과 상호 소통의 관계를 정립하면서 그 정체성을 확립한다. 자기 자신만을 귀중하게 여기는 자기보존 본능의 나르시시즘을 벗어나 자기의 외부에 존재하는 '자아의 이상형'을 구성하는 과정이 필수적이다. 그러니까 자기 자신이 타자들로부터 사랑받을 수 있는 존재가 되도록 하는 또 다른 자기애를 구현할 수 없다면, 한 개인은 집단이나 사회에서 살아 있는 생산적인 성의 주체라고 할 수 없다. 자기 자신만을 보존해야 할 가치가 있다고 생각하는 자기중심적 성이 아닌, 자기 자신의 존엄성을 위해서라도 타자의 존엄성을 지켜줄 수 있는 상호 주체적인 성의 향유가 바람직한 성의 윤리라고 할 수 있다.

그래서 누군가 "자기 자신의 욕망에 부합하게 행동하라"는 정언명령을 내리고 있는 것일까. 어떤 '선^善'이 진정 나를 위한 것이라면, 그것이 나의 욕망과 대립할 수 없다고 말한다. 자신의 진정한 욕망에 따라 행동하는 것이 곧 나를 위한 '선'일 수 있다는 것이다. 곧 사랑에서 도덕 또는 윤리를 따지는 것은 무의미하다. 진정한 사랑의 행위는 근본적으로 상호 주체적이며, 서로의 주체성을 존중하는 관계에서 발생하기 때문이다. 특히 모든 사랑의 윤리는 둘만의 관계에서 발생하는 윤리이며, 그런 까닭으로 사랑의 윤리는 당대 지배집단의 외적 강제 또는 '선'으로서의 윤리와 부합될 수 없다. 특정한 사회나 시대의 윤리나 도덕은 '나'를 능가하는 엄연한 힘으로서 사랑 앞에서 무기력한 율법에 지나지 않는다.

그 자체로 이미 완전한 하나의 세계인 성性은, 그러나 특정한 시대와 장소에 따라 놀랄 만큼 그 모양을 달리한다. 그래서 흔히 우리는 성을 무궁무진한 미지의 세계로 인식하며, 권력은 그러한 성을 이용해 무시무시한 통치의 수단으로 삼게 마련이다. 특히 성이 힘의 우열에 의한 사회적 차별 관계 속에서 작동하는 경우, 성의 불평등한 분배구조에 따라 사랑은 자칫 여러 형태의 권력을 가진 자들에게 집중된다. 두 사람 사이에 자유로워야 할 성과 사랑의 윤리가 자칫 지배와 착취의 관계로 변질되어 권력자들의 자기중심적인 욕망을 합리화하고 정당화하는 것으로 변질되기 십상이다.

자유로워야 할 사랑이 지배와 착취로 변질 십상

혜원 신윤복의 '미인도'에서 착안한 것으로 보이는 「미인도를 닮은 시」에 등장하는 여성적 화자인 "나"의 일관된 태도는, 이러한 권력관계에 의한 진정한 사랑의 부재 또는 허구를 잘 보여준다. 즉

"나"는 "당신들"로 대변되는 권력층 남성들에 의해 부과된 '기생' 또는 "미인"이라는 페르소나persona에 만족하지 않는다. 대신 호기롭게 "어디 옛 미인만 그렇겠는가"라고 말하면서, 그동안 한 집단이나 사회가 자신에게 둘러씌워준 가면 안에 감춰져 있던 진정한 "나"의 욕망과 자기실현의 욕구를 드러내는 데 적극적이다. 이른바 "미인"이라는 호칭에 자족하여 "나"의 행동을 거기에 맞추기보다는 오히려 거부하면서 새로운 주체로 태어나려는 도전적인 태도를 선보이고 있다.

구체적으로 권력층 남성들을 지칭하는 "당신들"이 남성적인 "호기"를 과시하는 수단으로 "내 문턱"을 "밟았다고 하지만" "나"는 결코 한낱 허세와 위선일 뿐일 그들 행동의 정당성을 인정하지 않는다. 대신 "나"의 "한 서린" "가야금" "소리"가 "그대들"의 향락과 권력욕 과시를 "위함"이라고 착각하고 있지만, 정작 자기 향유를 위한 "나"만의 "궁상각치우를 고르고자 함"이었다고 당당하게 말하고 있다. 달리 말해, 권력자들이 "나"와 정당한 합의 속에서 성을 향유했다고 믿지만, 처음부터 "나"는 불평등한 권력 관계 속에서 진정한 사랑의 교류는 불가능하다는 것을 알고 있다. 슬프게도 "나"는 한낱 기녀妓女 신분인 "나"와 "복건을 쓴 유학자"와 "각대를 띤 벼슬아치", 그리고 "내로라하는 호걸"들과의 사이에 이뤄지는 사랑이 실상 돈과 권력의 위세에 의한 성性의 교환관계에 지나지 않는다는 것을 꿰뚫어 보고 있다.

구체적으로 우월적인 지위와 경제력을 갖는 남성 권력자들은 "죽어"서도 "한 푼 얹어 주었기에" "미인"으로 대변되는 기생 신분의 여성인 "내 살림이 목화솜마냥 확 피어올랐다고 믿"게 마련이다. 하지만 엄밀하게 말해 그러한 그들의 확신과 믿음은 명백한 거짓에 불과하다. 그들과 "나"의 관계는 돈과 육체적 능력의 교환관계로서 그들은 단지 "나"를 성적인 대상으로 삼았을 뿐이다. 특히 남을 보살피고 배려하는 여성의 귀중한 덕목을 한낱 성적 노동으로 변질시킨 자들에 불과하다. 무엇보다도 그들과 "나" 사이에는 어떤 식으로든 서로의 동등성을 인정하는 가운데 개별적인 차이를 존중하고 보호함으로써 성립되는 서로의 성적 주체성이 부재한다.

개별적인 차이를 존중하는 성적 주체성 중요

비록 "풀 같은 데 엮어놓은 가볍고 얇은 거미집"처럼 위태롭고 보잘것없는 상태일지라도 "왕후장상을 부러워하는 법이 없다"는 선언은, 그러한 불평등한 관계의 사랑에 대한 거부와 반격을 나타낸다. 특히 당돌하게도 "당신들의 필법을 배우려 한 적이 없다"는 "나"의 발언은, 정신적이나마 내가 그들과 동등한 입장에 서 있다는 것을 보여준다. 비록 화선지 대신 "활짝" "벗"은 제 "붉은 공단치마"에 "화초도"를 그리는 처지지만, "나"는 결코 예술 행위를 한낱 '여기餘技'로 여기며 "대대손손 선연한 낙관을 자랑"하고 과시하는 "당신들"의 관습화되고 교조화된 정신 이념을 흉내 내지 않았다고 단호하게 말하고 있다. 그들이 인정하지 않았지만 처음부터 "나"는 "흠뻑 먹물을 적셔 제 흥만 따라"가며 자유자재로 "족제비털"을 운용運用할 만큼 능력을 가진 독립적이고 자족적인 예술행위를 구현하는 엄연한 예인藝人의 한 명이었던 것이다.

"모든 나들이를 취소하고 빗장을 걸어 잠그는 시간"은, 그러기에 단지 그들과의 관계 단절만을 의미하지 않는다. 한 개체적인 인간으로서 "나"란 주체의 독립 선언이자 한 사회를 지배하는 초자아에 대립각을 세우는 것을 의미한다. 고상한 선비를 표상하는 "학이든" 직접적인 권력을 행사하는 "호랑이든 아닌 건 아닌 게지" 하며 "서찰"을 "되돌려 보"낼 수 있는 용기는, 그동안 "나"를 지배했던 권력과 남성중심의 쾌락 추구의 세계로부터 스스로 문을 걸어 닫고서도 자신의 정체성을 지켜가려는 불굴의 의지와 연결되어 있다. 또한 그것은 끊임없이 "나"의 "혈통과 내력을 캐"묻고 자신들의 우월한 신분과 권력을 과시하면서 성적 지배를 관철시키려는 "그대들"로부터 단지 한 여성이 아닌, 한 인간으로서 "나"의 고유성과 유일성을 지켜가려는 목숨을 건 행위를 의미한다.

그러니까 "나"의 출생 성분이나 묻는 이들에 대해 더 이상 "궁금"해 "하지 않"은 것은, 근본적으로 "나"와 그들의 사랑이 불평등한 분배구조에 기반해 있다고 보기 때문이다. 그래서 "천생 귀머거리 각

시처럼 고개 갸웃거리다"가 짐짓 "아는 체하는 순간 기가 막히는 듯 웃"는 웃음은, 모든 박해와 고난을 달게 받으면서도 결국 지배와 피지배 관계로 전화될 수밖에 없는 사랑의 교류 형식을 거부하겠다는 의지를 나타낸다. 그들이 권력이나 제도의 강제를 통해 한낱 대상으로서 "나"의 성적 욕망을 자극하고 사랑을 유인해왔지만, 그들의 사랑이 궁극적으로 "길섶에서" 우연히 "눈 맞춤한 눈부신 하늘"이나 "코끝을 스치는 바람보다" "나"의 존재에 차지하는 비중이 적고 가벼운 것이기에 "나"는 처음부터 "당신들"을 진정으로 "사랑할 수 없"었다는 것을 분명히 하고 있다.

사랑의 소중함 또는 맹목성을 실현할 내면의 힘 갖춰

그러한 "나"는 이제 "옥졸의 방망이"나 "능라의 방석", 그리고 "소매 넓은 장삼"으로 상징되는 가부장적이고 봉건적인 남성권력으로부터 '보호받는 여성'이 아니다. 그동안 성적 피지배자 위치였던 "나"에겐 남성권력의 독점적 사랑 방식은 이제 "구천 하늘"을 "온통 희게 떠도는 춤사위" 같은 것일 "뿐"이다. 남성권력의 여성에 대한 소비가 '사랑을 빙자한 지배' 방식이라는 것을 꿰뚫어보고 있는 "나"는, 오히려 이제 "곰방대를 물고 대청마루에 누워" 이른바 '보호하는 사랑'의 주체로서 남성 지배 권력들을 비판적으로 관조하는 입장에 서 있는 한 독립적이고 자족적인 사랑의 주체다. 어떤 권력이나 이해관계에서도 자유로운 사랑의 소중함 또는 맹목성을 실현하고 행사할 수 있는 내면의 힘이 "나"로 하여금 그동안 힘 있는 "팔도유람이 어찌 그대들만의 것인가" 반문하는 자신감으로 나타나고 있으며, 무엇보다도 사랑이 자신의 존재적 요청과 선택에 따른 당당한 자기 권리의 하나임을 선언하고 있다.

그렇다고 "나"는 여기서 여성의 특수한 고통과 자유를 단지 남성권력과의 대립이나 갈등 차원으로 한정해서 접근하고 있는 것은 아니다. 인간 실존의 최대 사건이랄 수 있는 "죽음"의 공포마저 "시치미 떼고 멀리 나가 노는 아이처럼" 자유로운 한 인간이고자 하는 차원에서 남성권력을 문제 삼고 있는 자이다. 달리 말해 "서늘한 흙무덤이 두 눈을 덮기 전"까지 "나"를 구속하는 온갖 형태의 권력의 간섭과 억압은 "나"에게 그저 초월과 극복의 대상일 뿐이다. 설령 자신이 죽어 "곰팡이가 퍼렇게 슨 족자 속에 표구되어서도" 결코 한 여성으로서 순수한 사랑과 한 인간으로서 고유성과 독립성을 잃지 않겠다는 다짐이, "나는 누구의 계집이었던 적이 없다"는 과감한 선언으로 표출되고 있는 것이다.

결과적으로 "나는 누구의 계집이었던 적이 없다"는 선언 속엔 한 생물학적인 여성의 성적 주체성과 성적 향유에 대한 의미만이 들어있는 것은 아니다. 그 선언 속엔 그 누구에 의해서도 장악되거나 포착할 수 없는 "나"의 개별성에 대한 자각과 각성. 그 어떤 이데올로기나 권력에도 자유롭고자 하는 마음의 자기운동으로서 진정한 사랑의 갈망이 들어 있다. 무엇보다도 자기 나름의 법칙성을 갖고 움직이는 사랑의 힘에 자신을 맡기는 것이 참된 사랑의 시작임을 보여주고 있다. 오히려 자신의 사랑의 감정에 충실할 때 그토록 바라던 진실한 관계를 맺을 수 있다는 메시지가 감춰져 있다고 할 수 있다.

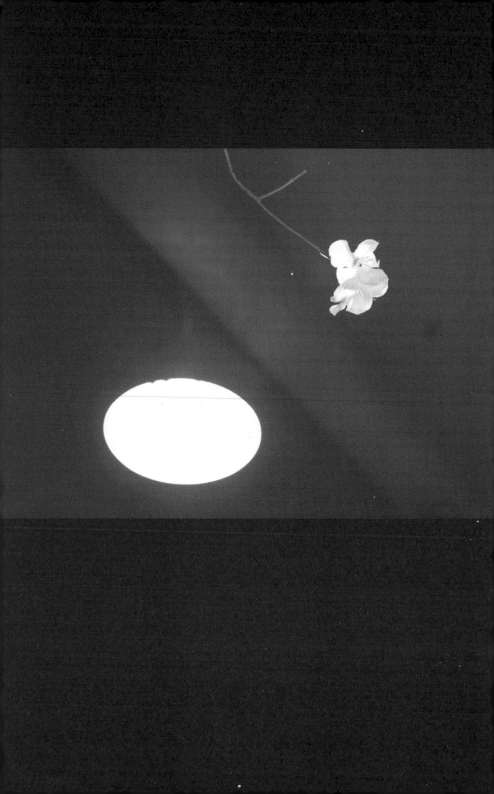

연인,

아니 올 리 없는 나의 반려자

백 석

「나와 나타샤와 흰 당나귀」

흰 눈처럼 순수한 마음으로 세상과 사물을

대하는 자발적 마음의 '가난'이 물리적 이

법(理法)마저 훌쩍 뛰어넘는 상상력을 낳는

다. 사랑의 연인 '나타샤' 외에 그 어떤 것

도 의미가 없는, 사심 없는 마음의 상태로서

'나'의 '가난'이 세상천지에 눈이 쏟아지게

하는 기적을 낳게 한다.

나와 나타샤와 흰 당나귀

백 석

가난한 내가

아름다운 나타샤를 사랑해서

오늘밤은 푹푹 눈이 나린다

나타샤를 사랑은 하고

눈은 푹푹 날리고

나는 혼자 쓸쓸히 앉어 소주燒酒를 마신다

소주를 마시며 생각한다

나타샤와 나는

눈이 푹푹 쌓이는 밤 흰 당나귀 타고

산골로 가자 출출이 우는 깊은 산골로 가 마가리에 살자

눈은 푹푹 나리고

나는 나타샤를 생각하고

나타샤가 아니 올 리 없다

언제 벌써 내 속에 와 고조곤히 와 이야기한다

산골로 가는 것은 세상한테 지는 것이 아니다

세상 같은 건 더러워 버리는 것이다

눈은 푹푹 나리고
아름다운 나타샤는 나를 사랑하고
어데서 흰 당나귀도 오늘밤이 좋아서 응앙응앙 울을 것이다

백석의 시에는 유난히 '나'란 단어가 많이 나온다. 우선 그의 대표시로 곧잘 손꼽히는 「남신의주 유동 박시봉방南新義州 柳洞 朴時逢方」이 그렇다. 여기엔 일인칭 '나'의 소유격인 '내'를 포함하면 무려 열아홉 번이나 나온다. 또한 「흰 바람벽이 있어」의 경우에도 열 번이나 '나'라는 주격이 등장한다. 하지만 '나'의 등장 빈도수에 상관없이 그의 시들 대부분이 얼핏 볼 때 매우 주관적이고 자기중심적이라는 점에서 일단 백석은 '자기애auto-erotism'가 매우 강한 시인이라 할 수 있다. 세상의 사물을 바라보는 데에 있어 자신이 품고 있는 자유와 개인 생활에 대한 배려가 무엇보다도 우선적이라는 인상이다.

시의 서두부터 "가난한 내가/ 아름다운 나타샤를 사랑해서/ 오늘밤은 푹푹 눈이 나린다"고 말하는 것이 그 한 증거다. 그러니까 '나'는 지극히 우연히 내리는 눈마저 자신이 한 연인을 사랑해서 내린다고 믿는 자이다. 오늘밤의 눈이 마치 '나'의 사랑의 힘으로 내린다는, 마음과 세계가 확실히 분리되지 않는 천진한 마법적 세계관의 소유자이다. 사물의 온갖 감각적 풍요로움을 향유할 시적 자유를 고려해도, 얼핏 보면 '눈 내리는 것'과 '사랑하는 것' 사이의 유추analogy

간격이 너무 큰 것이 사실이다. 그렇듯 어쩌면 여기서의 '나'는 매우 순진하기도 한 자기중심적인 세계를 가진 자이다.

놀랍게도 그렇게 말할 수 있는 것은, 그러나 '나'라는 인물이 감상적이고 나르시시즘적인 자아의 소유자이기 때문이 아니다. 다름 아닌 소줏빛처럼 투명하고 맑은 '나'의 마음의 '가난' 때문이다. 그야말로 딱히 물리적인 것이나 배고픔 같은 것을 의미하지 않는, 흰 눈처럼 순수한 마음으로 세상과 사물을 대하는 자발적 마음의 '가난'이 물리적 이법理法마저 훌쩍 뛰어넘는 상상력을 낳는다. 사랑의 연인 '나타샤' 외에 그 어떤 것도 의미가 없는, 사심 없는 마음의 상태로서 '나'의 '가난'이 세상천지에 눈이 쏟아지게 하는 기적을 낳게 한다. 꾸밈없고 순수한 마음의 '가난'이 천지사물과의 근원적인 대화로 이끌고 그것들과 장벽 없는 관계를 맺게 한다.

사심없는 마음의 가난이 천진한 마법적 세계로

'나'는 그런 점에서 이기적이고 속물적인 것과 거리가 멀다. 갑자기 주어가 사라진 2연 1행이 보여주듯이 '나'는 때로 자신마저 잊는, 해맑고 담백한 마음을 소유한 자이다. 수동적으로 그저 "푹푹 눈이 나린다"(1연)고 하지 않고 어느새 "눈은 푹푹 날리고"(2연)라는 능동적인 진술이 그렇다. 그러니까 '눈'을 한낱 목적격의 사물이 아니라 이제 당당히 주어로 격상시켜 "푹푹 날리"도록 하는 자는 결코 욕심 사나운 자아 중심적 인물일 수 없다. 그야말로 한갓 '눈'을 주체로 격상시킬 수 있는 자는, 순간적이나마 '나' 자신과 '눈'과 같은 사물들 사이에 간극이 없는 순진무구한 마음을 지녔기 때문에 가능하다.

그런 만큼 "혼자 쓸쓸히 앉아 소주燒酒를 마신다"고 해서 고립되고 소외된 '나'로 보아선 안 된다. 오히려 맑고 독한 소주를 홀로 마셔도 외롭지 않을 만큼의 내면적 자존감과 독립적인 자아정체성을 가진 '나'로 보아야 한다. 결코 자신과 타인을 억압하는 독선적인 인격을 가진 자는, 그저 슬픔이나 비탄에 빠지지 않은 채 홀로 술을 마시면서도 의연한 태도를 가질 수 없다. 지극히 감성적이면서도 광활한 자유를 누릴 수 있는 자들만이 홀로 술을 마셔도 당당하고 외롭지 않다. 그리고 바로 그런 자만이 무심결에라도 '나'와 '나타샤'라고 말하기보다 '나타샤와 나'라고 하면서, '나타샤'를 '나'보다 먼저 내세울 수 있다.

문득 "나타샤"에게 "눈이 푹푹 쌓이는 밤", "흰 당나귀를 타고 산골로 가자"고 할 수 있는 '나'는, 그러기에 결코 세속적인 명예나 이해관계에 일희일비一喜一悲하는 자일 수 없다. 저만의 사랑을 위해 그 모든 것을 희생하더라도, 기꺼이 자신의 길을 갈 줄 아는 자만이 자신의 연인에게 감히 "깊은 산골로 가 마가리에 살자"고 말할 수 있다. 남성들이 한 번쯤 품을 만한 이상적 여인상인 '나타샤'를 향해 단연 세상과 격리된 깊은 산골의 오두막집으로 가서 살자고 말할 수 있는 용기와 결단은, 자신이 취할 바를 제 마음속에 묻되 그게 제 마음에 합치된다면 그 길을 갈 수 있는 '나'이기에 가능하다

그렇다고 '나'가 무슨 성인군자나 세속의 삶과 절연한 인물이라는 것은 아니다. 오히려 세속적인 눈으로 볼 때 지극히 무기력하거나 참으로 고독한 사람일 수 있다. 특히 세 번이나 정식으로 결혼하고도 고급 기생 출신인 '자야' 곁으로 무작정 달려온 백석의 전기傳記가 보여주듯이 오히려 여기서의 '나'는 당대의 윤리관으로 볼 때 지탄의 대상이 되거나 무책임한 성격의 소유자일 수도 있다. 더욱이 여느 일반인들처럼 하루 사이에도 몇 번씩 질투와 증오의 감정에 시달리는 지극히 평범한 인격의 소유자일 가능성도 배제하지 못한다.

사회적 비난을 감수하며 자기 자유의 실현 의지 드러내

그럼에도 불구하고 끊임없이 "눈이 푹푹 나리"는 상황 속에서도 여전히 오지 않는 "나타샤"를 한결같이 "생각"할 수 있는 자는, 세상의 평가에 그다지 연연해하지 않는 독립적이고 자주적인 '나'가 아니면 불가능하다. 돌연 "나타샤가 아니 올 리 없다"고 말할 수 있는 '나'의 강한 확신과 오연傲然함은, 단지 당대의 사회규범이나 윤리도덕을 전혀 고려하지 않는 외골수이기 때문이 아니라 적당히 타협해 살 수 없을 만큼 강력한 '자기 자유'의 실천으로서 '나'의 윤리학을

충실히 지켜가고자 하는 데서 나온다. 가족적인 책임감이나 집단의 이상을 넘어서는 자신의 내적 추구 또는 자기실현의 욕구를 표상하고 있는 것이 '나'의 의지와 상관없이 "언제 벌써 내 속에 고조곤히 와 이야기"하곤 하는 "나타샤"라고 할 수 있다.

그러한 '나타샤'에게 "산골로 가는 것은 세상한테 지는 것이 아니다/ 세상 같은 건 더러워서 버리는 것"이라 말하는 것은, 따라서 단지 당대의 통념이나 세속의 삶에 대한 전면적인 부정에 그치지 않는다. 오히려 그것은 기꺼이 자신을 온갖 제도와 금기의 사회로부터 고립시켜가면서까지 자신의 사랑을 견지하려는 '나'의 의지와 결단을 뜻한다. 반려자인 '나타샤'에 대한 사랑에서 오는 모든 사회적 비난과 질시를 감수하면서까지 자신의 개별적인 사랑을 지켜가려는, 결코 일반적인 관습이나 도덕의 잣대로 평가할 수 없는 자기와의 일치를 꿈꾸는 것과 연결되어 있다.

백석이 문득 "나는 이 세상에서 가난하고 외롭고 높고 쓸쓸하니 살아가도록 태어났다"(「흰 바람벽이 있어」)고 말한 것도 이와 무관치 않다. 남의 시선을 굳이 의식하지 않는 '나'의 '사랑'이 내면의 목소리와 일치하는 필연적인 것인 것처럼 '나'의 '가난'과 '외로움', '고고함'과 '쓸쓸함'마저 '나'의 자유라는 선언이 내포되어 있다. 자신의 아내가 아닌 "아름다운 나타샤"에 대한 '나'의 사랑이 비록 비난의 대상이 될지라도 개별자로서 '나'의 자유는 기본적으로 내면의 자유이고, 이것이야말로 '나'의 존엄성을 지키는 일이라는 개인적 용기와 신념이 깃들어 있다. 타인에게 의지하거나 보호를 받는 인간이 아닌, 스스로 결단하고 책임지려는 '나'만이 '나타샤'의 사랑을 쟁취할 수 있는 것이다.

사랑의 공간은 나의 본성에 배치되지 않을 때 확보

한낱 '나'와 '나타샤'를 싣고 가는 교통수단의 동물이었을 뿐인 "흰 당나귀"조차 "눈"처럼 하나의 주체가 되어 "오늘밤이 좋아서 응앙응앙" 우는 순간 역시 이와 연결된다. '나'와 '나타샤' 사이에 일어난 사태를 그저 "응앙응앙"이라는 소리로밖에 달리 표현할 수 없는, "흰 당나귀"마저 덩달아 공감할 수밖에 없는 완전한 사랑의 공동체는 자발적으로 자신을 구현하는 자유로움과 '나'의 개방성에서 구축된다. 특히 '나타샤'와 더불어 '눈'과 '당나귀'조차 적나라한 '나'의 사랑의 공모자로 끌어들일 수 있는 힘은 모든 억압적인 것들이 주는 위축이나 그 반대의 쾌락주의적 자기도취를 넘어서는, 홀연 '나'의 마음을 천지자연에 개방할 때에만 가능하다. 그야말로 "깊은 산골"의 "마가리"는, 단지 '나'와 '나타샤'와의 사랑만의 공간이 아닌 그걸 지켜보는 "흰 당나귀"마저 끌어들이는 상호주체적인 사랑의 공간이며, 나의 행동이 나의 본성 또는 자유와 배치되지 않을 때 확보된다.

그러나 백석의 시들이 단지 결국 지배자를 위한 '선^善'일 뿐인 전통의 윤리학을 넘어서는 '나타샤'에 대한 성과 사랑 때문에 큰 매력을 선사하는 것은 아니다. '눈'과 '나타샤', '흰 당나귀' 등이 환기시키듯이 그의 시들 속에 그동안 우리 시들이 잃어버린 북방 정서가 고스란히 스며들어 있기 때문이라 할 수 있다. 그러니까 백석은 단지 의식적으로 통제하기 힘든 동물적이고 자연적인 사랑의 매혹과 공포를 노래한 또 다른 한 명의 서정 시인이 아니다. 그의 시 「남신의주 유동 박시봉방」이 보여주듯이 그 뿌리치기 힘든 사랑의 인력引力을 넘어 "내 뜻이며 힘으로, 나를 이끌어가는 것이 힘든" 그 어떤 것, 곧 한 개체적 인간이 아닌 한국인으로서 자신의 정신에 음양으로 작용하고 있는 무의식적인 힘들을 "생각"하도록 만들었던 시인이라 할 수 있다.

한국인의 무의식에서 올라오는 중심의 소리 확인

예컨대 "나를 마음대로 굴려 가는" "더 크고, 높은 것"(「남신의주 유동 박시봉방」)은 다른 것이 아니다. 늘 한국인들의 의식에 작용하면서 그 영향력을 행사하는 집단무의식集團無意識을 가리킨다. 또한 그것은 한국인의 심혼心魂 깊숙이 숨겨져 있던 "부여扶餘"나 "숙신肅愼", "발해渤海"와 "여진女眞", "흥안령興安嶺"과 "음산陰山" "숭가리" 등 "아득한 옛날"(「북방에서」)에 대한 향수와 그리움을 뜻한다. 백석이 몇 년 동안이나 만주에서 방황한 것은 단지 시 백 편을 쓰기 위해서가 아니라, 자신도 모르는 무의식의 심층에 존재하는 민족적 원형原形이 작동한 것이라고 할 수 있다.

백석 시에 대한 유례없는 한국 시인들과 독자들의 사랑은 여기에서 비롯된다. 우린 그의 시들 속에서 '나'의 소중함과 함께 '우리'의 의식 표면에 언제든 분출할 준비가 되어 있는 한국인의 마음의 결, 무의식에서 올라오는 중심의 소리를 확인할 수 있다. 또한 그의 시편들을 통해 한국문학에서 일찍이 찾아보기 힘든 당당한 자기애 또는 깊은 정감에 의한 보편적 소통과 유대의식을 쉽게 만나볼 수 있다. 특히 탈이념 시대와 맞물려 그동안 개인보다는 공동체 또는 국가 우선의 역사에 짓눌려 있던 진정한 자기실현의 욕구가 백석의 시에 대한 관심으로 표출되었다고 할 수 있다. 비록 형식적이나마 민주주의의 쟁취와 그로 인한 개체적 자유와 사랑의 소중함에 대한 자각과 맞물려 있는 게 이른바 '백석 현상'의 진정한 의미라고 할 수 있다.

고향,

언제나 가슴 울렁이는 이야기가…

김규동

「느릅나무에게」

고향을 향한 '나'의 의지나 향수는 단지 행복하다고 믿었던 과거의 시간으로의 퇴행을 의미하지 않는다. 오히려 그것은 좀처럼 동화될 수 없었던 낯선 세계 속에서 새로운 전망의 탐색이며, 그 전망 속에서 '나'의 마음 깊숙이 간직하고 있던 이미지들의 거듭되는 변신과 연결되어 있다.

느릅나무에게

김규동

나무

너 느릅나무

50년 전 나와 작별한 나무

지금도 우물가 그 자리에 서서

늘어진 머리채 흔들고 있느냐

아름드리로 자라

희멀건 하늘 떠받들고 있느냐

8·15 때 소련병정 녀석이 따발총 안은 채

네 그늘 밑에 누워

낮잠 달게 자던 나무

우리 집 가족사와 고향 소식을

너만큼 잘 알고 있는 존재는

이제 아무데도 없다

그래 맞아

너의 기억력은 백과사전이지

어린시절 동무들은 어찌 되었나

산 목숨보다 죽은 목숨이 더 많을

세찬 세월 이야기
하나도 빼지 말고 들려다오
죽기 전에 못 가면
죽어서 날아가마
나무야
옛날처럼
조용조용 지나간 날들의
가슴 울렁이는 이야기를
들려다오
나무, 나의 느릅나무.

고향에 머물고 있는 자들은 결코 고향을 찾지 않는다. 어떤 식으로든 고향과 결별한 자들만이 고향을 그리워하거나 되돌아가고자 한다. 이른바 향수에 시달리는 자들은 불행하게도 여전히 이향異鄕의 거리를 떠돌거나 고향에 돌아갈 수 없는 자들이다. 제아무리 가깝고 친밀하게 느껴진다고 해도, 부재를 통해서만 현전하는 게 고향이다. 그러니까 모든 것들이 익숙하고, 포근하며, 친숙한 고향에 그대로 머물고 있는 자들에게 고향은 그다지 중요한 관심사가 될 수 없다. 자기 성장이나 새로운 세계로의 모험을 위해 제 발로 떠나왔건, 불가피한 저마다의 사정으로 인해 추방됐건, 고향을 상실한 자들만이 떠나온 고향의 향기를 추억하고 고향의 기억을 반추한다.

그러니까 그 자체로 순수한 고향은 어디에도 없다. 제 마음속의 고향은 언젠가 분명 사실로 존재했던 세계였지만, 이제는 그저 떠나온 곳에 불과하다. 언제나 타향과 함께하는 그 어떤 곳인 고향은 더 이상 존재하지 않는다. 크거나 작은 고향에 대한 기억을 그대로 간직하려는 자들의 한낱 소망에 지나지 않을 뿐, 그야말로 동일률이 반복되는 세계 속에서 고향의 의미는 없다. 지금 살고 있는 이곳이 낯설고 거북살스러운 자들에게만 비로소 고향은 제 모습을 되돌려준다. '함께 섞여 있되' 결코 함께하지 못하게 하는 그 어떤 것들이 그 누군가로 하여금 고향을 애타게 부르고 갈망하게 만든다.

이른바 '고향 상실의 시대'에 대다수 시인들이 노래하는 고향의 의미는 역시 이와 크게 다르지 않다. 그들은 인정과 사랑이 충만했다고 생각하는 제 고향의 기억들을 영원히 가물지 않는 샘물처럼 퍼올린다. 더 이상 해맑은 하늘이 부르는 소리에 귀 기울이고 자신을 감싸 안은 대지의 품에 살 수 없다는 것을 애달파 하며 끊임없이 망향가를 부른다. 여전히 명절 때면 수백만 명이 집단적으로 움직이는 '민족 대이동' 속엔 더 이상 돌아갈 수 없는 시절과 세계에 대한 아련한 그리움이 스며 있다. 특히 남북 분단에 의한 이산離散 경험을 갖고 있는 한국 시인들에게 고향은, 지울 수 없는 생의 상처이자 아픔으로 다가온다.

언제나 타향과 함께하는 곳이 고향

'망향의 시인' 김규동이 노래하는 고향 역시 그렇다. 1948년 스승 김기림을 찾아 자진 월남한 이래 일편단심으로 그려온 고향은, 이미 고되고 오랜 타향살이를 그 전제로 하고 있다. 물경 "50년"이 넘어가는 "작별"의 시간이 없었다면, 그의 시 배면에 흐르는 '어머니'에 대한 곡진한 사랑과 북에 남겨둔 남동생이나 누이 등 가족들에 대한 비애에 찬 회상은 존재하지 않는다. 제아무리 노력해도 타향과 동화될 수 없는 세계가 남아 있다고 느낄 때, "느릅나무"는 한갓 "나무"가 아니라 고향을 상징하는 신성한 그 무엇이 된다. 비록 낯선 땅에 성공적으로 뿌리내리고 살고 있다고 해도, 끊임없이 '나'의 마음속에 되돌아와 마치 눈앞에 펼쳐지듯 또 다른 세계의 풍경을 열어주고 있는 것이 바로 고향의 "느릅나무"라고 할 수 있다.

"지금도 우물가 그 자리에 서서/ 늘어진 머리채"를 "흔들고 있느냐"는 물음은, 따라서 그 "느릅나무"의 실제 여부를 묻고 있는 것이 아니다. 오히려 그 물음 속엔 다시는 그 시절로 돌아갈 수 없다는 슬픔과 비탄이 더 앞서 있다. 마치 친구를 대하듯 "느릅나무"를 "너"라는 인격체로 부르도록 만든 것은, 이미 돌이킬 수 없을 만큼 오랜 세월 동안 고향의 외부에 머물고 있다는 초조함과 절박감을 반영한다. 지금쯤 "아름드리로 자라/ 희멀건 하늘"을 "떠받들고 있"을 "느릅나무"에 대한 회상은, 다시는 고향의 시간으로 되돌아갈 수 없으며, 그러기에 낯선 공간에서 낯선 타인들과 살아갈 수밖에 없다는 절망 어린 체념과 맞물려 있다. 하이데거의 말대로 향수는 '고향이 아닌 것', 곧 고향에서 맛보거나 느낄 수 없는 이질적이고 흉물스러운 이향의 체험일 수밖에 없다.

그럼에도 불구하고 모두들 언제, 어디서나 지칠 줄 모른 채 고향을 찾는 이유는 무엇인가. 우선 그것은 자신들의 고향이야말로 특정한 가치체계나 이념에 물들지 않는, 아직 때 묻지 않은 어린이다운 순수함과 소박함이 살아 있다고 생각하기 때문이다. 또한 그것은 사실 여부와 상관없이 고향의 사물들 속엔 그들에게 혼을 불어넣고 생기를 북돋아주는 그 무엇이 들어 있다고 믿기 때문이라 할 수 있다. 예컨데 "8·15" 해방 무렵 "소련병정 녀석이 따발총을 안은 채" 그 "그늘 밑에 누워/ 낮잠"을 "달게 자던" "느릅나무"는 바로 그런 의미의 고향을 대표한다. 그 "느릅나무"는 단지 한 그루의 나무가 아닌, 점령군의 일원으로 고향에 들어온 "소련병정"마저 잠재울 수 있을 만큼 힘을 가진 '신성목神性木'의 일종이다. 특히 그 "느릅나무"는 어떤 선입견이나 가치체계에도 얽매이지 않아 모든 것이 신선하고 활기찬 고향의 혼 또는 정신을 나타낸다.

어떠한 선입견이나 가치체계에도 얽매이지 않는 세계

실제로 보면 지극히 초라하고 평범할 수도 있는 그 "느릅나무"가 "우리 집 가족사와 고향 소식"을 누구보다도 "잘 알고 있는 존재"로 다가오는 것도 그 때문이다. 언제부턴가 그 나무는 시인의 가슴속에서 '나'와 관련된 전부를 알고 있는 전지전능한 나무, 모든 것을 낱낱이 기억하는 '백과사전'과 같은 '우주목宇宙木'으로 살아 있다. 그러니까 이제 "우물가"에 서 있던 "느릅나무"는 단순히 고향 마을에 실제했던 한 그루의 나무가 아니다. 그 실제 여부와 관계없이 오직 시인의 가슴속에서 영원히 푸르게 서 있거나 자라나고 있는 나무를 가리킨다. 이미 사라졌을지도 모를 그 "느릅나무"는, '나'의 내면에서 "어린시절 동무들"의 행적을 기억하거나 이미 죽어갔을 모든 고향 사람들의 "이야기"들을 "하나도 빼지" 않고 "들려"주는 건실하고 성스러운 '생명의 나무'를 나타낸다.

"죽기 전에 못 가면/ 죽어서 날아가마"라고 외치는 '나'의 절규는, 그러므로 "산 목숨보다 죽은 목숨이 더 많"았을 "세찬 세월" 속에서 끝내 그 어디서도 정착할 수 없었던 자의 공허한 외마디에 지나지 않는다. 거친 역사의 시간이 남긴 "이야기"들을 모두 기억하는 "느릅나무"는 돌아갈 고향의 상실 내지 부재를 은폐하거나 위장하는 이미지에 불과하다. 오히려 고향의 "느릅나무"를 향해 거는 '나'의 말들은 다시는 고향으로, 영원히 그 시절로 되돌아갈 수 없다는 것을 자백하는 것과 같다. 슬프게도 스스로가 고향 밖으로 내던져짐으로써 비어 있게 마련인 그 어떤 자리를 메우기 위해 자신과 동일시한 것이 "느릅나무"이다.

하지만 이미 기억 속에만 존재하는 "옛날처럼 지나간 날들"을 향한 '나'의 그리움과 동경은 멈추지 않는다. 갈수록 고향에서 보낸 "옛날"의 시간들 속에서 공유했던 언어와 습관 또는 전통은 그때로 이미 종결된 것이 아니라 끊임없이 변주되면서 지금 여기의 삶의 지평으로서 나타난다. 날이 갈수록 모든 고향의 사물과 자연, 그리고 사람들은 본래의 생생함과 충만함을 간직한 채 '나'의 기억 속에서 더욱 아름답고 순수한 모습으로 증폭된다. "죽어서"만 다가설 수 있는 서글픈 고향이지만, 다가올 날들을 조망하는 기억력과 연결되어 있기에 고향의 시간은 미래적인 전망과 함께하며 '나'의 삶에 끊임없이 개입해 들어온다.

끊임없이 변주되면서 지금 여기의 삶의 지평으로 나타나

여전히 "가슴 울렁이는 이야기를/ 들려"주는 고향의 진정한 의미는 여기에서 발생한다. 고향을 향한 '나'의 의지나 향수는 단지 행복하다고 믿었던 과거의 시간으로의 퇴행을 의미하지 않는다. 오히려 그것은 좀처럼 동화될 수 없었던 낯선 세계 속에서 새로운 전망의 탐색이며, 그 전망 속에서 '나'의 마음 깊숙이 간직하고 있던 이미지들의 거듭되는 변신과 연결되어 있다. 그러니까 그 생각만으로 "가슴 울렁이는" 고향을 추억한다는 것은 그 자체로 불변하는 그 어떤 사태를 기억하는 것이 아니다. 훼손되지 않은 과거의 고향 속으로 들어가는 것을 통해 새로운 지평을 가진 새로운 고향을 모색하는 일에 속한다. 이미 고향에서 경험한 것들을 있는 그대로 재현하거나 추억하는 것이 아니라, 앞으로 경험할 것들이 참여함으로써 고향에 대한 모든 추억들은 필연적으로 다가올 날들에 대한 소망을 품고 있다.

따라서 '나'에게 "느릅나무"는 단지 고향의 추억을 환기시키는 한 그루의 나무가 아닌, 뜻밖의 순간에 '나'를 무한의 지평으로 이끄는 그 어떤 것. 그 어떤 이데올로기나 정치적 협잡에 오염되기 이전의 순수한 고향을 대변한다. 태어나서 죽기까지의 모든 순간순간에 일시적이나마 맛보는 영원의 깊이와 충만을 되돌려주는 곳이 모두가 그토록 찾아 헤매는 참된 고향이며, 설령 영원히 되돌아갈 수 없다고 해도 생의 어느 한 순간. 잠시의 생각만으로 "가슴 울렁거리는 이야기"와 무구한 생명들이 펼쳐내는 화음이 쏟아지는 세계로 가는 입구에 서 있는 나무가 바로 그 "느릅나무"라고 할 수 있다.

어머니,

여든의 나이에도 애기가 되게 하는

———————

범대순

「 백 년 」

개인적 야망과 사회적 명성에 걸맞은 외면

적 인격(Persona)을 유지하고 지켜나가기

위해 본래 자신이 타고난 근원적 본성의 세

계와 급격히 단절한 결과, 어린이와 같은 천

진함을 잃어버리고 그새 권위적이고 인위

적인 사람이 되어 버린 자들에게 곧잘 나타

나는 것이 어린이 환영이다.

백년

범대순

참 나에게 어머니
백년 같은 옛날

흙 묻은 젖
맨발 벗은 아낙이 있었다

왜 먼 산을 자주 보랐는가
책 읽다 말고 아버지에게 매를 맞았을 때

어머니와 같이 장에 간 생각
때로 화전놀이에 간 생각을 하였다

사람을 피하는 일
백발을 챙기는 일로 바쁜 날들

그러나 그리고 여든의 나이에도
내가 애기가 되는 까닭에

맨발 벗고 달리는

백년의 젊은 아낙이 있다

어머니로부터 분리된 자는 늘 뒤돌아보며 어머니를 그리워한다. 언제고 따스한 시선과 아무런 결핍도 없는 어머니의 품으로 돌아가고자 한다. 어머니 무릎을 벗어나 아버지의 세계에서 자립적이고 성공적인 주체로 성장할수록 이는 더 심화된다. 설령 그 어머니가 다른 인간들과 마찬가지로 영원히 충족되지 못한 원초적 결핍 또는 배고픈 분열을 갖고 있다고 해도, 우리는 어머니와의 무의식적인 동일성의 세계로 귀환하고자 한다. 한 정상적인 인격체로 살아가기 위해 어쩔 수 없이 어머니와 결별해야 했지만, 특히 세상살이가 고단할 때 아무런 근심이나 걱정 없이 어머니와 지내던 유아기로 되돌아가고 싶은 게 모든 인간의 공통된 운명이다.

그러나 육체적이고 본능적인 어머니의 세계에서 분리가 결코 나쁜 것만은 아니다. 오히려 어머니는 자신의 아이를 세상 속으로 등 떠밀어 가도록 함으로써 아이를 당당한 주체로 서게 한다. 훌륭한 어머니일수록 아이를 제 품에서 떼어내 세상의 질서 속으로 합류하도록 장려한다. 그리고 그 과정이 순조로울 때 아이는 그 사회의 언어와 관습을 배우고 익힐 수 있으며, 다른 이들과 함께 어울리며 살아가는 방법과 지혜를 획득할 수 있다. 한 아이가 어머니로부터 돌아선다는 것은, 그야말로 아이가 받을 수 있는 하나의 선물이며 축복이라 할 수 있다.

훌륭한 어머니일수록 아이를 제 품에서 떼어내

그럼에도 불구하고 "나"는 왜 한 인간으로서 어렵게 성취한 모든 것을 포기하면서까지 그 어머니에 대한 소득 없는 열정 또는 그리움을 갖고 살아가는 것일까. 또 왜 "나"는 "백년 같은 옛날"로 대변되는 유년의 어머니의 품으로 돌아가는 것을 인생의 최고의 목표로 삼는 것일까. 바로 그건 우리가 어쩔 수 없이 "흙" 냄새가 "묻"어 있는 원초적인 어머니의 "젖"가슴을 떠난 이후 그걸 대신할 그 무엇을 찾았지만, 정작 그 어디서도 어머니를 대체할 만한 것을 찾지 못했다는 것을 나타낸다. 특히 그것은 우리가 "맨발 벗은 아낙"으로 대표되는 생명의 원리이자 생명의 법칙인 본능의 세계에 대한 억압에 대한 지속적인 저항 때문이며, 무엇보다도 그 옛날 어머니가 주던 만족을 직접적이고 실제적으로 구하려는 욕망 때문이라고 할 수 있다.

외부세계와 순조롭게 관계를 맺고 잘 살아가고 있음에도 가끔씩 "먼 산을 자주 보랐는" 행위는 여기에서 비롯된다. "나"는 한 사회가 스스로에게 기대하고 요구하는 것에 적응해가면서도 세상 속에서 결코 충족될 수 없는 그 무언가를 느낀다. 바깥세계에서 무수히 찾아 헤매지만 "나"는 그 어떤 대상으로도 채워질 수 없는 갈망, 사라지지 않는 욕망이 꿈틀대고 있다는 것을 알아챈다. 현실세계에서는 결코 충족하지 못한 욕구가 "나" 자신도 모르게 "먼 산을 자주" 바라보는 무의식적인 행동으로 나타난다.

"책 읽다 말고 아버지에게 매를 맞았을 때"와 같은 경우에는 더욱 그렇다. 도덕적 계율과 금지의 세계를 대표하는 "아버지" 세계의 직간접적인 억압이나 가해加害의 정도가 심할수록 "나"는 모성적인 따스함과 어둠의 품속으로 되돌아가려 한다. 정신(Geist)의 대표자로서 "아버지"가 한 사회의 이상이나 윤리를 강요할수록 "나"는 더욱더 그동안 미처 몰랐던, 일견 자신 안의 비합리적이고 때로 반이성적이기까지 한 그 어떤 충동성에 이끌린다. 점점 성숙하면서 보다 넓은 시야와 자기만의 영역을 확보하게 되지만, 어느새 앞보다는 자주 뒤를 돌아보며 어머니를 찾게 된다. 어느 순간 "나"는 자기 존재와 애써 이룬 사회적 성취들을 비판적으로 성찰하면서 하나의 인격적 주체로서기 이전의 상태로 되돌아가려는 움직임을 나타내곤 한다.

하나의 인격적 주체로 서기 이전의 상태로 회귀 시도

예컨대 "어머니와 같이 장"에 갔던 것에 대한 "생각"은 단순히 어머니와 실제로 경험했던 하나의 기억이나 추억을 말하려는 것이 아니다. 어머니와 분리되지 않은 합일의 상태로 되돌아가려는 시도이며, 모든 인간 활동의 어머니이자 정신 활동의 근원지인 제 안의 깊은 무의식의 세계로 들어가려는 노력을 나타낸다. 이와 동시에 "때로" 자신의 어머니와 "화전놀이" 갔던 "생각"은 뭔가를 욕구하고 추구하게 하는 심적 에너지로서 리비도^{Libido}가 내향화되고 퇴행(Regression)하면서 이전까지 "나"의 무의식의 심연에 잠재되어 있던 것들이 활성화되고 있다는 것을 보여준다.

그동안 관계를 맺으며 자신의 성장에 영향을 미쳤던 무수한 "사람"들을 굳이 "피하는" 것은 이 때문이다. 언제부턴가 외부로 향한 시선이나 몸가짐이 "나"의 내부로 향하면서 과거와는 다른 새로운 삶의 방향성과 적응의 필요성 때문에 "나"는 다른 이들과 가능한 한 멀리하고자 한다. 어느덧 "나이" 든 채 "백발을 챙기는 일로 바쁜 날들" 속에서도 "나"는 자신의 의지와 신념과 반대되는, 자연적이고 동물적인 충동으로서 리비도의 손에 이끌려 자신이 태어났던 어머니의 배꼽으로 다시 흘러들어가고자 한다. 점점 더 많은 규칙과 행동 방식에 대한 적응 때문에 희생시킨 본능과 충동의 어머니 세계로 다시 되돌아가고자 하는 움직임이 자발적으로 "나"와 이웃들 사이의 격리와 분리를 부른다고 할 수 있다.

무려 "여든의 나이에도/ 내가 애기가 되는 까닭"은 여기에 있다. 그러니까 성인이 된 "나"는 신이 내린 가장 큰 선물이라는 이성 혹은 의식으로만 구성되어 있는 존재가 아니다. 어둠이 없는 빛이 의미가 없듯 아직 이성과 의식을 갖기 이전의 심적인 삶도 엄연한 "나"의 존재를 구성하는 필수불가결한 요소이다. 아니, 어쩌면 "나"는 어머니로 대변되는 무의식에 더 크게 지배되고 있으며, 따라서 "나"는 어머니의 세계로 되돌아가 자아와 무의식의 관계를 새롭게 구축해야 할 실존적 절박성을 갖고 있다. 그동안 방치했던 "나"의 무의식이 불어넣어 주는 무의식적인 감정과 본능을 자연스럽게 받아들임으로써 또 다른 인격의 '나'로 거듭나려는 움직임이 노년의 "나이에도" "나"를 어린애 상태로 돌아가게 만들고 있다.

달리 말해, 이러한 어린이 환영의 출현은 현재의 "나"와 과거의 "나" 사이에 정신적 해리, 곧 "나"의 의식과 무의식 사이의 간극이 점점 더 크게 벌어지면서 유아기 상태와 모순 상태에 놓여 있으며, 그로 인해 개인적 인격의 분열과 위기가 발생할 때 일어난다. 개인적 야망과 사회적 명성에 걸맞은 외면적 인격(Persona)을 유지하고 지켜나가기 위해 본래 자신이 타고난 근원적 본성의 세계와 급격히 단절한 결과로 어린이와 같은 천진함을 잃어버리고 그새 권위적이고 인위적인 사람이 되어 버린 자들에게 곧잘 나타나는 것이 어린이 환영이다. 어린 시절에 엄마와 함께 누렸던, 무의식적이며 본능적인 상태와 다시금 모순에 빠질 때 우리는 곧잘 어린이로 돌아가는 환상에 젖어들 수밖에 없다.

자기실현의 충동이 자연스런 본능의 어린이로 유도

하지만 노경^{老境}에도 대다수 인간들이 "애기가 되는 까닭"은 단지 어머니를 생물학적인 어머니로 환원시키는 모성 콤플렉스에 붙잡혀 있기 때문이 아니다. 어머니의 자궁으로 되돌아가서 새롭게 태어나고자 하는 "나"의 존재론적인 욕망의 투사가 먼저이다. 그러니까 어린이는 제약된 의식의 범위 너머에 있는 생명력을 상징으로써 일방성에 빠진 오만한 의식 밖에 존재해 온, 아무것도 모르는 길들과 가능성들 그리고 인간 본연의 심성을 포괄하는 전체성을 의인화^{擬人化}하고 있다. 모든 인간 존재의 가장 강력하고 피할 수 없는 충동, 말하자면 자기 자신을 실현하려는 충동이 "나"로 하여금 모든 자연스런 본능의 힘으로 무장된 어린이가 되도록 하는 힘으로 작용한다.

일반적으로 어린이는 어디까지나 어머니와 독립하여 올바른 성인이 되기를 희망하는 자이다. 어떤 사람이든 자신의 근원인 어머니와 분리되지 않고서는 순조롭게 성인의 단계에 도달할 수 없다. 최소한의 사회생활에 필요한 질서나 규범을 익히지 못하거나 그 기회를 상실한 자는 급기야 정신병자나 사회 부적응자가 되게 마련이다. 그럼에도 불구하고 사는 데 바빠 미처 인식하지 못했지만 "나"의 가슴 속엔 "맨발 벗고 달리는/ 백년의 젊은 아낙". 한 아이를 자애로 돌보고, 성장시키고, 영양을 공급하는 모성적 원형과 더불어 처음부터 제 안에 상식적 이해를 초월하는 지혜와 숭고한 정신을 나타내는 어머니가 살아 있다.

따라서 "흙 묻은 젖" 또는 "맨발 벗은" "젊은" "아낙"은 단지 개인적이고 생물학적인 어머니를 뜻하지 않는다. 바로 그것은 대지와 동일시된 '위대한 어머니(太母)'이자 모든 생성과 변환의 비밀스런 근원이자 "나"의 내면에 잠재해온 타고난 자연력을 나타낸다. 특히 "맨발벗고 달리는/ 백년의 젊은 아낙"은 때로 고통과 시련을 주면서도 넘치는 사랑으로 우리로 하여금 결코 지칠 줄 모르는 삶을 살게 하는 힘을 표상한다. 무엇보다도 스스로가 알 수 없는 "나"의 심연에 잠재한 어린이 또는 '영원한 소년(puer aeternus)'은, 우리가 그러한 어머니의 축복과 사랑 속에서 자신의 생명력을 갱신하며 살아가는 자에 다름 아니라는 것을 나타낸다. 그리고 우리 모두가 그런 어머니 세계로 성공적으로 귀환할 때 더 높은 영적인 삶으로 인도될 수 있다는 것을 보여 준다고 할 것이다.

아버지와 아들,

그 불가능한 하나를 위한 사랑의 축제

최두석

「바람과 물」

변화하는 새로운 세계에 적응하지 못한 채 풍수와 같은 전통의 사상 속에서 희열을 느끼는 아버지와 어쩌면 몸은 한국인이지만 이미 서구적 근대인 또는 지식인임을 자부하는 아들의 정신세계 사이의 좁혀질 수 없는 간극과 직결되어 있다.

바람과 물

최두석

아버지의 경전은 옥룡록이다
유장한 가사체의 예언서를 밤낮으로 읽는다
그는 그냥 지리를 묻는 신도가 아니라
영험한 자리를 찾아내는 눈을 가진 사제이다
실한 농부였던 그가 지관의 눈을 뜬 것은 이순 무렵
젊은 날부터 꿈속에서 늘 산에 다녔다고 한다
오늘날 신도가 얼마나 될까마는

장지에서 그의 말은 아무도 거스를 수 없다
땅 밑에 맺힌 기와 수맥을 귀신같이 짚어내는 그는
길 따라 걸으며 풍경이나 보는 사람들의 등산을 비웃고
자신의 신도가 되기를 거부하는 나의 우매를 탄식한다
십여년 전 그가 바라는 집터를 찾아 고향을 등질 때
장남인 나의 만류를 단호히 뿌리쳤음은 물론이다
명당이라 소문난 묏자리 두루 둘러본 그의 소감은
제대로 쓴 데를 찾기 힘들다는 것이다
그래서 악착스런 인간들이 권세를 쥐고
탐욕스런 인간들이 재물을 갖고 거들먹거린다고 한다

그의 사명은 물론 명당을 잡아 제대로 일해서
나라의 동량이 될 건실한 인재를 많이 배출하는 것이다
그래야 집안의 번창을 기대할 수 있고
나라의 장래가 밝아진다고 우국충정까지 토로한다.

모든 사랑은 결코 하나가 될 수 없는 이들 간에 벌어지는 처절한 합일의 몸부림이다. 원초적으로 결합 불가능하다는 사실에 놀란 자들이 한바탕 엮어가는, 늘 아름답지만은 않는 애도의 축제이다. 한 가족을 구성하는 아버지와 아들의 관계라고 예외일 순 없다. 겉으로 '아버지의 아들임'을 자처한다고 해도, 거의 모든 아들들의 내면엔 모반과 배신의 유전자가 꿈틀거린다. 현재의 나를 구성하는 대부분이 아버지의 선택과 결정에 빚지고 있음에도 불구하고, 장성한 아들들은 마치 스스로가 고아처럼 자유로운 존재인 양 행동하기 일쑤다. 비록 원하는 바는 아니었다고 해도, 오이디푸스처럼 자신의 아버지를 더러 죽이기도 하는 사태는, 근본적으로 아버지로부터 분리되어 독립하고자 하는 아들의 무의식적인 열망이 지나치게 이상비대한 경우이다.

그러나 '지나침은 모자람만 못하다過猶不及'는 말대로 아버지의 지나친 사랑 혹은 간섭이 부른 재앙이 오이디푸스 신화를 낳는다. 아들이 자신을 낳아준 부모의 한 명인 아버지에게 느끼는 사랑의 욕망과 적대적 욕망의 총체가 바로 오이디푸스 콤플렉스이다. 시인이자 "장

남"인 아들과 농부 출신의 풍수가인 아버지 사이에 벌어지는 애증의
감정 역시 그렇다. 일단 "아들"은 자신의 "아버지"가 적어도 "장지에
서"만은 "말을 거스를 수 없"을 만큼 그 권위와 신뢰를 얻고 있다는
것을 인정한다. 하지만 아들은 끝내 아버지의 풍수신앙에 대한 불신
의 눈을 거두지 않는다. 비록 "땅 밑에 맺힌 기와 수맥을 귀신같이 짚
어내"는 아버지의 신비스런 능력을 인정하더라도, 그 신비주의적 전
통의 세계는 아들인 나와 무관하다고 생각한다.

한 가문의 영달로서 '풍수'와 순수한 존재양식으로서 시적 사랑 대립

구체적으로 아버지의 명당 찾기가 한 개인의 입신양명이나 한 가
문의 영달만이 아니라 국가적이고 공공적인 인재 양성에 있다고 해
도 그 사정은 달라지지 않는다. 어떤 식으로든 권력 획득 내지 권력
행사로 귀결될 수밖에 없는 아버지의 소망과는 달리, 아들인 "나"의
꿈은 사랑이 결여된 권력 추구의 길이 아니다. 오히려 아버지가 원하
는 권력의 허망함과 폭력성을 폭로하고 고발하는, 순수한 존재 양식
의 실현으로서 시적 사랑의 추구가 아들이 궁극적으로 추구하는 세
계이다. 어디까지나 "나"는 일상의 삶 속에서 언제나 공공성이나 총
체적 지배라는 허울을 내세우는 제도 권력과 맞서는 것이 진정한 시

인의 길이고, 시의 힘이라고 믿는 자일 뿐이다.

할머니의 산소에 성묘 갔던 때의 한 에피소드를 소재로 한 시 「추석 성묘 길에」가 그 한 예이다. 우선 아들인 "나"는 지관地官인 아버지로부터 나무꾼의 발길조차 끊길 정도로 깊은 산중에 쓴 할머니의 무덤이 명당이며, 산소 발치의 인장바위가 다름 아닌 나랏일을 좌우할 옥쇄 형상이라는 말을 듣는다. 하지만 그 말을 듣는 순간, "나"는 어릴 적 으름이나 머루를 따는 재미에 한나절이 넘는 산행을 요구하던 성묘 길이 그저 즐겁지만은 않다는 것을 느낀다. 되레 할머니의 묘소 주변이 명당은 명당이되 숯 구덩이여서 발복發福 여부가 불투명하다는 얘기에 안심하는 태도를 보여주고 있다.

그런 결과로 추석 무렵 할머니 산소의 성묘는 한 가계의 연속성을 확인하는 자리이지만, 동시에 세대 간에 엄연한 불연속성을 확인하는 자리로 변질된다. 그리고 모든 것을 이미 정해진 운명의 틀로 생각하는 아버지와 달리 '역사로 살아야 한다'는 아들의 다짐은, 곧 자연현상의 변화가 인간의 길흉화복을 좌우한다는 아버지의 신앙과 인간의 의지나 사회 구조가 인간의 운명을 결정한다는 사관史觀의 대립으로 귀결된다. 예컨대 추석에만 특별히 허락되는 철책선 부근의 성묫길에서 오줌 눌 자리를 고르다가 지뢰에 온몸이 찢겨나가 죽은 어느 아낙네에 대한 상기는, 결코 아버지의 생각과 사상에 동조하거나 종속될 수 없다는 아들의 단호한 선언과 의지의 표명이라 할 수 있다.

그러나 아버지와 아들의 대결 내지 결별 의지는 단지 두 세대 간의 신념이나 세계관 차이에서만 비롯되지 않는다. 변화하는 새로운 세계에 적응하지 못한 채 풍수와 같은 전통의 사상 속에서 희열을 느끼는 아버지와 어쩌면 몸은 한국인이지만 이미 서구적 근대인 또는 지식인임을 자부하는 아들의 정신세계 사이의 좁혀질 수 없는 간극과 직결되어 있다. 곧 현대적 지성을 갖춘 시인인 아들의 눈으로 볼 때, 아버지의 풍수설은 한낱 예측과 통제가 불가능한 지식에 불과하다. 특히 서구적 합리성과 이성으로 무장되어 있는 지식인 아들의 입장에선 군이 깊은 산중에다 묘를 써가며 명당 운운하는 아버지의 행위는, 단지 비합리적이고 미신적인 것일 수밖에 없다.

하지만 「바람과 물」을 보면 이러한 태도에 은근한 변화가 일어난다. 먼저 '풍수風水'라는 한자를 순수한 한글로 풀어 쓰고 있는 것에 불과하지만, 그 속엔 "자신의 신도가 되기를 거부하는" "아들의 우매를 탄식"하는 아버지의 풍수에 대한 새로운 관심과 인식 전환이 일정하게 들어 있다. 또 다른 시 「옥룡사터 동백숲에서」 역시 그렇다. 상상의 닭이 알을 품는다는 산자락에 위치한 옥룡사의 방문은, 아들인 "나"의 내력과 근본을 찾아나서는 행위를 상징한다. 제 아버지가 스승으로 삼는 도선국사가 머물며 "옥룡록"을 탄생시킨 자리에 대한 확인은, 가통家統의 연속성을 책임진 장남으로서 "나"의 의무감이나 운명을 마냥 거부할 수 없었다는 것을 의미한다.

두 세대 간의 신념과 세계관 차이 공유

그렇다고 "장남인 나의 만류를 단호히 뿌리"치고 고향을 등진 채 이제 묘지가 아닌 새로운 집터를 찾아 나선 아버지의 풍수 세계에 전적으로 동화되었다고 할 수는 없다. 「추석 성묘 길에」 외에 「어등산」,「옥녀봉」,「우렁색시」 등 풍수와 관련된 일련의 시들이 보여주듯이, 직감적이고 영적인 체험을 바탕으로 풍수의 세계는 여전히 "나"에게 낯설고 비합리적인 그 무엇일 뿐이다. 하지만 여전히 아들인 "나"의 관점에서 볼 때 회의적이면서도 "아버지"를 "영험한 자리를 찾아내는 눈을 가진 사제"로 격상시키고 있는 것은, 무위식적이나마 아버지의 풍수 세계가 지닌 친교영신적親交靈神的인 세계에 대한 일정한 관심과 이해가 자리 잡기 시작했다는 것을 보여준다.

이른바 "명당이라 소문난 묏자리"를 "둘러본" 아버지의 "소감"에 은근히 공감을 표하고 있는 "나"의 태도가 그렇다. 이제 "나"는 그동안의 풍수가 "악착스"럽고 "탐욕스런" "인간들"이 "권세"와 "재물"을 "쥐"거나 "거들먹"거리는 데 악용되어왔다고 비판하는 "아버지"의 말에 일정한 동감을 표시한다. 그러면서 "나라의 동량이 될 건실한 인재" 양성과 "집안의 번창", 그리고 밝은 "나라의 장래"를 기약할 수 있는 게 제대로 된 "명당"의 역할이라는 아버지의 말에도 마냥 거부감을 나타내지 않는다. 아버지 사이에는 메울 수 없는 심연이 놓여 있는 가운데서도 아들은 이성적이고 합리적인 관점에서나마 아버지의 풍수의 세계를 이해하고자 노력하는 모습을 보여주고 있다.

그러나 「물과 바람」 속에 나타난 갈등이 단지 어느 아버지와 아들 사이에 일어난 문제라고 볼 수 없다. 풍수를 둘러싼 부자父子 간의 미묘한 대립이나 공감 속엔 전통의 세계를 마냥 고집할 수도, 그렇다고 서구화일 뿐인 현대화를 무작정 추구할 수도 없는 한국인의 내면적 곤경. 근대적인 이성으로 무장한 아들의 세대와 인과율이나 모순율에 지배되지 않는 풍수의 신비한 작용력을 신앙하는 아버지 세대와의 대립과 화해의 문제가 숨어 있기 때문이다. 달리 말해, 이들 두 부자 간의 문제는 자연과 문명 자체를 어떻게 보느냐에 따라 확연히 달라지는 문화나 삶의 양식과 관련되어 있다. 보편적인 지식이나 진리의 요건을 갖춘 것이 아니지만, 그렇다고 무조건 부정할 수 없는 풍수와 같은 전통의 세계에 대한 오늘날 한국인들의 공통된 정신적 혼란을 나타낸다.

육신의 아버지가 아니라 영적인 사제의 아버지로

그러니까 이제 아버지를 기꺼이 "사제"로 받아들이는 "나"의 행위 속엔 애써 부정하고 거부하려 했던 전통세계와의 해후를 넘어, 오로지 인간을 역사의 주체 내지 동인으로만 간주하려는 진보주의. 인간 실존의 탈신성화와 탈신비화를 추구했던 근대적 세계에 대한 반성과 성찰이 개입되어 있다. 특히 아버지가 즐겨 읽는 "옥룡록"을 "경전"
이나 "예언서"로 수용하려는 "나"의 태도 속엔 풍수 사상 역시 나름
의 합리성을 갖추고 있으며, 이른바 문명의 시대에도 여전히 새로운
삶의 힘을 부여할 수 있는 잠재력을 갖추고 있다는 것에 대한 새삼스
런 "나"의 각성과 인식이 들어 있다.

그러니까, 한 집안의 "장남"으로서 내가 한낱 잡서 취급을 해온
"옥룡록"을 문득 "경전"이나 "예언서"로 받아들일 수밖에 없었던 것
은 유달리 공순恭順한 아들이어서가 아니다. 풍수로 대변되는 전통의
사상이 허무맹랑한 신비주의나 박제화된 과거의 소산이 아니라, 그
나름대로 한국인의 삶과 의식에 영향력을 미치면서 역사 형성에 기
여해왔다는 판단이 은밀하게 작용하고 있다. 그야말로 "실한 농부였
던" 아버지가 왜 "영험한" "지관"으로 변해야 했는지 몇 번이고 되묻
는 과정에서 아들인 "나"는 아버지의 풍수 세계가 지닌 새로운 의미
에 눈떴다고 할 수 있다.

달리 말해, 딱히 생물학적 부자간이 아닌 아버지와 아들인 "나"의
화해atonement 내지 "나"의 아버지 찾기가 의미하는 것은 다른 것이 아
니다. 바로 그것들은 아버지 세계에 대한 아들의 이해나 탐색이 다
름 아닌 아들인 "나"의 개성과 운명을 좌우한다는 것을 의미한다. 특
히 부자간의 다름과 차이를 인정하는 평행선적인 인식이나 항상 자
신들이 원하는 바와 다르게 나타나는 완벽한 사랑이나 순수한 합일
에 대한 추도나 애도 작업에서 벗어났다는 것을 의미한다. 이제야말

로 내가 풍수가風水家인 아버지를 한낱 육신의 아버지가 아니라 영적인 "사제"의 아버지로 바라보기 시작하면서, 드디어 아들의 삶에서 아버지가 가장 큰 의미의 타자가 되었다는 것을 나타낸다.

전승 傳承,

가장자리가 기름져야 한복판이 잘되는

하종오

「시어미가 며느리년에게 콩 심는 법을 가르치다」

새로운 패러다임을 모색하는 입장에서 볼

때 그저 폐기대상으로만 치부하는 경험들

속엔 어쩌면 그 의미를 받아들일 능력이 미

처 발달하지 않았기에 놓쳐버린 새로움과

구원의 가능성이 잠재되어 있다.

시어미가 며느리년에게 콩 심는 법을 가르치다

하종오

외지 떠돌다가 돌아온 좀 모자라는 아들놈이

꿰차고 온 좀 모자라는 며느리년 앞세우고

시어미는 콩 담은 봉지 들고 호미 들고

저물녘에 밭으로 나가고

입이 한 발 튀어나온 며느리년 보고

밥 먹으려면 일해야 한다고 핀잔주지는 않고

쭈그려 앉아 두렁을 타악타악 쪼고

두 눈 멀뚱멀뚱 딴전 피우는 며느리년 보고

어둡기 전에 일 마쳐야 한다고 눈치주지는 않고

콩 세 알씩 톡톡톡 넣어 묻고

시어미가 밭둑 한 바퀴 돌아오니

며느리년도 밭둑 한 바퀴 뒤따라 돌아와서는,

저 너른 밭을 놔두고 뭣 땜에 둑에 심는다요?

이 긴 하루에 뭣 땜에 저녁답에 심는다요?

며느리년이 어스름에 묻혀 군지렁거리고

가장자리부터 기름져야 한복판이 잘 돼지.
새들도 볼 건 다 보는데 보는 데서는 못 심지
시어미도 어스름에 묻혀 군지렁거리고

다 어두운 때 집에 돌아와 아들놈 코고는 소리 듣고
히죽 웃는 며느리년에게 콩 남은 봉지와 호미 쥐어주고
시어미가 먼저 들어가 방문 쾅 닫고

모든 세상의 발전이나 진화는 부분적으로 초월의 과정이다. 언제나 기존의 것을 넘어가는 과정을 거쳐 새로운 존재가 태어나고 새로운 삶의 질서가 생겨난다. 하지만 그 과정은 결코 그전에 존재했던 것들의 완전한 청산을 의미하지 않는다. 오히려 바로 그것들을 포함하면서 믿기 어려울 정도의 새로움을 창조하는 과정이다. 보다 높은 단계의 새로움을 향한 초월을 향한 과정 속엔 이전의 사회나 자연 세계를 구성했던 생활사의 기억이 포함되어 있다. 흔히 새로움을 추구하는 과정에서 기존의 것들을 낡고 쓸모없는 것으로 치부하기 일쑤이지만, 초월하면서 포함하고 또 포함하면서 초월하는 과정이 인류 발전의 역사이자 생물학적 진화의 여정이었다고 할 수 있다.

약육강식의 무한경쟁 체제만이 유일한 대안처럼 생각하는 오늘의 세계에서 새로운 패러다임 모색은, 그러므로 기존의 것들을 무조건 폐기하거나 소외시키는 것이 아니다. 앞서 존재했던 소중한 삶의 경험 등 기본적인 구성요소를 포함할 때 더욱 풍부한 그 어떤 것이 된다. 그러니까 오늘의 인류가 봉착한 대안적 사유나 삶의 방식은 어느 한 세계관이 소멸할 때와 맞물려 있지만, 단적으로 우리가 산업사회에 진입했다고 해서 농경사회의 모든 것들이 무화되는 것이 아니다. 새로운 패러다임을 모색하는 입장에서 볼 때 그저 폐기대상으로만 치부하는 경험들 속엔 어쩌면 그 의미를 받아들일 능력이 미처 발달하지 않았기에 놓쳐버린 새로움과 구원의 가능성이 잠재되어 있다.

얼핏 보면, 이른바 민중시 또는 농촌시의 한 전형이라고 할 수 있는 하종오의 시 「시어미가 며느리년에게 콩 심는 법을 가르치다」가 특별한 의미로 다가오는 이유는 여기에 있다. 단지 이 시는 농촌에서 살 수 없어 도시로 나갔지만 거기에서도 적응할 수 없어 농촌으로 재귀환한 후 벌어지는 "시어미"와 "며느리" 사이의 에피소드에 그치지 않는다. "콩 심기"를 둘러싼 고부姑婦 간의 익살스런 실랑이 속엔 모든 사회적 발전 단계에서 마땅히 치러야 할 혼돈이나 대가가 나타나 있다. 특히 그것은 새로운 사회의 모색에도 과거문화의 위대한 성과나 지혜를 동반할 때 더 풍부한 것이 될 수 있다는 것을 암시하고 있다.

모든 세상의 진보는 포함하면서 초월하는 과정

그렇다고 여기에 등장하는 "아들놈"과 "며느리년"이 이미 한물간 것으로 평가되는 농업사회와 산업사회 혹은 정보화 사회로의 진화 또는 이행에서 오는 갈등과 혼란을 대표하는 한 시대의 전형적 인물이라는 것은 아니다. 오히려 농촌에서 붙박이로 살 수 없어 도시노동자로 "외지"를 "떠돌다가 돌아"왔던 "아들놈"이나 그가 "꿰차고 온" "며느리년" 역시 어느 사회에서도 환영받지 못하는 현실 부적응자들이다. 특히 이들 부부는 농경사회에도 산업사회에도 제대로 적응하지 못하는, 새로운 세계를 향한 초월과 동시에 진행되는 포함의 관계를 전형적으로 보여 주는데 "좀 모자라는" 유형의 인물들일 뿐이다.

하지만 전통의 농업사회를 대표하는 "시어미"는 "좀 모자라는" "며느리년을 앞세우고" "콩 담은 봉지"와 "호미"를 든 채 "저물녘에 밭으로 나"간다. 그런 "며느리년"에게 "밥 먹으려면 일해야 한다"는 삶의 기본 철학을 말없이 가르치려는 의도이다. 하지만 "시어미"의 행위는 당연히(?) "입이 한 발 튀어나온" 채 "쪼그려 앉아" 밭 "두렁"을 "타악타악 쪼고" 있는 "며느리년"의 저항에 부딪친다. 전통의 농촌 공동체 속에서 그런 대로 유지되어온 "시어미"의 권위나 권리가, 이제 역전되어 "두 눈 멀뚱멀뚱 딴전 피는 며느리년"에 대한 "핀잔" 대신 "눈치"를 봐야 하는 처지로 전락한 것이다.

그럼에도 불구하고 "시어미"는 "어둡기 전에 일 마쳐야 한다"는 생각에 밭 "두렁"에 "콩 세 알씩 집어" 심은 것으로 그 "며느리년"에 대한 불만을 대신한다. 그리고 그에 대한 못마땅한 감정은 "타악타악" 또는 "톡톡톡"이라는 의성어로 표출된다. 하지만 그 의성어들이 보여 주듯이 농촌 공동체 세대를 대표하는 "시어미"와 어떻게 농촌까지 흘러 들어온 "며느리년"의 세대 간의 단절과 대립은 그리 첨예하지 않다. "며느리년" 역시 마지못해서나마 "시어미"를 "뒤따라" "밭둑 한 바퀴"를 "돌아"오는 것이 그렇다. 어떤 식으로든 그들 간에 벌어진 간극을 좁히려는 최소한의 노력이 들어 있다.

과거의 유산이 미래의 추동력으로 작용

하지만 그러한 "며느리년"이 "시어미" 향해 "저 너른 밭을 놔두고 뭣 땜에 둑에 심는다요?"라고 불평할 때 둘 사이의 갈등과 대립은 표면화된다. 특히 "이 긴 하루에 뭣 땜에 저녁답에 심는다요?"라고 본격적으로 문제를 제기할 때 두 세대 간의 갈등은 고조된다. 그러니까 "시어미"와 "며느리년"이 "콩"을 "심기" 위해 "밭둑 한 바퀴"를 돈 것은 각기 그 의미가 다르다. 우선 "시어미"의 노동은 생계유지와 식량생산을 위한 자발적이며 신성한 행위에 속한다고 할 수 있다. 반면에 그저 관성적으로 따라했던 "며느리년"의 입장에서 "저 너른 밭을 놔두고" 밭"둑에" "콩"을 "심는" "시어미"의 행위는 수수께끼의 대상일 뿐이다. "좀 모자라"긴 하지만 "시어미"보다는 어떤 식으로든 합리적 이성의 세례를 받았을 "며느리년"으로서는 날 밝은 때를 놔두고 왜 하필 "저녁답"에야 "콩"을 "심는" 행위에 대해 이해난

망일 수밖에 없다.

여기까지만 볼 때, "어스름에 묻혀 군지렁거리"는 "며느리년"에게 대놓고 꾸지람하지 못하는 "시어미"의 세계는 얼치기 "며느리년" 세대에게 완전히 패배한 것처럼 보인다. 하지만 "가장자리부터 심어야 한복판이 잘 돼지"라는 "시어미"의 혼잣말은 단지 "며느리년"의 투정에 대한 본격적인 반격만을 의미하지 않는다. 무심코 "가장자리부터 기름져야 한복판이 잘 돼지"라는 "시어미"의 말 속엔 어떤 식으로든 그 한계에 봉착했지만, 어떤 사회이든 그 나름의 지혜와 유산을 갖고 있다는 것을 의미하고 있다. 또한 여전히 투덜거리는 "며느리년"을 향해 가만히 "새들도 볼 건 다 보는데 보는 데서는 못 심지"라고 하는 "시어미"의 말 속엔 "시어미"로 대표되는 과거의 유산이 미래의 새로움을 향한 초월의 추동력으로 작용할 수 있다는 메시지가 들어 있다.

그렇다고 "어스름에 묻혀" "군지렁거리"는 "시어미"의 말들이 단지 부박한 "며느리년" 세대의 생활 방식과 생존 양식에 견주어도 결코 뒤지지 않을 지혜나 교훈의 전승傳承의 강요를 나타내지 않는다. 외견상의 며느리와 시어머니 사이의 위계질서의 파괴 내지 역전에도 불구하고, 근원적으로 새로운 세상을 위한 초월은 단편적이고 부분적으로 치부되곤 하는 이러한 소중한 경험을 포함할 때 튼튼하고 아름다운 그 무엇이 된다는 것을 나타낸다. 특히 오랫동안 축적되어 온 인류의 경험상 "가장자리"로 대변되는 주변부와 "한복판"으로 대변되는 중심부가 상호 배척이 아니라 협력관계였다는 교훈을 시사하고 있다. 한 사회와 개인의 발전이나 진보는 멈출 수 없지만, 바로 그것들이 "시어미"의 "콩 심기"처럼 뒤처진 것으로 여겨진 인류의 오래된 경험들과 지혜의 전승傳承들을 공통의 전체성으로 연결하고 통일할 수 있을 때 성공적이라는 것을 보여 주고 있다.

더 높은 사회로의 이행은 이전의 세계를 끌어안을 때 성공적

그러니까 "시어미"가 "다 어두운 때 집에 돌아와 아들놈 코고는 소리 듣고/ 히죽 웃는", 농촌생활에 미처 적응하지 못하고 있는 "며느리년에게 콩 남은 봉지와 호미"를 "쥐여 주"는 행위는 결코 일방적인 세대전승이나 전통 계승을 뜻하지 않는다. 그러한 "아들놈"과 "며느리년"을 끝까지 배려하고 끌어안기 위해 "먼저 들어가 방문"을 "쾅 닫"는 "시어미"의 행위는, 더 높고 더 깊은 차원의 사회로의 이행에서 정작 필요한 것이 무엇인지 말없이 보여 주는 행동이자 일종의 제의祭儀라고 할 수 있다. 달리 말해, "가장자리가 기름져야 한복판이 잘"된다거나 "새들도 볼 건 다 보는데 보는 데서는 못 심지"라는, 어찌 보면 지극히 평범한 "시어미"의 말속엔 한 민족의 경계를 넘어, 인류가 공유해도 좋을 법한 그 나름의 합리성과 과학성, 그리고 생명외경의 사상이 스며들어 있다고 할 수 있다.

하종오의 시 「시어미가 며느리년에게 콩 심는 법을 가르치다」에서 "콩 심기"는, 따라서 그저 도시와 농촌, 계층 간의 갈등을 드러내는 하나의 상징행위가 아니다. 더 높고 깊은 차원의 사회로의 이행은 고립된 채 부분적이고 단편적인 것으로 남아 있는 오늘의 농촌사회 또는 그 이전의 세계의 경험을 끌어안은 노력이 필수적이라는 것을 나타낸다. 마치 하나의 세포가 분자나 원자를 초월하여 포함하고 또 이들이 소립자들을 초월하여 포함하듯이 진정한 세계의 패러다임은, 한편으로 어머니의 어머니로서 '위대한 어머니 Great Mother'를 상징하는 "시어미"의 지혜와 삶의 경험과 함께 할 때 더 깊고 풍부한 그 무엇이 될 수 있다는 것을 가만 보여 주고 있다.

모국 母國,

새 숨결이 열리도록 우리는 우리의 하늘 밑을

조태일

「국토 서시國土 序詩」

온갖 삶과 문화의 형태를 부여하는 "숨결"

이 시작되는 곳이자 자연과 생명에 대한 근

원적 체험이 살아 있는 시공간이 "우리"들

의 '국토'이자 진정한 의미의 모국(母國)이

라고 할 수 있다.

국토 서시 國土 序詩

조태일

발바닥이 다 닳아 새살이 돋도록 우리는
우리의 땅을 밟을 수밖에 없는 일이다.

숨결이 다 타올라 새 숨결이 열리도록 우리는
우리의 하늘 밑을 서성일 수밖에 없는 일이다.

야윈 팔다리일망정 한껏 휘저어
슬픔도 기쁨도 한껏 가슴으로 맞대며 우리는
우리의 가락 속을 거닐 수밖에 없는 일이다.

버려진 땅에 돋아난 풀잎 하나에서부터
조용히 발버둥치는 돌멩이 하나에까지
이름도 없이 빈 벌판 빈 하늘에 뿌려진
저 혼에까지 저 숨결에까지 닿도록

우리는 우리의 삶을 불지필 일이다.
우리는 우리의 숨결을 보탤 일이다.

일렁이는 피와 다 닳아진 살결과

허연 뼈까지를 통째로 보탤 일이다.

베네딕트 앤더슨Benedict Anderson은 『민족 : 상상의 공동체』라는 책에서 민족 혹은 민족주의가 실체라기보다 서사 과정, 글쓰기wrings의 과정에서 상상된 것의 하나라고 주장한 바 있다. 원초적이고 혈연적인 공동체의 의미로 받아들이기 십상인 민족이 실상 역사적이고 문화적으로 구성된 것이라는 지적이다. 구체적으로 앤더슨은 민족 또는 민족주의가 고대로부터 존재해 온 원초적인 실체라기보다 근대 자본주의 발전 과정에서 생겨난 역사적 구성물로 보고 있다. 봉건왕조가 몰락하고 자본주의가 발달하면서 나타난 문화적 구성물이 바로 민족이라는 상상의 공동체라는 얘기이다.

그러나 모든 민족과 인종 또는 계급과 국민에게 두루 적용되는 보편적 세계사가 현실적으로 거의 불가능한 이상에 불과한 것이라면, 모든 민족관념을 상상의 공동체로 치부하는 것이야말로 또 다른 의미의 상상 또는 허구이다. 잘못된 민족주의 또는 혈연적인 유대의식이 자신과 다른 민족들을 죽이는 전쟁의 참화를 불러왔으며, 엄연히 오늘날에도 존재하는 인종적인 편견과 갈등의 원인이 되고 있음에도 어떤 형태로든 민족이라는 관념이 여전히 세계를 움직이는 한 축이라면 그 현실적인 힘을 허구화시키는 자체가 제한된 상상력에 불과하다. 여전히 민족단위의 삶을 영위할 수밖에 없는 수많은 약소 민족 또는 국가의 국민들이 겪고 있는 구체적이고 현실적인 애환들과 삶의 양식들을 평균화하고 무화시키는 오류를 낳을 수 있다.

실제로도 그렇다. 이른바 복합적인 문화적 정체성을 옹호하고 지지하는 문화적 다원주의가 하나의 대세로 자리 잡고 있음에도 불구하고, 오늘의 세계는 여전히 문화적 정체성과 동일성의 문제로 몸살을 앓고 있다. 한 집단 또는 사회가 공통의 정서와 언어를 공유하며 오랫동안 형성되어온 삶의 무늬 내지 삶의 패턴을 의미하는 한 민족의 문화적 원형이 국가 단위 또는 민족 단위로 작용하고 있는 까닭이다. 달리 말해, 문화가 기본적으로 타문화와의 부단한 교섭과 거부, 갈등과 화해 속에서도 일정한 정서의 패턴과 공감의식을 바탕으로 특정한 삶의 양식을 공유하는 것을 의미하는 것이라면, 모든 민족 관념이나 집단의식이 단지 부정적인 것일 수만은 없다. 바로 그 자체가 각 집단이나 사회가 가진 문화적 다양성을 나타내는 것이며, 무엇보다도 인간 사회의 구성 자체가 어떤 식으로든 협력하고 경쟁하면서도 무리지어 살 수밖에 없다는 것을 나타내기 때문이다.

조태일 시인의 「국토 서시」에서 말하는 '국토'는, 따라서 국가와 국가 사이의 경계나 유사有史 이래 내려온 원초적인 혈연공동체라는 의미공간만을 뜻하지 않는다. "숨결이 다 타올라 새 숨결이 열리도록" "서성일 수밖에 없는" "하늘 밑"은, 나라와 인종을 초월하는 공통성 속에서도 도저히 동화될 수 없는 그 어떤 집단이 일정한 삶의 양식을 공유하는 공간을 가리킨다. 특히 "발바닥이 다 닳아 새살이 돋도록" "우리의 땅을 밟을 수밖에 없는" "우리"는 생물학상의 특징을 중심으로 한 인종race이나 규약이나 정치·문화적 특성으로 이루어진 정부state체제의 시민, 혹은 민족단위로 이루어진 국가nation체제의 국민을 가리키는 것이 아니다. 그보다는 공통의 언어와 문화를 바탕으로 정서적 동일성과 유대감을 추구하는 집단의 의미가 더 강하다.

예컨대 "야윈 팔다리일망정 한껏 휘저어/ 슬픔도 기쁨도 한껏 가슴으로 맞대며" 살아갈 수밖에 없는 "우리"가 그 증거이다. 비록 가난하고 핍박받더라도 희로애락喜怒哀樂을 함께 하는 공동체적 삶을 강조하고 있는 것은, "우리" 속에 제아무리 노력해도 넘을 수 없는 국가나 민족 간의 경계가 있다는 것을 말한다. 특히 "우리는/ 우리의 가락 속을 거닐 수밖에 없는" 것은, '동일성'보다 '차이'를 강조하는 다원적 다문화주의 속에서도 한 개인이나 집단의 의미작용의 모체가 지속적으로 작용하고 있다는 것을 의미한다. 각자가 서로 다른 환경과 삶의 조건에 노출되어 있음에도 불구하고, 어느 집단이나 민족의 삶의 현실성을 보존하면서도 새로운 가능성을 실현하는 집단의식 또는 공통문화가 존재하고 있다는 것을 가리킨다.

그러니까 "버려진 땅에 돋아난 풀잎 하나에서부터/ 조용히 발버둥치는 돌멩이 하나에까지" 의미롭게 다가오는 것은 무슨 애국주의나 민족주의 감정 때문이 아니다. 평소 하찮거나 쓸모없는 것으로 치부했던 것들이 새로운 의미로 다가올 때는, 이른바 "우리"의 몸속에 새겨지거나 축적된 삶의 원형이 자신도 모르게 꿈틀댈 때이다. "조용히 발버둥치는 돌멩이 하나"와 같은 지극히 사소한 사물들에 대한 깊은 관심과 애정을 보일 때는, 큰 변화 없이 안정된 생활을 유지하고 있음에도 그것으로 만족할 수 없는 그 어떤 것이 각자의 내면에서 움직일 때라고 할 수 있다. 특히 그것들은 한 개인 또는 집단이 낯선 사회와 문명의 지배적인 권력관계가 부과한 이차적인 정체성에 억압된 차이들을 활성화하고 상징화하며 향유하려는 때와 일치한다.

한 개인이나 집단의 의미작용 모체로 작용

심지어 "이름도 없이 빈 벌판 빈 하늘에 뿌려진/ 혼"과 같이 인간의 의식에 포착되지 않는, 보이지 않는 것들에까지 미치는 주체할 수 없는 정감과 절실한 느낌은, 따라서 단지 편협한 국수주의적國粹主義的

인 감정의 표출로 볼 수 없다. 한 인간의 보편성은 제가 자라고 성장해온 역사와 문명 속에서 획득될 수밖에 없다는 것을 나타낸다. 바로 그 자신이 뿌리박고 있는 역사의 내부 혹은 삶의 전통에서 형성된 것이 한 개인 또는 집단의 정체성이며, 서로가 차이와 개성을 지닌 채 서로 연대하고 협력하고 살아갈 수 있도록 하는 게 한 집단의 문화라는 것을 보여준다.

저마다 고유한 생명의 "숨결"을 갖고 있는 "우리"가 "우리의 삶을 불 지"피며 살아갈 수밖에 없는 까닭 역시 그 때문이다. 모든 인간은 각기 다른 생명의 리듬과 호흡을 가진 개별자이지만, 바로 그 개별성은 자신들이 소속한 공동체적 삶과 역사적 경험과 유리되어 형성될 수 없다. 눈에 보이는 "풀잎"이나 "돌맹이"와 사물에서 보이지 않는 "혼"을 각자의 "숨결"과 일치시키려는 노력은, 그 누구에게도 양보할 수 없는 각 개인의 고유성이나 유일무이성이 사실상 역사적이고 사회적으로 부과된 특수성과 밀접하게 맞물려 있다는 것을 가리킨다.

달리 말해, 익명의 "빈 벌판 빈 하늘에 뿌려진/ 저 혼에까지" "우리는 우리의 숨결"을 "보탤" 수밖에 없다는 고백은, "우리"들 각자가 역사적이고 사회적인 규정성으로 환원될 수 없지만 그렇다고 완전히 그러한 특수성을 배제할 수 없다는 사실과 맞물려 있다. 어떤 형태로든 자신이 소속한 구체적인 삶의 공간과 역사에 뿌리 내리는 자생적이고 주체적인 문화를 공유하고 성숙시키는 게 모든 인간의 공통된 운명이라는 것을 보여 준다. 국경과 민족, 그리고 인종을 뛰어 넘어 서로 공감할 수 있는 보편성의 확보는, 자신들이 살고 있는 현실과 역사 속에 뿌리 내리는 것으로부터 시작된다는 것을 가리킨다고 할 수 있다.

선택할 수 없는 것들을 떠맡는 노력으로 보아야

그러기에 "일렁이는 피와 다 닳아진 살결과/ 허연 뼈까지를 통째로 보탤 일이다"라고 해서, 배타적인 민족주의나 전체주의적인 감정의 분출로 보는 것은 성급한 진단이다. 도리어 그것은 특수한 상황에 처할 때 특수한 행동양식과 문화의식을 보여 주는 것이 인류 보편적인 속성이며, 따라서 각자의 내면엔 어떤 형태로든 민족 관념과 같은 집단의식이 스며들어 있다는 것을 나타낸다. 무엇보다도 모든 인간에게는 태어날 때부터 결정되어 있는 것들. 예를 들어 부모나 언어, 고향이나 국가처럼 스스로가 선택할 수 없는 것들이 존재하며, 그래서 "우리"들에게 주어진 것들을 기꺼이 떠맡을 수밖에 없다는 의미가 스며들어 있다.

결과적으로 "우리"는 "숨결이 다 타올라 새 숨결이 열리도록" "서성일 수밖에 없는" "하늘 밑"을 떠나서 어떠한 동일성도 확보할 수 없다. 비록 "야윈 팔다리일망정 한껏 휘"젓고 "슬픔"과 "기쁨"을 "한껏 가슴으로 맞대며" "우리의 가락 속을 거닐 수밖에 없"는 게 공동 존재로서 "우리"들의 운명이다. 물리적 국경이나 한 국가체제를 넘어 각 개인의 심혼心魂에 자리한 채 각자의 상황을 재구성하고 통합하는 어떤 서사 공동체에 대한 자발적인 떠맡음. 온갖 삶과 문화의 형태를 부여하는 "숨결"이 시작되는 곳이자 자연과 생명에 대한 근원적 체험이 살아 있는 시공간이 "우리"들의 '국토'이자 진정한 의미의 모국母國이라고 할 수 있다.

국가,

폭발점을 품고 있는 바다

———————

황규관

「경 계」

어떤 경우에도 국가가 각 개인에 앞서 존재

할 수 없다. 오직 공통의 인간적 가치의 실

현을 위해서만 존재할 때 국가는 그 권위와

정당성을 얻는다.

경계

황규관

국가와 국가 사이에 시푸른 바다가 있다
넘실대는 물결을 태양이 바라보고 있다
물길을 가르며 정어리 떼가 태평양으로 가고 있다
정어리 떼를 천천히 뜯어 먹으려
상어가 이빨을 빛내고 있다

조국은 숱한 장벽으로 나뉘어졌고
유배지는 통째로 절벽인데
버림받음과 버림받음 사이에 바다가 있다
바다는 폭발점을 품은 채
적도 쪽으로 흐르고 있다

국가가 태어나기 이전에
이념보다 깊은 곳에
이름을 가지지 않는 심해가 있다

일전에 모 TV 개그 프로그램에서 한 개그맨이 불쾌한 얼굴로 나와 "일등만 기억하는 더러운 세상"이라고 외치면서 "국가가 나에게 해준 게 뭐냐!" 하고 삿대질하는 모습이 대중들에게 큰 반향을 일으킨 적이 있다. 한 평범한 시민이 국가로부터 받은 소외감이나 불만감을 토로하는 형식의 개그 프로에서였다. 하지만 그 인기 개그 프로그램은 국가권력의 외압설 속에서 생각보다 일찍 막을 내린 적이 있다. 당대 서민들의 애환들을 쏟아내는 분노와 풍자의 말들이 지배 권력의 심기를 불편하게 만들었던 결과였다고 짐작된다.

그렇듯 개인과 국가 사이의 긴장과 갈등은 개인의 자유와 권리를 일정하게 양도한 국가로부터 개인의 이익이나 안전을 충분히 보장받지 못할 때 싹튼다. 개인의 생존과 이익을 추구하는 개인들이 필요에 의해 상호 계약을 맺음으로써 성립된 국가가 공공성을 내세워 개인들을 억압하거나 통제할 때 국가 성립의 목적이나 정당성이 의문시되거나 저항에 부딪친다. 법이라는 수단으로 한 사회의 질서와 안전을 확립하는 국가권력이 개인들의 이익과 자유를 침해할 때 종종 국가권력을 재편하는 혁명의 사태로까지 이어진다.

"국가와 국가 사이"에 존재하는 "시푸른 바다"가 그걸 상징한다. 국가와 개인 사이의 갈등과 대립이 고조되는 시기에 더욱 부각될 수밖에 없는 그 "시푸른 바다"는 한 국가의 영토나 사법권 등이 그 영향력을 행사하지 못하는 자연 상태. 각 국가들 간에 존재하는 지리적 장벽이나 문화적 경계가 부재하는 자유로운 영역을 의미한다. 그리고 "태양"이 지켜보는 가운데 "넘실대는 물결"은, 국가공동체 탄생 이전의 어떤 권력에도 통합될 수 없는 자연적이고 동물적인 생명의 지대. 자신의 의사와는 상관없이 무언가 추상적인 의미로 이루어지는 국가의 부당한 간섭이나 억압이 부재하는 카오스적인 공간을 지칭한다.

개인의 이익과 자유가 침해될 때 혁명 일어나

그 "바다"의 "물길을 가르며" "태평양으로 가고 있"는 "정어리 떼"는 국가 또는 하나의 통일성으로 귀속되지 않는, 다양한 개별자들의 집합으로서 다중多衆을 표상한다. 사회적 불평등과 폭력의 독점에 의한 지배를 당연시하는 국가권력에 포획되지 않는 무수한 개별자들의 집합이 곧 "정어리 떼"이다. 하지만 그 "정어리 떼를 천천히 뜯어 먹으려" "이빨을 빛내고 있"는 "상어"처럼 국가기구와 같은 일정한 제동장치나 중개자가 없다면, 홉스Thomas Hobbes가 말한 대로 이기적이고 경쟁적인 개인들 간의 '만인에 의한 만인의 투쟁'이 벌어진다. 무한 자유와 이익 추구로 인한 파괴의 악순환으로부터 자신을 보호하기 위한 과정에서 필연적으로 요청된 것이 국가이며, 따라서 자신의 생명과 자유, 부와 가정 등 '자연권'을 침해받지 않기 위해서라도 각 개인은 국가의 지배에 의존할 수밖에 없다.

그럼에도 불구하고 그 어떤 경우에도 국가가 각 개인에 앞서 존재할 수 없다. 오직 공통의 인간적 가치의 실현을 위해서만 존재할 때 국가는 그 권위와 정당성을 얻는다. 설령 "정어리"와 "정어리", 혹은 "정어리"와 "상어" 사이에 일어나는 크고 작은 분쟁을 중재하고 해결하기 위한 것이라고 할지라도, 국가는 그것들을 명분으로 각 개인들에게 희생을 요구할 권리는 없다. 오늘날 당연시하는 다수결의 원리조차 개인의 권리를 침해하지 않는 공적인 일에 적용되는 한에서만 정당성을 가질 뿐, 그렇지 않을 경우 그것은 다수가 담합하여 소수를 약탈하는 범죄 행위에 지나지 않는다. 국가가 각 개인의 자유와 권리를 지켜주지 못한다고 생각하는 순간, 그 존재 자체를 깡그리 부정당할 수 있는 게 모든 국가의 운명이라 할 수 있다.

근대적인 의미의 "국가"와 달리 지연적이고 혈연적인 의미가 강한 "조국" 역시 마찬가지다. 마치 모든 것을 초월한 하나의 평등한 공동체처럼 받아들여지고 있지만 엄밀하게 말해 각 계급과 신분, 부자와 가난한 자, 지연과 혈연 등 "숱한 장벽으로 나뉘어"져 있는 게 "조국"의 실상이다. 특히 조상 때부터 살아온 나라 또는 자신의 국적이 속해 있는 곳을 의미하는 "조국"은, 바로 그 "조국"이라는 이름하에 특정한 계급이나 신분 유지를 위한 공권력의 사적私的 남용 및 공공성公共性의 사유화에 따른 부와 신분의 불평등과 부자유를 고착화시킬 위험성을 안고 있다.

공통의 인간적 가치 실현할 때 권위와 정당성 확보

"통째로 절벽"으로 둘러싸인 "유배지"는 그러한 "국가"나 "조국"이 갖고 있는 한계나 위험성을 상징한다. 달리 말해, "유배지"는 국가에 저항하는 세력들에게 국가권력과 지배집단의 막강한 힘과 강제력을 보여주거나 행사하는 공간이다. 특히 사회공동체로부터 "버림받"은 곳을 의미하는 "유배지"는 각 개인 또는 시민들과 분리된 국가권력의 장場이 존재하며, 무엇보다도 각 시민들의 요구나 주장이 국가권력의 행사를 방해하지 않는 조건 또는 "장벽"으로 제한되어 있다는 것을 가리킨다. 결국 모든 종류의 "유배" 또는 추방은 모든 정치 또는 국가권력의 본질이 기본적으로 특정한 지배집단의 경영으로 귀결되며, 그러한 폭력적 독점구조에 저항하거나 붕괴시키려는 과정에서 발생한다는 것을 보여주고 있다.

하지만 "버림받음과 버림받음 사이"에는 국가라는 특수성으로 포획되지 않는 자유로운 개인들의 "바다"가 "있"다. 그리고 그 "바다"

는 그 어떤 경우에도 국가가 각 개인들을 종속시킬 수 없으며, 행여 그것이 여의치 않을 때 국가 내부에 존재하는 "폭발점"을 격발시킬 수 있다는 것을 상징한다. 특히 뜨거운 "적도 쪽으로 흐르고 있"는 "바다"는 "국가가 태어나기 이전" 또는 국가권력의 개입이 있기 전의 개별성의 자리. 결코 국가라는 특수성으로 환원할 수 없는 각 개인들의 고유성과 유일무이성이 살아 있는, 국가권력의 반대편에 있는 일종의 해방구를 나타낸다.

한 인간이 그 속에서 자기 본성의 모든 것들을 펼칠 수 있는 사회와 때로 대립관계에 놓여 있는 국가는 그런 점에서 절대적인 신성 공동체가 아니다. 대개 법이라는 강제 수단에 의거하여 분쟁을 해결하려는 개인들의 합의로 이루어진 국가는, 오직 공통의 인간적 가치실현을 위해 존재할 때 그 권위와 정당성을 확보할 수 있을 뿐이다. 달리 말해, "국가"의 이념이나 이상의 실현을 위해서라도 각 개인의 존엄 또는 양심의 자유는 포기할 수 없다. 물론 한 개인 속엔 국민, 부모, 학생, 지식인 등과 같은 다양한 특수성들이 개입되어 있다. 하지만 그럼에도 불구하고 한 개인만의 고유한 개별성이 사회적이고 국가적인 관계와 연결된 특수성보다 한 개인의 참된 모습을 이루는 데 결정적이라고 할 수 있다.

각 개인이 내부에 인간 고유의 익명적 생명 흐름 존재

한 사회나 개인이 이상으로 여기는 근본사상을 뜻하는 "이념보다 깊은 곳"도 그 연장선상에 놓여 있다. 바로 그것은 "이념" 자체의 균열과 한계를 드러내고 폭로하는 지점을 나타낸다. 한 국가의 "이념"이나 사회체제의 바깥으로서 법을 비롯한 특정 종교나 윤리도덕이 그 어떠한 위력도 발휘하지 못하는 영점지대를 가리킨다. 특히 각 개인들을 통제하고 지배하는 최고 개념 내지 이데아로서 국가는 절대적이 아니라는 것을 가리킨다. 각 개인의 내부에는 모든 의식적이고 제도적인 것들의 주변부에 위치하는, 영원히 존재하는 자연성 또는 인간 고유의 익명적 생명의 흐름이 있다는 것을 의미한다.

다시 강조하지만 "이념보다 깊은 곳"의 다른 얼굴이라 할 수 있는 "이름을 가지지 않는 심해"는 국가의 세계에 완전히 동일화될 수도 없고, 그렇다고 한 국민 또는 시민으로서 완벽한 정체성을 소유할 수도 없는 각자의 내면을 가리킨다. 각 개인들이 가슴 깊은 곳으로부터 벌거벗은 채 소통할 수 있는 공동의 영역. 어떠한 법이나 제도로도 통제할 수 없지만, 그렇다고 마냥 방치할 수도 없는 세계가 그 익명의 "심해"이다. 무엇보다도 강렬하고 응축적인 "폭발점"을 숨기고 있는 "심해"는 어떠한 국가나 권력에도 통합될 수 없는, 여전히 보이지 않거나 규정될 수 없는 것으로 남아 있는 각 개인들의 자연적이고 야생적인 생명지대를 가리킨다고 할 수 있다.

서정시,

그 보잘것없는 주변성의 노래

윤중호

「시 詩」

서정시는 바로 "덧없어서" 무망(無望)해 보

이는 것들 속에서 표피적이고 형식적인 관

계 유지를 벗어나, 인간의 근본적인 동일성

을 회복시켜주는 그 무엇을 발견하려는 인

식의 노동을 포함한다.

시詩

윤중호

    외갓집이 있는 구 장터에서 오 리쯤 떨어진 구미九美집 행랑채에서 어린 아우와 접방살이를 하시던 엄니가, 아플 틈도 없이 한 달에 한 켤레씩 신발이 다 해지게 걸어다녔다는 그 막막한 행상길.

    입술이 바짝 탄 하루가 터덜터덜 돌아와 잠드는 낮은 집 지붕에는 어정 스럽게도 수세미꽃이 노랗게 피었습니다.

    강 안개 뒹구는 이른 봄 새벽부터, 그림자도 길도 얼어버린 겨울 그믐 밤까지, 끝없이 내빼는 신작로를, 무슨 신명으로 질수심이 걸어서, 이제는 겨울바람에, 홀로 센 머리를 날리는 우리 엄니의 모진 세월.

    덧없어, 참 덧없어서 눈물겹게 아름다운 지친 행상길.

---

* 충북 지방 방언인 '어정스럽게'와 '질수심'은 일차적으로 '모호하고 어중간하게' 또는 '징그 럽게 좋은 마음 상태'를 나타내지만, 그야말로 긍정과 부정이 뒤섞여 있어 그 의미를 명확하게 규정할 수 없는 양가적인 언어라고 할 수 있다.(필자)

일단의 서사시나 영웅시와 달리 대부분의 서정시는 일견 화려하고 위대한 것보다 그저 보잘것없고 덧없기까지 한 사물이나 사건들을 시의 주요 소재나 주제로 삼는다. 지배적이고 다수적인 가치보다 작고 소박한 삶의 세계를 노래하기 일쑤다. 논리나 이성으로 해결할 수 없는 한 인간의 근원적인 소외감이나 고독감이 서정시의 주된 젖줄로 자리하고 있다. 자신의 의지와 상관없이 수시로 밀려오는 인간 내면의 원초적인 공허감 또는 결핍감. 한 인간의 성장 과정에서 겪을 수밖에 없는 상실감이나 좌절감을 넘어서는 자연적이고 동물적인 생명성이 서정시가 주목하는 자리이다.

흔히 전원적이고 목가적인 것으로 생각하기 쉬운 서정시는, 따라서 자연과 인간의 아름다움만을 맹목적으로 노래하지 않는다. 오히려 뛰어난 서정시들 속엔 생의 기쁨이나 환희보다 우리 내면에 여전히 통제 불가능하며 실체화할 수 없는 서글픔과 아픔, 그리움과 쓸쓸함 등의 감정들이 절실하게 표현되어 있다. 특히 흔들리지 않는 중심의 가치보다 소외받고 고립된 주변을 자주 노래하는 서정시인들은 사회적이고 집단적으로 부과된 그 어떤 특수성 또는 정체성으로 환원되지 않는 개별성이 제 안에 존재한다는 것을 본능적으로 자각하고 있다. 한결 같이 그들의 눈과 귀는 거의 눈에 띄지 않거나 어쩌면 무가치해 보이는 사물이나 사태. 우리들 내면에 어떤 이데올로기나 도덕적 규범으로도 해결할 수 없는 한 개인만의 고유한 내면성에 주목하고 있다.

왜 하필 「시」라는 제목을 썼을까. 왜 '시'라고 해놓고 자신의 "엄니"의 삶을 그리고 있는 것일까. 행여 "엄니"의 삶이 곧 '시'라고 주장하는 것은 아닌가 하는 의문을 일으키는 위 시의 비밀은 여기에서 풀린다. 우선 그것은 서정시가 "엄니"의 삶으로 대변되는, 제대로 된 보호막조차 없는 작고 초라한 세계와 무관하지 않다는 것을 보여준다. 바로 지극히 사소하며 한편으로 궁상에 가까운 개인의 기억이나 가족사와 같은 주변성과 뗄 수 없는 관계에 있는 것이 서정시의 운명이라는 것을 시사한다. "어린 아우"와 남의 집 "행랑채"에서 "접방살이" 하며 "행상"으로 어렵게 살다 간 시인 자신의 "엄니"에 대한 회상은, 바로 그와 같이 힘없고 가난한 삶과 세계가 서정시가 태어나는 자리라는 것을 암시한다.

제대로 된 보호막조차 없는 작고 초라한 세계와 연결

물론 표면적으로 위 시가 자신의 어머니의 "모진" 삶에 대한 기억을 주된 정서로 하고 있는 것은 사실이다. 얼추 현실 반영을 강조하는 리얼리즘 계열의 시로 분류해볼 수 있을 정도로 "엄니의 모진 세월" 같은 신산스런 삶이 작품의 전면을 지배하고 있다. 그럼에도 불구하고 굳이 시 제목을 「시」라고 한 것은, "외갓집이 있는 구 장터에서 오 리쯤 떨어진 구미九美집 행랑채"라는 시구에서 드러난다. 그것은 중심 가치에서 탈락하고 일탈한 곳이 시적 장소라는 것을 의미한다. "어린 아우와 접방살이를 하시던 엄니가, 아플 틈도 없이 한 달에 한 켤레씩 신발이 다 해지게 걸어다녔다는 그 막막한 행상길"은, 은유적으로 표현할 수밖에 없는 시적 주변성에 대한 감각적 체현이라 할 수 있다.

그러니까 하루하루 삶을 연명하기에 급급한 어머니와 가족들의 삶에 얽힌 이야기나 사건을 형상화하는 것은 다른 이유 때문이 아니다. 근본적으로 서정시가 명증하고 확고 불변한 세계가 아닌, 하루 일을 마치고 돌아온 어머니가 피로에 지쳐 "잠드는 낮은 지붕" 위에 "어정스럽게" 핀 노란 "수세미꽃"이 보여주는 어중간함 또는 모호함에 그 뿌리를 두고 있다는 것을 의미한다. 한낱 "행상"으로서 "한 달에 한 켤레씩 신발"이 닳도록 "걸어다"니며 겪어야 했던 "엄니"의 내면에 스쳐갔을 가뭇없는 "막막"함이나, 명확한 의미로 규정지을 수 없는 "질수심"과 같은 마음의 세계가 서정시의 근원이자 출발지임을 의미한다.

통상적으로 현실과 무관한 자연 세계를 노래하는 것으로 오해되어온 서정시에 대한 새로운 사유와 성찰을 담고 있는 윤중호의 「시」

가 지닌 의의는 단연 이것이다. 단적으로 자신의 어머니에 대한 사모곡에 그치지 않는 위 시는, 먼저 서정시가 근본적으로 추방자인 인간의 운명을 일깨워주는 것과 관계되어 있다는 것을 보여준다. 또한 "끝없이 내빼는" 것 같은 길고 먼 "신작로"를 오가는 동안 "엄니"의 마음속에 일어났을 진한 가족애나 온갖 정감들의 환기는, 서정시가 단순히 인간들이 살아가는 모습을 재현하는 것이 아니라 이제는 다시 돌아갈 수 없는 낙원에 대한 향수와 동경을 그 바탕으로 하고 있음을 의미한다.

소통 불가능한 것들과 소통하려는 움직임

달리 말해, 참된 의미의 서정시는 "이제는 겨울바람에, 홀로 센 머리를 날리고 있는" "엄니"처럼 우리가 자신이 살고 있는 세계 밖으로 추방되어 있으며, 놀랍게도 거기서 영원히 벗어날 수 없는 운명을 가진 자들이라는 것을 보여준다. 특히 "우리 엄마의 모진 세월"은 우리가 근본적으로 결핍된 자이기에 타인을 부르거나 요청하며 살아갈 수밖에 없는 우리들 삶의 시간들을 나타낸다. 무엇보다도 그것은 우리가 타인이나 바깥세상과 관계없이 자족적이며 자기 충족적으로 살아갈 수 없음을 일깨워준다. 세계의 타자이자 주변인으로 살아갈 수밖에 없다는 사실을 아프게 일깨워주고 있는 것이 서정시인 셈이다.

한낱 생의 쾌락이나 환희보다는 "덧없어, 참 덧없어서 눈물겹게 아름다운 행상길"과 같은 세상의 고통이나 삶의 고달픔을 주로 노래하는 서정시의 위의威儀는 이와 맞물려 있다. 심지어 스스로를 소외시키고 학대하며 탄생하는 서정시들 속엔 폐쇄적이고 고립적인 자기 소외와 다른 개별자의 슬픔과 외로움과 같은, 결코 공유할 수 없고 소통할 수 없는 그 어떤 인간의 정감이나 느낌들을 소통하고 공유하려는 움직임이 들어 있다. 참된 의미의 서정시는 바로 "덧없어서" 무망無望해 보이는 것들 속에서 표피적이고 형식적인 관계 유지를 벗어나, 인간의 근본적인 동일성을 회복시켜주는 그 무엇을 발견하려는 인식의 노동을 포함한다.

예컨대 부계父系가 아닌 모계母系의 "외갓집이 있는 구 장터에서"도 "오 리쯤 떨어진 구미九美집 행랑채"가 보여 주는 허술한 생의 거처와, "행상"으로 겨우 생계를 유지하고 보전하는 가난한 삶은 외형적으로 볼 때 행복하지 못한 상태로 보기 쉽다. 하지만 "아플 틈도 없이" "행상"을 다녀야 했던 어머니의 삶과 노동에 대한 자식들의 제어되지 않는 연민과 애틋함의 감정은, 타자를 수단과 목적의 대상이 아니라 인간 그 자체로 대할 때 오는 아름다움이나 숭고함과 맞물려 있다는 점에서 딱히 불행한 것만이 아니다. 그저 피하고만 싶은 고단한 생의 "덧없음" 또는 세계의 무의미함이야말로 '나'의 자아도취적인 환상과 기대를 깨트리며 타자와의 진정한 교류와 소통에 대한 간절한 욕망을 품고 있는 까닭이다.

언어로 대체할 수 없는 생의 간곡함 또는 간절함에 접근

흔히 자신을 둘러싼 주변 세계나 타인과 소통할 수 없다는 사실이 한 개인으로 하여금 어떤 실재와의 만남을 간절하게 추구하게 만든다. 대부분의 시에서 공통적으로 확인되는 깊은 상처나 아픔, 기다림과 그리움의 정서들은, 따라서 그러한 간극과 공허를 메우려는 노력의 과정에서 발생한다. 시인은 언어에 의해 추상화되기 이전의 한 유기체로서 행복하고 완전한 존재에 대한 인간 본연의 향수를 지닌 자이며, 언어로는 대체할 수 없는 한 개인의 어떤 구체적인 간곡함이나 간절함을 직접적으로 드러내려는 수고를 마다하지 않는 자들이다. "엄니의 모진 세월"처럼 말로 다 형언할 수 없는 세계를 불안전한 말을 통해 말하려는 모순적 시도가 서정시이며, 극히 하찮거나 남루하게 보이는 것들에서 양보할 수 없는 삶의 진실과 위로를 발견하려는 자들이 다름 아닌 서정시인들이라 할 수 있다.

제 속의 감정들을 토해내고 펼친다는 의미가 담긴 '서정시抒情詩'는, 자신 밖에 일어나는 일이나 사건들을 욕심 사나운 자아 속에 가두는 것일 수 없다. 또한 그것은 자신들이 느끼는 순간적인 정서나 감성을 음악성을 통해 응축하고 압축해 표현하는 수단일 수만은 없다. 한갓 주관적 정서를 드러내는 수단일 수 없는, "외갓집이 있는 구장터에서 오 리쯤 떨어진 구미九美집 행랑채"로 비유되는 소외되고 버려진 마음 한 구석으로부터 울려나오는 존재의 목소리. "아플 틈도 없이" "신발이 다 해지"도록 "걸어 다"닐 수밖에 없는 "행상 길"의 "막막"함 또는 결코 전망이 보이지 않는 생의 벼랑 끝에서 다시 시작되는 가장 깊고 순수한 생의 욕구와 의지를 가감 없이 드러내는 것이 서정시의 참된 본질이라고 할 수 있다.

문득 다가오는 생의 서글픔이나 막막함, 애틋함이나 덧없음 등은 한 사회의 중심적인 가치나 이념적인 차원에서 볼 때 지극히 하찮고 보잘것없는 주변부적인 것들에 불과하다. 특히 그러한 실존적인 영역은 언어적으로 명료화할 수 없다는 점에서 거의 발설되는 않은 침묵에 가깝다. 하지만 그럼에도 서정시인들이 "그림자도 길도 얼어버린" "끝없이 내빼는 신작로"와 같은 그 침묵의 세계에 기꺼이 다가서려는 것은, 바로 그 말할 수 없는 것들 속에 잠재한 풍요로움. '나'란 존재의 가장 깊은 심연으로부터 들려오는 그 어떤 부름에 응답하고자 함이다. 겨우 존재하는 것들이 간신이 전하는 소리 없는 주변성의 소리. 하지만 그 속에 내재한 생명의 원초적 리듬 또는 새로운 삶의 가능성 때문에 서정시인들은 "이른 봄 새벽부터" "길도 얼어버린 겨울 그믐밤까지" "눈물겹게 아름다운" 삶의 길 또는 사랑을 마치 "행상"처럼 노래하면서 스스로를 주변자 또는 생의 변방으로 이끌어가고 있다고 할 수 있다.

고형렬 1954년 강원 속초 출생. 1979년 『현대문학』으로 등단. 시집 『대청봉 수박
     밭』, 『사진리 대설』, 『밤 미시령』 등이 있음.
     ―「나는 에르덴조 사원에 없다」, 『나는 에르덴조 사원에 없다』(창비, 2010)

기형도 1960년 경기 연천 출생. 1989년 작고. 1985년 중앙일보 신춘문예 시 당선 등
     단. 유고 시집 『입 속의 검은 잎』이 있음.
     ―「정거장에서의 충고」, 『기형도 전집』(문학과지성사, 1999)

김 중 1971년 대전 출생. 1999년 『문학과 사회』로 등단. 시집 『거미는 영영 돼지를
     만나지 못한다』가 있음.
     ―「자화상」, 『거미는 영영 돼지를 만나지 못한다』(문학과지성사, 2002)

김규동 1925년 함북 종성 출생. 2011년 작고. 1948년 『예술조선』으로 등단. 시집
     『나비와 광장』, 『현대의 신화』, 『생명의 노래』 등이 있음.
     ―「느릅나무에게」, 『느릅나무에게』(창작과비평사, 2005)

김수영 1921년 서울 출생. 1968년 작고. 1947년 『예술부락』에 「묘정의 노래」 발표
     등단. 생전에 『달나라의 장난』 간행. 사후 1981년 『김수영 전집』 간행.
     ―「여자」, 『김수영 전집』 1(민음사, 1981)

김승희 1952년 전남 광주 출생. 1973년 경향신문 신춘문예 시 당선 등단. 시집 『태
     양미사』, 『달걀 속의 生』, 『냄비는 둥둥』 등이 있음.
     ―「배꼽을 위한 연가 5」, 『왼손을 위한 협주곡』(민음사, 2002 / 문학사상사, 1983)

김영태 1936년 서울 출생. 2007년 작고. 1959년 『사상계』로 등단. 시집 『초개수첩』,
     『여울목 비오리』, 『남몰래 흐르는 눈물』 등이 있음.
     ―「한 잔 혹은 두 잔」, 『물거품을 마시면서 아껴가면서―김영태 시전집』(천년의시작, 2005)

김정환 1954년 서울 출생. 1980년 『창작과 비평』으로 등단. 시집 『황색예수전』 1·
2·3, 『지울 수 없는 노래』, 『드러남과 드러냄』 등이 있음.
　　　— 「독수리」, 『실천문학』(2010, 여름호)

김지하 1941년 전남 목포 출생. 1969년 『시인』지로 등단. 시집 『황토』, 『화개』, 『애
린』, 『시김새』 1·2 등이 있음.
　　　— 「화개」, 『화개』(실천문학사, 2002)

김현승 1913년 평남 평양 출생. 1975년 작고. 1934년 동아일보에 시 발표 등단. 시집
『옹호자의 노래』, 『견고한 고독』, 『절대 고독』 등이 있음.
　　　— 「절대 고독」, 『김현승 시전집』(민음사, 2005)

백 석 1912년 평북 정주 출생. 1996년 작고. 1935년 조선일보에 시 「정주성」 발표
등단. 시집 『사슴』, 동화 시집 『집게네 네 형제』 등 발간.
　　　— 「나와 나타샤와 흰 당나귀」, 『백석 전집』(실천문학사, 1997)

범대순 1930년 전남 광주 출생. 1965년 시집 『흑인 고수 루이의 북』으로 등단. 시집 『연
가』 Ⅰ·Ⅱ, 『이방에서 노자를 읽다』, 『세기말 길들이기』, 『가난에 대하여』 등이
있음.
　　　— 「백년」, 『시와 문화』(2012, 여름호)

오규원 1941년 경남 삼랑진 출생. 2007년 작고. 1968년 『현대문학』으로 등단. 시집
『왕자가 아닌 한 아이에게』, 『사랑의 감옥』, 『길, 골목, 호텔 그리고 강물 소
리』 등이 있음.
　　　— 「살아 있는 것은 흔들리면서―순례 11」, 『오규원 시전집』 1(문학과지성사, 2002)

윤동주 1917년 북간도 명동촌 출생. 1945년 옥사. 1948년 유고 시집 『하늘과 바람과
별과 시』 간행.
　　　— 「별 헤는 밤」, 『정본 윤동주 전집』(문학과지성사, 2004)

윤중호 1956년 충북 영동 출생. 2004년 작고. 1984년 『실천문학』으로 등단. 시집
『본동에 내리는 비』, 『금강에서』, 『고향길』 등이 있음.
　　　— 「詩」, 『고향길』(문학과지성사, 2005)

이병률 1967년 충북 제천 출생. 1995년 한국일보 신춘문예 시 당선 등단. 시집 『바
람의 사생활』, 『당신은 어딘가로 가려 한다』, 『찬란』 등이 있음.
　　　— 「찬란」, 『찬란』(문학과지성사, 2010)

이시영	1949년 전남 구례 출생. 1969년 『월간문학』으로 등단. 시집 『만월』, 『길은 멀
다 친구여』, 『무늬』 등이 있음.

— 「신길역에서」, 「시와 사람」(2003, 봄호)

이육사	1904년 경북 안동 출생. 1944년 옥사. 1933년 『신조선』으로 등단. 1964년 유
고시집 『육사시집』 발간. 2004년 육사 탄신 100주년 기념 전집 간행.

— 「광야」, 『이육사 시전집』(예옥, 2008)

정지용	1902년 충북 옥천 출생. 1950년 작고. 1926년 『학조』지에 시 「카페 프란스」
를 발표하며 등단. 시집으로 『백록담』 등이 있음.

— 「장수산 1」, 『정지용 전집』 1 (민음사, 1988)

정진규	1939년 경기 안성 출생. 1960년 동아일보 신춘문예 시 당선 등단. 시집 『마
른 수수깡의 평화』, 『몸시』, 『알시』, 『도둑이 다녀가셨다』, 『율려집律呂集·사
물들의 큰언니』 등이 있음.

— 「율려집 14」, 『율려집律呂集·사물들의 큰언니』(책만드는집, 2011)

조 은	1960년 경북 안동 출생. 1988년 『세계의 문학』으로 등단. 시집 『사랑의 위
력으로』, 『무덤을 맴도는 이유』, 『생의 빛살』 등이 있음.

— 「무덤을 맴도는 이유」, 『무덤을 맴도는 이유』(문학과지성사, 1996)

조태일	1941년 전남 곡성 출생. 1999년 작고. 1964년 경향신문 신춘문예 시 당선 등
단. 시집 『아침 선박船舶』, 『국토』, 『산속에서 꽃속에서』 등이 있음.

— 「국토 서시」, 『국토』(창작과비평사, 1975)

최두석	1956년 전남 담양 출생. 1980년 『심상』으로 등단. 시집 『대꽃』, 『성에꽃』,
『꽃에게 길을 묻다』 등이 있음.

— 「바람과 물」, 『투구꽃』(창작과비평사, 2009)

최하림	1939년 전남 목포 출생. 2010년 작고. 1964년 조선일보 신춘문예 시 당선 등
단. 시집 『작은 마을에서』, 『속이 보이는 심연으로』, 『풍경 뒤의 풍경』 등이
있음.

— 「공중을 빙빙 돌며」, 『때로는 네가 보이지 않는다』(랜덤하우스중앙, 2005)

하종오	1954년 경북 의성 출생. 1975년 『현대문학』으로 등단. 시집 『벼는 벼끼리 피
는 피끼리』, 『님 시편』, 『반대쪽 천국』 등이 있음.

— 「시어미가 며느리년에게 콩 심는 법을 가르치다」, 『무언가 찾아올 적엔』(창작과비평사, 2003)

허만하　　1932년 대구 출생. 1937년 『문학예술』로 등단. 시집으로 『야생의 꽃』, 『비는 수직으로 서서 죽는다』, 『바다의 성분』 등이 있음.

—「야생의 꽃」, 『야생의 꽃』(솔, 2006)

허수경　　1964년 경남 진주 출생. 1987년 『실천문학』으로 등단. 시집으로 『슬픔만 한 거름이 어디 있으랴』, 『혼자 가는 먼 집』, 『청동의 시간 감자의 시간』 등이 있음.

—「나무 흔들리는 소리」, 『청동의 시간 감자의 시간』(문학과지성사, 2005)

허혜정　　1966년 경남 산청 출생. 1987년 한국문학 신인상 수상. 1997년 중앙일보 신춘문예 평론 당선 등단. 시집 『적들을 위한 서정시』가 있음.

—「미인도를 닮은 시」, 『적들을 위한 서정시』(문학세계사, 2008)

황규관　　1968년 전북 전주 출생. 1993년 전태일 문학상으로 등단. 시집 『철산동 우체국』, 『패배는 나의 힘』, 『태풍을 기다리는 시간』 등이 있음.

—「경계」, 『태풍을 기다리는 시간』(실천문학사, 2011)

황지우　　1952년에 해남 출생. 1980년 중앙일보 시 입선 등단. 시집 『새들도 세상을 뜨는구나』, 『게 눈 속의 연꽃』, 『어느 날 나는 흐린 주점에 앉아 있을 거다』 등이 있음.

—「나는 너다 17」, 『나는 너다』(풀빛, 1987)

임동확 시인의 시 읽기, 희망 읽기

우린 모두 시인으로 태어났다

2013년 3월 10일 초판 1쇄 인쇄
2013년 3월 15일 초판 1쇄 발행

지은이 | 임동확
펴낸이 | 권오상
펴낸곳 | 연암서가

등록 | 2007년 10월 8일(제396-2007-00107호)
주소 | 경기도 고양시 일산서구 대화동 장성마을 402-1101
전화 | 031- 907-3010
팩스 | 031- 912-3012
이메일 | yeonamseoga@naver.com

ISBN 978-89-94054-33-9 03810
값 15,000원